一朵开在绝情谷的情花

宋词

章紫舍 著

文汇出版社

图书在版编目（CIP）数据

宋词：一朵开在绝情谷的情花 / 章紫含著. —上海：文汇出版社，2014.10
　　ISBN 978-7-5496-1295-6

　　Ⅰ.①宋… Ⅱ.①章… Ⅲ.①宋词-诗词研究 Ⅳ.①I207.23

中国版本图书馆CIP数据核字（2014）第230052号

宋词：一朵开在绝情谷的情花

出 版 人 / 桂国强
作　　者 / 章紫含
责任编辑 / 戴　铮
封面装帧 / 嫁衣工舍
出版发行 / 文汇出版社
　　　　　 上海市威海路755号
　　　　　（邮政编码200041）
经　　销 / 全国新华书店
印刷装订 / 三河市金泰源印务有限公司
版　　次 / 2014年12月第1版
印　　次 / 2019年1月第2次印刷
开　　本 / 880×1230　1/32
字　　数 / 213千字
印　　张 / 8.5

ISBN 978-7-5496-1295-6
定　价：28.00元

宋词是一朵情花

　　这是一个自由、开阔、舒适的朝代！它如山间一缕白云，如春天一丝晚风，扑面而来却又翩然而去，令人心生爱慕又徒增怅惘。这就是宋朝撩拨起的缕缕情丝，让人欲罢不能。

　　然而，现代的目光可以穿越时空，历史的经验却无法重装。宋朝的文化是中华文明最为灿烂的硕果，但也因为熟得太透，开始散发出腐烂的气息。宋朝是中国历史上最为自由的朝代，因为文人的自由，才培育了优质文化的佳酿。然而也正是因为太过自由，而显得凌乱、散漫，每每励精图治的最后都是人去朝空。

　　如果非要为宋朝的历史寻找一个可以匹配的标本，应该就是曾卓的那首诗，"一棵悬崖边的树"。它被历史的风吹到悬崖边，因为崖边的晴空、如茵的绿草、奔流的小溪而变得水肥土美。也因为这种滋养，宋朝的大树生长得越来越丰盈。可惜枝繁叶茂的时候，它也负着危险：它总像是即将要展翅飞翔，又像是会倾跌进深谷里一样。"物极必反"，大概就是这个道理。能够明辨这一层，便会对宋朝的风华有不同的理解了。

　　这是一个自由，但也任性、开阔，禁锢、舒适，但也离乱的朝代。盛与衰在此交融，高雅与低俗在这里磕碰，尘世的欲想与来世的幻想在这里纠结。只有美丑并立、雅俗同分的时代，才能够看到如此的妖娆。犹如绝情谷的情花，因太过鲜艳、绚烂，所以含着深深的剧毒。很多人都中了宋朝的毒，受了历史的"蛊惑"，受了前人艳美目光的指引。而宋朝与生俱来的希望是平安，它只愿意在绝情谷底被世俗深深地遗忘，然后体味自己的绽放与凋零。

在宋朝的花园里，凝霜含露，最美的一朵情花莫过于宋词。它占尽园中风情，将尘世的浮名、仕途的追逐、江湖的杀气、女子的娇艳、爱情的甜美，都会集在词人们的笔下，凝结在一首首的词作中。没有人能够给宋代的飘忽找到合适的注脚，如果非要选择一个具体的意象，那么恐怕也只有宋词了。在宋词中体味千娇百媚的世间万象，也在缕缕宋词的芳香中，深味人间悲欢离合的爱憎。

宋词里有数不清的繁荣。当年的汴京城车水马龙、川流不息。勾栏瓦肆里的说唱艺术，青楼女子倚门回首的娇媚，集市上的叫卖声、吆喝声、说笑声此起彼伏，连绵成一幅"清明上河图"。展开的是美丽的画卷，绽放的是宋朝的光彩！

宋词里有各个行业的精英。寇准、包公、《水浒传》的故事，连同人们的记忆与想象一起被保存下来，尘封在历史的祠堂，活跃在21世纪的银幕。琴操、严蕊、李师师们香艳的往事，随着当年青楼娱乐业的鼎盛，气韵悠扬，万古流芳。

宋词里有沙场的英雄。岳飞的怒发冲冠，辛弃疾的金戈铁马，陆游的王师北定，文天祥的丹心汗青。连年的征战造就了时代的英雄，杀敌报国、驰骋疆场，为宋朝的安逸撑起了和平的天空。

宋词里更有娴雅的情致。文士们入则为官，体会红尘的乐趣；出则为仙，品味玄妙与高远。庙堂上威风凛凛，大不了退守田园。诗词歌赋，花前月下，任谁也无法否认：宋代是最会"谈情说爱"的时光。

宋词像一部神奇的魔法书，轻轻翻开，所有的繁华、璀璨纷至沓来，令人目不暇接。一并涌出的，还有无数的赞颂。学者、文人、先贤，甚至包括外国研究员，都达成了共识：愿意用同样的生命，来交换宋朝的流年。

有的人愿意把宋词比为玉兰，说它清幽、高雅、不染凡尘；有的人喜欢把宋词喻为橄榄，初觉生涩但回味隽永。然而，更多的时候，宋词却是一朵情花。它以绝色英姿深深地吸引人们，让喜欢阅读并欣赏它的人，全部中了宋词的毒。但即便如此，却仍有那么多人前赴后继地走在约会宋词的路上。可见，唯有"情"字能让世间人肝肠寸断，却始终执着追求。

目录

第一章
【为君,为官,为盗贼,都是一样的深情和浪漫】

居庙堂之高,不忧民;处江湖之远,不念君。生在一个安宁与动荡、战争与和平并存的时代,为君,为官,为盗贼,都是一样的深情和浪漫。

亡国之音哀亦叹 / 002

宋徽宗不是个好皇帝 / 006

半为苍生半美人 / 010

包黑炭,六亲不认 / 015

那年山寨,草寇亦风情 / 019

第二章
【有才,有情,有品位,看宋代女子的现代生活】

幸运的女人总是相似的,不幸的女人却各有各的不幸。能够生在宋朝,才女们常常会忽略自己的幸与不幸,而更看重这样的时光能否留住自己的青春和墨香……

小资生活实录 / 024

寡妇门前是非多 / 028

前生名妓后生尼 / 033

风尘难没侠女本色 / 037

断肠女,天风流 / 041

第三章
【饮酒,纵情,写歪诗,宋代文臣你未必懂】

　　一团和气,两句歪诗,三斤黄酒,四季衣裳。传统文化中理想的生活模式,在宋代文人身上得到了完美的诠释。

一生成败在澶渊 / 046

世事洞明,人情未必练达 / 050

气壮山河,后世当谢我 / 054

水缸相公那些事儿 / 058

传统文人的理想生活 / 062

第四章
【军歌,铁拳,颂英雄,只望早日复中原】

　　积贫积弱的宋朝,其实比任何一个朝代都需要英雄。军歌异常响亮,将士摩拳擦掌,恢复中原的迹象却日渐渺茫。

将军白发征夫泪 / 068

四海烽烟消,万姓歌唐尧 / 072

只恨堂堂中国空无人 / 076

御笔钦点状元郎 / 081

一片丹心如磁 / 085

儒冠误身,英雄无路 / 089

第五章
【大俗，大雅，藏青楼，不知向谁诉衷肠】

宋朝的青楼几乎是全民总动员的事业，皇帝、达官显贵、落拓文人、江湖大盗、市井小民，都可以在这里找到自己灵魂的客栈。

大雅大俗，尽藏青楼 / 094

托起灵魂的沉重与轻盈 / 098

烟花深处，北宋文化的归宿 / 102

山抹微云秦学士 / 106

并刀如水曾年少 / 111

功名利禄如云烟粪土 / 115

第六章
【花灯，银龙，上元夜，汴京城中灯火璨】

上元夜灯火璀璨，汴京城接踵摩肩。转动的花灯，舞动的银龙，还有擦身而过的佳人。任凭年华老去，唯有青春的宴席千年不散。

醉卧花市，月夜灯如昼 / 120

钱塘灯火照见人如画 / 124

记否，那次铭心的回首 / 129

一碗汤圆一段情 / 133

第七章
【是爱,是情,是愁苦,世间最苦是相思】

薄薄酒,胜黄汤;粗布衫,胜无裳;丑妻贱妾胜空房。因为有爱,遍尝人间所有的愁苦,都只为换回我们今生的幸福、来世的重逢。

一树梨花压海棠 / 138

凤钗钩沉,往事如风 / 142

爱情是生命的一条曲线 / 146

车如流水马如龙,花月正春风 / 151

世间最苦,便是相思 / 155

十年心事夜船灯 / 159

第八章
【流水,青山,我自在,为官不成隐田园】

只有宋朝的文人可以做到:入则为官,享受红尘乐趣;出则为仙,退守山野田园。流水青山,文字生活,谁都可以如此潇洒、自在、快活!

作为名士的隐士 / 164

放开才是世间正道 / 168

溪回路转,田园乡间别样情 / 172

人在旅途,匆匆而行 / 176

与世无争尽享"农家乐" / 180

第九章
【理趣,哲思,深感悟,宋诗竟也不逊唐诗】

唐诗是中国文学史的一座高峰,宋诗也同样别具一格,以理趣、哲思、人生的感悟而独辟蹊径,走出了一条轻松翠柏的大道。如橄榄入口,初觉生涩,却回味无穷。

幸福,就是醉倒在旖旎的春色中 / 184

一生追求只为更上层楼 / 188

思辨人间各短长,行事相辅亦相成 / 192

山河破碎,一块烙在心底的伤疤 / 196

第十章
【坎坷,蹉跎,生华发,人生八九不如意】

人生不如意十之八九,在无法直达目标的时候,只能用沿途的美景来抚慰内心的狂躁了。坎坎坷坷的人生,蹉跎仓促间,早生华发。

前路漫漫,断肠人在天涯 / 202

平生怀愿,老尽少年心 / 207

这一生,为谁辛苦为谁忙 / 211

大地男儿的军旅梦 / 215

少年游,羁旅天涯客 / 219

第十一章
【佛佛,道道,念来生,参禅悟道不能少】

> 宋朝的文人喜欢参禅、悟道。但凡对今生、对来生有好处的事情,全部要囊括在心里,落实在行动中。佛佛、道道,尘世俗缘还望仙人指路……

春赏百花秋观月:尽享年华 / 224

世事一场大梦,人生几度秋凉 / 228

物极必反,不如随缘而安 / 232

炼丹与悟道,一个都不能少 / 237

第十二章
【亡国,遗民,哀叹音,一页史书轻翻过】

> 今天,人们品味王朝的更迭,只需要轻轻地翻动一页史书,一个国家的短暂与辉煌也便就此别过。但是,亡国的痛楚却如哀婉的鸣叫,始终回荡在故土的天空。

亡国遗民的荣辱历程 / 242

江南无路,此苦谁知否 / 246

踽踽独行的末路英雄 / 251

物是人非,事事只能休 / 255

山河不再,早生华发 / 259

第一章
为君,为官,为盗贼,都是一样的深情和浪漫

居庙堂之高,不忧民;处江湖之远,不念君。生在一个安宁与动荡、战争与和平并存的时代,为君,为官,为盗贼,都是一样的深情和浪漫。

亡国之音哀亦叹

南唐，在绵远悠长的中国历史上实在算不得什么。既没有秦、隋短命却乱世统一的功绩，也没有汉唐盛世繁华的作为。一段"四十年来家国，三千里地山河"的闪存，实在是千年岁月中的昙花一现。可是，区区几十年的光阴，它却为中国文学史贡献了三颗明珠——李璟、李煜和冯延巳。他们秀美精致的词风，影响了宋词的发展和繁荣。而在这三颗明珠中，最为璀璨的当属后主李煜了。

严格意义上讲，李煜应该算作南唐人。可他的确曾经在宋朝生活过，承蒙皇恩浩荡，做了几年宋朝的"侯爷"。所以，后人每每提及宋词，必会从他开始说起。"开谈不说《红楼梦》，读尽诗书皆枉然"，好像说宋词不谈李煜，也似乎有些不合"学术规范"。后主在天有灵，不知是否愿意和宋朝纠结在一起？

"违命侯"这三个字到底是殊荣还是羞辱呢？有人说，"好死不如赖活"，然而这个尴尬得有些卑贱的官职，好像并没有为李煜带来生的尊严。倒是人间的悲欢离合、春秋苦度，深深地扎疼了他的心：

  林花谢了春红，太匆匆，无奈朝来寒雨晚来风。
  胭脂泪，相留醉，几时重？自是人生长恨水长东。

花开花谢,时光匆匆,人世间最无常的就是自然的更迭,恰如晨起的寒雨晚来的冷风。在苦雨凄风的岁月中,不禁想到了分别时的场景。人生的哀痛莫过于"生离死别",娇妻的泪水点点滴落,可惜连这样伤感的时光都不知几时还能再有。人生的遗憾犹如东流之水长绵不休。这首《相见欢》,初读字字写景,细品却句句言情;正所谓"一切景语皆情语"。岁月匆匆,不仅有红花掉落,也有国破山河碎的悲凉。"朝来寒雨晚来风"简简单单的七个字,既写出了晨昏的景致,也写出了处境的凄苦。李煜被软禁期间,虽然名为侯,实则与外界几乎隔绝,恐怕除了自然的风雨,真的再也没有什么来客了。

后来,终于有一位旧臣徐铉来探望,李煜拉着徐铉的手悲切地哭了起来,感慨当初听信谗言错杀忠臣,抚今追昔,悔恨难平。不料,徐铉是宋太宗派来的"眼线"。贰臣终究是贰臣,被宋太宗一逼问,吓得什么都说了,当然吞吞吐吐透露出的还有李煜对近况的哭诉。正所谓"一山难容二虎",虽然李煜已经"虎落平阳",但是他还回忆自己称王称霸的生活,这是太宗无法忍受的。

很快,李煜42岁的生日到了。这个浪漫的皇帝恰恰生于中国最为浪漫的七夕。明月当空,故国不堪回首。后主的文人情思在这夜色和月色中被深深地唤起,"雕栏玉砌应犹在,只是朱颜改。问君能有几多愁?恰似一江春水向东流"。推杯换盏之际,竟然忘了寄人篱下需低头的道理,酒入愁肠,一时兴起,国仇家恨喷薄而出。一首《虞美人》,成就了李煜个人在词史上的辉煌,也葬送了他宝贵的生命。太宗被"小楼昨夜又东风"激怒,赐毒酒一杯。相传,毒酒为中药马钱子,服后全身抽搐,头脚蜷缩,状极痛苦。李煜死后被追封为吴王,小周后悲痛欲绝,不久也随之而死。美人香消玉殒随爱仙逝,空留一段《虞美人》孤独遗世,千古传唱。

李煜死后,人们演绎出不同的版本,有的说是因为宋太宗自以为也会写两句"歪诗",但无论如何也写不过李煜,一生气把他毒死了,有点"文人相轻"的意思。也有的人说,宋太宗看上了他漂亮的媳妇小周后,花轿抬走,旬日才返;后来嫌李煜碍事,索性就宰了他,以绝小周后的情思。无论如何,他被老赵毒死了,追随着先他而亡的国家,终于还是烟消云散了。而不散的只有李煜绵绵的词风和冤死的孤魂。

李煜是一个典型被历史"玩弄"的人。本来无心当皇帝,身为第六子,帝位无论如何也轮他不着。结果历史开了一个莫大的玩笑,他的叔叔、哥哥们全都死光了,偌大的场子就剩下他独自来撑。李煜不是宝玉,开心的时候可以躲在暖纱橱里吃姐妹们嘴上的胭脂,不开心了,头发剃光光,跑去当和尚。毕竟,王府的公子哥儿和帝王的子孙总是有所差别的。李煜没处躲,只好硬着头皮当了这个皇帝。假如落在手里的是一个盛世王朝,估计李煜也会励精图治,说不定可以成就一番事业。可惜,南唐到了他的手里,气数已尽;加上李煜主观上也没什么称帝的精神准备,所以,很快就被灭了。

末代皇帝的历史抉择通常都别有意味,自杀和投降都没有什么好结果,正所谓"胜者王侯败者寇",作为一个国家的代言人,历史可以解散,人生却不能。所以,李煜终于还是决定活下来,哪怕没有尊严,他也希望可以苟延残喘地活下去。

综观李煜的一生,半是词人,半是帝王。为词,他香艳旖旎;为王,也多如此。这和赵氏兄弟截然不同,赵氏兄弟首先是帝王,其次才是文人(不管是真文人,还是装文人)。文治武功、文臣武将,虽然可以并立而称,但重心上还是有所不同。政治家首先想到的是韬光养晦、运筹帷幄;而文人,清茶烈酒、风花雪月,最在乎的是才情,这便是文武之道的不同。李煜文质彬彬,本无登基妄想,也无一统山河的野心,只希望偏安一隅,有立锥之地可以吟诗作画。但是,文人的梦想多半很难实现,何况他还是一个皇帝。

然而,人算终究不如天算。宋太宗虽然毒死了李煜,但李煜所倡导的"三寸金莲",却犹如历史巨大的裹脚布,牢牢地捆绑了宋朝的审美。宋朝理学对女人的迫害和禁锢，仿佛中了咒语，由脚到头不断蔓延，牢牢地裹住了人们的思想。

毫无疑问，宋朝重文轻武，文人们都过得十分潇洒。有的官至宰相，直接影响政治的走向；有的匹马戎装，驰骋疆场守土固疆。假如李煜不是一个皇帝，而只是宋代一个普通的文人，或许他会活得非常滋润：郎情妾意，提笔成文，拈花醉酒，一幅人生写意。但是转念一想，假如他一生都不过是浪荡才子，辗转于软香温玉之中，恐怕词作就会是另外一副模样了。

李煜实在没有柳永"淡扫蛾眉"的福气，估计也不愿意体会"天上人间"的巨大反差，"词帝"的称呼恐怕也未见得心里受用。但无论如何，"国家不幸诗家兴"的论断在他身上得到了充分的印证。李煜走后，世间留下了他的词作。人们记不得他当皇帝时候的词，却感慨他阶下囚生活的无尽心酸："梦里不知身是客，一晌贪欢。独自莫凭栏，无限江山，别时容易见时难。"字字看来皆是血，今非昔比痛断肠。所以，王国维评价说："后主之词，真所谓以血书者也。"

李煜的谢幕和赵宋的华丽登场，都是历史的巧妙安排。李煜虽死，但绵绵词风却在宋代词坛依然绽放，他的清丽、洒脱、落寞和深情，都在宋代词人的血脉里不断延展，并内化为一种超拔、俊秀的力量，演绎出不同风姿的温婉和狂放。

宋徽宗不是个好皇帝

《封神演义》中曾经写到这样一个故事：周文王姬昌求才若渴，遍访贤良。一天晚上，忽然梦到一只飞熊扑入帐中，惊醒后解梦得知此乃吉象。次日，文王出游，在渭水河畔遇姜子牙，拜为丞相，成就了一番大业。赵明诚娶李清照之前，就跟老爸说梦到了"词女之夫"这四个字，后来果真如愿。可见，人生有时候还真就能够"梦想成真"。

听说宋神宗生前，曾经去观赏南唐后主的画像，见李煜清俊儒雅，再三感叹。不久，他的儿子赵佶出生了，据说孩子出生时，神宗梦到李后主前来拜访，所以，这个儿子后来很有文采，胜后主百倍。赵佶天资聪慧，能文擅画，十六七岁已经成长为著名的艺术家了。如果按照正常的路线，花前月下，琴棋书画，估计小赵就算是不因此而永垂不朽，至少也能流芳百世。但历史常常出乎人的意料。

哲宗驾崩后因没有子嗣，只好在兄弟中间选择。论长应该是赵佖，论嫡庶应该是赵似。可是向太后不顾众论，力挺赵佶。于是，中国历史上又一个臭名昭著的皇帝就此诞生，这就是赫赫有名的宋徽宗。宋徽宗其实并非太后所生，但估计太后见他聪明灵秀、乖巧孝顺，每天按时请安，所以打心眼儿里喜欢，说什么都要让他当皇帝。估计向太后在力保赵佶的时候也没料到这是一个亡国之君，要是知道了,不晓得会如何悲痛。

宋徽宗是一个全才,史称"能书擅画,名重当朝"。他不仅创作了大量的书画精品,还经常亲临画院指导工作,一时兴起,还亲自以古诗文命题,如"嫩绿枝头一点红""竹锁桥边卖酒家"。相传,有一次宋徽宗莅临书院视察工作,发现一幅《斜枝月季花》画得十分精巧,当下重赏了作者。大家都莫名其妙,宋徽宗解释说,月季花随四季时节、早晚时间不同,花蕊、花叶、花瓣的形状、颜色各异。而此画把春天、中午、怒放的月季画得纹丝不差,故奖励之。众人听宋徽宗讲得句句在理,无不叹服。学术界始终认为"北宋绘画乃中国最完美的绘画",这与宋徽宗积极倡导有直接的关系。中国十大传世名画之一的《清明上河图》即是在此时完成的。

宋徽宗不仅会画画,还擅长书法,他开创的"瘦金体"挺拔俊美,修长匀称,婉转秀丽,堪称中国书法史上的明珠。北宋末年,金人攻陷汴京后,掳走珠宝、嫔妃无数,但他都未动声色,当殃及他的书画时,听而叹之。可见,宋徽宗最看重的就是书画,在他的心里,至高的宝贝就是艺术。假如徽宗有幸知道他的书画作品如此受后世推崇,不知道他会作何感想。

说宋徽宗是一个全才,当然不仅是指他的艺术成就,还有他绝妙高超的生活"品性"与情调。徽宗登基前,就有人说他"轻佻,不可以君天下",但机缘巧合,他还是做了皇帝。可是做皇帝之后,他不但不收敛心性,还依然故我,甚至变本加厉地享乐生活,把所有对生活的热爱都放在了个人兴趣和爱好上。除了书画,他还"乐于"嫖妓,和京城名妓李师师暗自约会,居然还爆出了与周邦彦嫖妓"撞车"的丑闻。他喜欢蹴鞠,所以很宠爱足球明星高俅;经常公然对高俅的一双"臭脚"赞不绝口,有失王者之风,堪称历史上最无所忌惮的皇帝之一,所以很多人说,好端端的大宋江山就败落在他的手里了。

可实际上,到宋徽宗即位的时候,北宋已经日薄西山。就像《红楼梦》中的宁、荣二府,未及抄家,已经只剩下一副空架子了。仁宗、神宗,甚至连徽宗,都曾经想要一振国威,却由于自身和时代的种种限制,均不可为。正如陈寅恪先生的评价所说:"宋朝的皇帝太荒唐。除太祖太宗算是开国皇帝比较圣明外,其他的似乎一开始都想振作朝纲,但干着干着便走样了。"

宋徽宗正是一个典型。他曾经也想收复"燕云十六州",打算联金抗辽。可是,终于还是失败了。用《宋史》的评价来说:"宋徽宗诸事皆能,独不能为君耳!"他的荒淫无耻总是屡遭诟病,中国几千年昏君的毛病,他差不多都有。大敌当前,临阵脱逃传位给儿子,自称"太上皇",万事撒手不管。实在可恨!但有一点,却是值得肯定的:国破家亡之日,他没有逃跑。

宋国的疆土虽然不及大唐辽阔,但总算还有半壁山河,足可周旋一阵。本来宋徽宗已经从开封跑了,结果众爱卿一时劝阻,又决定回来。不料居然和儿子一起被掠走,给宋朝留下了永世难忘的"靖康之耻"。宋徽宗可以当文人、当画家,和李师师吟风弄月,和蔡京琴棋书画,甚至可以和高俅组织"国家足球队",但就是不适合当皇帝。他以为茹毛饮血的夷狄最微最贱,结果却令自己备受羞辱和折磨。

自赵匡胤开国以来,宋朝始终未能强大起来,先辽,后金,最后是元,这些剽悍的民族尚武力、好骑射,喜欢攻城略地地扩张。而宋朝,不但重文轻武,且愿意为苟安低头,称兄道弟,纳贡称臣,只要保得住"天下",一切拱手相让也在所不惜。然而,野蛮是野蛮者的通行证,文明是文明者的墓志铭。一个高度文明的宋朝就这样葬送在了金人的铁蹄之下。可怜的皇帝词人,在解送的途中写下这首《眼儿媚》:

玉京曾忆昔繁华,万里帝王家。琼林玉殿,朝喧弦管,幕列笙琶。

花城人去今萧索，春梦绕胡沙。家山何处，忍听羌笛，吹彻梅花。

　　汴京的繁华从此只能在回忆中重现，远处的羌笛之声缥缈而来，哀怨、悲发。后主李煜当年也填过"四十年来家国，三千里地山河"的词句。可毕竟南唐历史短暂且疆域有限，怎比得上大宋当年的风光与繁华。据说同行的赵桓也和了一首，吟罢，父子二人抱头痛哭。神宗当年梦见后主造访，后果有徽宗降生。诗词书画之才，徽宗与后主并驾齐驱；治国理朝之能，二人更是不分伯仲。

　　而宋徽宗似乎比李煜还要凄惨，他的妻子女儿都被金人掠去，惨遭蹂躏，不得善终。几番凄风苦雨，都化作一首首词作，遗留在北上的途中，也遗落在宋朝的文学史上。其中的一首《燕山亭·北行见杏花》也是宋徽宗的佳作，被王国维先生看作是一封"血书"。

　　裁减冰绡，轻叠数重，淡著胭脂匀注。新样靓妆，艳溢香融，羞杀蕊珠宫女。易得凋零，更多少无情风雨。愁苦。问院落凄凉，几番春暮。

　　凭寄离恨重重，这双燕，何曾会人言语？天遥地远，万水千山，知他故宫何处。怎不思量。除梦里有时曾去。无据。和梦也新来不做。

　　词作从期望到失望，进而转为绝望，最后连回归中原的梦想也破灭了，结尾哀痛至绝，肝肠寸断。所以，也有人推测这首词是赵佶的绝笔，写于幽闭期间，写后不久便离世。不管怎样，中原的气象、汴京的繁荣、江南的柔美、临安的旖旎，都与他无缘了。他永远被冰封在白雪覆盖的黑土之下，除了魂归故里，再无他途。

半为苍生半美人

北宋开国初,西夏首领曾接受过宋太祖赐予的官衔。可及至仁宗时,李元昊建国称帝,开始不断抢夺宋朝的人口和财物。而宋军由于缺乏战斗力,几乎屡战屡败,不得不向西夏纳岁币换苟安。王安石变法中新党执政,屈辱局面曾一度改善。可惜,王安石变法失败,旧党上台,司马光等人举手投降,卑躬屈膝的氛围再次甚嚣尘上。

这时,冒出来一个地方小官。他人微言轻,又远离京城,既没有朝堂之上慷慨陈词的悲壮,也没有战死沙场的机会,只能在苟安的时代中体会自己的人生。大宋朝醉生梦死、歌舞升平,他对着自己空白的人生,徒然一声断喝,犹如晴空闪电,尖锐地刺破了北宋温软的喉咙,发出了振聋发聩的雷鸣。《六州歌头》也因自身的激情与光芒,历来被作为《东山词》的压卷之作。

少年侠气,交结五都雄。肝胆洞,毛发耸。立谈中,生死同。一诺千金重。推翘勇,矜豪纵。轻盖拥,联飞鞚,斗城东。轰饮酒垆,春色浮寒瓮,吸海垂虹。闲呼鹰嗾犬,白羽摘雕弓,狡穴俄空。乐匆匆。

似黄粱梦。辞丹凤,明月共,漾孤篷。官冗从,怀倥偬,落尘笼。簿书丛,鹖弁如云众,共粗用,忽奇功。笳鼓动,渔阳弄,思悲翁。不请长缨,击取天骄种,剑吼西风。恨登山临水,手寄七弦桐,目送归鸿。

上阕以"少年侠气,交结五都雄"开篇,一"侠"一"雄"奠定了全词的基调,也抒发了大气磅礴的豪情。接着,贺铸详细描述了自己与伙伴们的品性:肝胆相照、生死与共、豪放不羁、英勇盖世。带着鹰犬狩猎,踏平狡兔之巢;围聚豪饮,可吸干海水,气魄如虹。"雄姿壮彩,不可一世"。言辞中,结交豪雄之情,吞吐山河之势,令人无限神往。然而,以"乐匆匆"三字收尾,似有转折之意。

至下阕,首句急转直下,匆匆美梦,朝气蓬勃的生活原来只如一枕黄粱。赏心乐事的青春一掷如梭,沉沦困厄的官宦生活逐渐取代了少年侠客的快乐。"明月共,漾孤篷。官冗从,怀倥偬,落尘笼。""共粗用,忽奇功。笳鼓动,渔阳弄,思悲翁。"这是词人对自己十几年生活的回顾,也是对胸中愤懑的一种抒发。

原本是行侠仗义、豪情满怀的少侠,立志报国,却误入牢笼般的官场,在地方打杂,案牍中劳形,不能驰骋沙场、建功立业;一腔抑郁,化为满肚子的牢骚。三字一顿犹如层层巨浪,直指苍天埋没才华的不公。长歌当哭,英雄泪,撒满襟。"剑吼西风"四个字把所有的悲愤与激越推向了狂怒的高峰。词作结尾三句峰回路转,"恨"字一出,怒吼变成了悲凉。凌云之志无处施展,只能抚琴诵词,看山水孤鸿。

由于词牌所限,宋词题材多有趋同,大部分为依红偎翠之作,而绝少直言家国大事。及至靖康之后,才有了岳飞、张孝祥、陆游、辛弃疾等人的爱国作品。然而,能够写出如此义薄云天,侠情万丈的,非贺铸莫属。

贺铸字方回,是宋太祖贺皇后的族孙,所娶的媳妇也是宗室之女,标准的皇亲国戚。然而他却始终不得志,初为武职,位低事烦;

后改为文职,亦不能实现理想与抱负,终于请辞,定居苏州。贺铸与北宋其他词人不同,他生于"军人世家",他也从武职开始做起,从小就希望能够为江山社稷效力。只可惜,大宋朝重文轻武,他空有为国之志,却难寻报国之门。

金庸先生曾在多部小说中描写宋朝:政府的无能、官员的腐败、人民的苦难都换来豪侠们的挺身而出。在《射雕英雄传》中,郭靖大侠常常闯进官府,一把抓起早已屁滚尿流、趴在桌子底下的高官,怒斥其逃跑速度之快,强烈要求保家卫国,镇守城池。在《神雕侠侣》中,郭靖大侠会合了各路英雄,成功地击退了外族的进攻,保住了大宋的江山。然而,郭靖虽有其人,但历史远没有小说来得幸运。宋朝最终还是覆灭在了北方少数民族的铁蹄下。

其实,宋朝建立伊始便不断受到北方少数民族的军事威胁,但放眼宋词,爱国、抗击的诗作却少之又少,今仅存十余首。而以戎马报国为主题的,只有苏轼的词《江城子·密州出猎》可与贺词互为伯仲。然而,苏词的"会挽雕弓如满月"壮虽壮矣,却少了胸中一波三折的愤懑,到底是比贺铸纵横一世的气魄差了些顿挫之力。

贺铸的这首《六州歌头》笔力雄浑苍健,上承苏轼,下启南宋辛派,在词史上有着不容忽视的地位。身为侠客,贺铸渴望建功立业、披荆斩棘;而身为词人,他多情敏感,豪气干云之外,还有一份温柔的深情。

贺铸一生几乎都是屈居下僚,经济上并不宽裕。而贺铸的妻子赵氏虽是帝王贵胄,但嫁给贺铸后勤俭持家、不惧劳苦,对丈夫非常体贴,夫妻二人感情深厚。但后来,妻子不幸过世,贺铸想起曾经相濡以沫的时光,悲从中来,挥笔写下一首《鹧鸪天·半死桐》,以悼亡词寄托自己的哀思:

重过阊门万事非,同来何事不同归?梧桐半死清霜后,头白鸳鸯失伴飞。

原上草,露初晞,旧栖新垅两依依。空床卧听南窗雨,谁复挑灯夜补衣!

本首词作从"物是人非"的感叹入手,不禁问道"为什么同来却不同归"?这种责问,看似无理取闹,实则情到深处。有人说爱情的最高境界就是"敬他如父,尊他如兄,亲他如弟,爱他如子,视他如友"。贺铸的追问,既有不合常理的撒娇与嗔怪,也暗含了不忍诀别的撕心裂肺。秋霜过后梧桐半死,词人以白头鸳鸯自喻,垂垂老矣,却无人相伴,孤独和凄凉呼之欲出。

词作最后两句尤其伤感,夜雨敲窗,想起妻子从前"挑灯夜补衣"的景象。凄怨哀婉的情感,缓缓打开读者的心扉,令人不免潸然泪下。这首纪念亡妻的小词与苏轼的《江城子》同为悼亡词中的佳作。所不同的是,贺词中贫贱夫妻患难与共的真情更加荡气回肠。苏词说"小轩窗,正梳妆";而贺词却用"挑灯补衣"来反衬生活的艰辛,同甘共苦之情,比简单的爱恋更加深切动人。

所谓"平生只流两行泪,半为苍生半美人",这句话在贺铸身上得到了印证。《六州歌头》里的英雄气、《鹧鸪天》中的儿女情,就是贺铸"侠者之风"的体现。豪情是"侠"的骨骼,柔情是"侠"的血肉,刚柔并济才不失为大侠风范。江湖风波、宋江的山寨和包公的衙门,以及是否真的有飞檐走壁的英雄,我们不得而知,但贺铸的侠骨柔情却在宋词中清晰可辨。

然而,在贺铸的人生里,我们似乎忘记了一段他最为人所乐道的故事,讲的是他退居苏州时,碰到了一位妙龄女郎,心花怒放之际,填下了千古名篇《青玉案》:

凌波不过横塘路,但目送、芳尘去。锦瑟华年谁与度?
月桥花院,琐窗朱户,只有春知处。

飞云冉冉蘅皋暮,彩笔新题断肠句。试问闲愁都几许?
一川烟草,满城风絮,梅子黄时雨。

　　姑苏水乡,横塘梦境,美人已去,却爱慕难忘。古人的"闲愁"相当于我们今天的"爱情",青草、柳絮、飞雨,铺天盖地,难以计算其多少,正如可遇而不可求的爱情。贺方回也因这首小词得名"贺梅子"。周汝昌先生说:"晚近时候再也没有听说哪位诗人词人因名篇名句而得名。"可见,宋代的文人是风趣而又开朗的。
　　有剑吼西风的潇洒,有伉俪情深的爱情,似乎还曾偶遇过美妙的艳遇。上天对贺梅子如此偏爱,恐怕正是安慰他无处施展豪情的落寞吧!

包黑炭，六亲不认

一天，宋仁宗正要准备上朝，张贵妃一路相送，扯着仁宗的袖子撒娇："官家今日不要忘了宣徽使之事哦！"仁宗看着张贵妃一脸柔情似水："放心！放心！"来到大殿之上，仁宗便降旨升张尧佐的官。这个张尧佐贪污腐败、擅自征收地方税，闹得百姓怨声载道，一向声名狼藉。但毕竟朝中有人好做官，此人正是刚刚给仁宗吹完枕边风的张贵妃的伯父。仁宗为了搞好夫妻关系，对张贵妃的亲属封官赏银其实也并不为过。

不料，宋仁宗刚一开口，包拯就站出来了："臣有本要奏。"接着噼里啪啦地说了一大堆张尧佐的问题，长篇大论，激动处飞流直下三千尺，听得张尧佐站在一旁心惊肉跳。仁宗听得心里这个郁闷呢，"朕贵为天子，张尧佐并无大过，难道擢升一下就这么不容易吗？"包拯一听更来劲了："难道陛下不顾民心向背吗？臣既为谏官，岂能自顾安危而不据理力争！"仁宗一看，包拯如此执拗，众大臣又纷纷赞同老包，也没什么特别好的理由来反驳，只好作罢。

下殿之后，张贵妃赶紧迎上去，仁宗举着袖子擦脸，生气地说："包拯上殿，唾沫都喷到我的脸上了。你就知道宣徽使、宣徽使，不知道包拯是谏官吗？"这个故事生动有趣，既能突出包拯刚正不阿的为官态度，也能体现宋仁宗知人善任的才能。这似乎从某一侧面折射了宋朝当时的情况。

仁宗时,宋朝已经不像宋初那样生机勃勃,臃肿的官员队伍、庞大的军队和政府消费,已经成为大宋朝无法卸掉的负担。百姓负担加重,自然引发不满,各地起义和暴动不断发生。包拯面对如此形势,忧国忧民,敢于直言进谏,丝毫不怕触犯"龙威",深受百姓的拥戴。当然,从另一方面讲,宋仁宗也还算过得去,假如碰上一个昏君,估计包老爷的项上人头早已不保。

包拯为人正派,从不两面三刀,也不搞阴谋诡计,不趋炎附势,不奴颜媚骨,不说假话、大话、空话,也不会为了皇帝的喜欢而见机行事。所以,欧阳修称赞包拯"天资峭直",但也埋怨他"思虑不足"。其实,宋仁宗因循守旧,没什么政绩,而包拯能够不畏权贵,纠正时弊,对社会风气的改善和扭转都起到了突出的作用,实乃国家、人民之幸。仁宗虽然没有大的作为,但也算开明,对老包一直比较宽容。

好在包公虽然刚直,但从不武断行事,喜欢调查研究,乐于听取别人的意见。后来的很多戏曲、文艺作品,经常在包公身边安排一个温柔、和善的白面书生公孙策。两人一黑一白,一严一慈,令舞台效果和历史想象都非常完美。实际上,包公虽然很少有笑容,但别人指出其错误的时候,仍然能够虚心接受,所以,司马光曾经赞扬老包:"刚而不愎,此人所难也。"

包拯曾经当过天章阁待制和龙图阁直学士,"包待制""包龙图"都是人们对他的尊称。他一生为官清廉,严于律己,衣食住行都与平常百姓无异,故深得百姓拥戴。所以,人们赞颂他:"龙图包公,生平若何?肺肝冰雪,胸次山河。报国尽忠,临政无阿。杲杲清名,万古不磨。"

包拯不仅严格要求自己,也严格要求自己的后代,他曾经留下遗言:"后世子孙仕宦有犯赃滥者,不得放归本家;亡殁之后,不得葬于大茔之中。不从吾志,非吾子孙。仰珙刻石,竖于堂屋东壁,以诏后世。"这段著名的"包公家训",刊刻于石碑之上,竖立于堂屋之中,"不贪赃、不欺民"作为后世子孙正身、出仕之守则,至今仍在包公祠中警醒后人。

但世人只知道包公是一位令皇帝头疼的谏官,是一位黎民百姓尊敬的清官,却很少有人知道包公还是位诗人。包公曾写过一首五律《书端州郡斋壁》,抒发自己的情怀和志向。

清心为治本,直道是身谋。秀干终成栋,精钢不作钩。
仓充鼠雀喜,草尽兔狐愁。史册有遗训,毋贻来者羞。

"清心""直道""精钢不作钩"都是包公为官一生的总结,也是他人格坦荡、胸怀磊落的明证。"仓充鼠雀喜,草尽兔狐愁"见证了包公重视民生疾苦的故事。包拯一生做了很多有益于民的事情,所以,世人敬仰包公,赞其"不爱乌纱只爱民"。最后两句,似乎正是敦促包公恪尽职守的明训。《宋史·包拯传》中曾写道:"拯立朝刚毅,贵戚宦官,为之敛手,闻者惮之。人以包拯笑比黄河清。"包公断案,料事如神,也许能够料到自己为官一世,将被永载史册。可是,恐怕包公并不能够料到自己还会被搬上文学舞台,演绎出无数的话本、小说。

关于包公最神奇的传说,就是"狸猫换太子"。据说宋仁宗本是当年李妃所生,结果被刘皇后收为养子,刘皇后为绝后患三番五次加害李妃。但李妃吉人天相,逃过人生一道道关隘,终于碰到包公。包公不但破了案子,还在李妃的授意下,责罚了皇上。他当然不能用铡刀、皮鞭和棍棒来施加刑罚,就让皇上把龙袍脱下来打了一顿,解了李妃的恨,也给皇上找了个台阶。所以,在戏曲中李妃高兴地唱道:"好一个聪明的小包拯,打龙袍如同臣打君。"如此说来,包公敢于在仁宗面前如此嚣张就容易理解了,能够给你把老妈找回来,说话的时候不慎喷了你点儿唾沫星子也就不算什么了。

包公连皇上的龙袍都敢打,当然什么人也不怕了。有个叫秦香莲的妇女来告状,说相公陈世美在外面包"二奶",很长时间不回家,现在不但不给赡养费,还想杀人灭口。包公听后勃然大怒,叫衙役们把这个混蛋给绑来。经过调查,发现这不是普通的包"二奶"事件,是陈世美和公主犯了"重婚罪"。包公一咬牙,抬龙头铡,咔嚓一声就把驸马爷铡了。后世又传下来一段经典的桥段《铡美案》。由此可见,包公不但为自己树立了清官形象,也为后世的武侠小说、戏曲和电视连续剧提供了素材。

包拯因其英明神武、铁面无私、断案如神,素有"包青天"之誉。于是,人们觉得包大人虽然长得黑,但不足以吓死人,独自闯荡江湖,未免略显单薄。于是,便在其周围塑造了一系列英雄侠义的形象,让他能够有许多"左膀右臂",比如大家熟悉的"张龙赵虎王朝马汉",著名的"五鼠"和"御猫"。在包青天的率领下,各路英雄会集开封府,为百姓除暴安良、伸张正义,也构造起上至皇权、下至百姓,得到全民认可、拥护的"江湖"。而《三侠五义》这部书,无疑是中国侠义公案小说的代表,也是包公的故事能够源远流长的最佳载体。

宋朝,虽然总是被说成积贫积弱,但在人们的心里,它依然是豪侠的时代、英雄的舞台,快意恩仇之事自然也是屡见不鲜。不仅武侠小说《三侠五义》等由此发端,连金庸大侠的小说《射雕英雄传》《天龙八部》等也以宋代的江湖为蓝本。抛开故事本身的真实性,单看宋朝能够造就出包拯这样一个"冷酷到底""死了都要谏"的人,就可以想见仁宗的开明和宽容了。

那年山寨，草寇亦风情

法国著名作家司汤达死后一百多年，其代表作《红与黑》才被世人所接纳。所以，有人说，很多英雄的盛名都是在死后被人们不断发掘出来的。或许，宋江大侠也是这样一个例子。宋江起义被朝廷平定后，他的影响仍在继续。宋人话本中不断勾描他的"光辉形象"。特别是后来四大名著之一的《水浒传》，流行范围之广，令宋江这一人物赢得了更多的关注；至今，梁山周围依然有不少名胜古迹，"宋江寨""英雄井"等成为历史风烟留给后人的无穷宝藏。

宋江，字公明，北宋末年刀笔小吏，后起义，得众人拥戴，成为"带头大哥"。作为《水浒传》中的头号人物，他无疑是最为引人注目的，也是历来评论家的"必争之人"。宋江有三个绰号：黑宋江、孝义三郎、及时雨。这些绰号基本可以概括宋江的特征。首先是黑，身形矮胖，没有林冲挺拔，更不如吴用儒雅。所谓"人不可貌相,海水不可斗量"说的就是宋江这种人。丑虽丑了点儿，但是人品好，而且有自己的"梁山生意"，放在当代，恐怕也算是自谋生路、自主择业的典范。

宋江的另外两个绰号都和人品相关，这也是他能够"威震江湖"的撒手锏。孝义三郎说的是宋江的孝道。中国古代思想中忠孝往往不分家，所以，现代人批判他们的时候常常捆绑式评论为"愚忠愚孝"。忠孝二字贯穿了宋江的整个人生。另外一个能够展现宋江风采的绰号莫过于"及时雨"。古人说,一生四大喜事,"久旱逢甘霖,他乡遇故知,洞房花烛夜,金榜题名时"。宋江是一个小押司,官虽然不大,却能够为江湖送去及时雨,扶危济困、仗义疏财。也正因为他"该出手时就出手",才能够收拢人心,在弟兄们中间享有威望。"有钱能使磨推鬼",一旦机缘成熟,不用拉票,也可以顺利"上位"。

《宋史》记载:"宋徽宗宣和三年(1121年),淮南盗宋江等犯淮阳军,遣将讨捕,又犯京东(今山东),江北,入楚海州界,命知州张叔夜招降之。"《东都事略》中提到官员侯蒙,曾上书皇帝建议利用宋江来平息方腊的叛乱。"宋江寇京东,蒙上书,言宋江以三十六人横行齐魏,官军数万,无敢抗者,不若赦江,使讨方腊以自赎,或足以平东南之乱"。

虽说在某种程度上,历史也是一部"小说",记载并添加了后人的许多文学想象,但透过这些浮出历史地表的言论,人们还是达成了共识:宋江反了,声势浩大地反了;不幸的是,后来还是被朝廷给灭了。

宋代,自赵匡胤开国以来,便奉行"攘外必先安内"的政策,政权、兵权、财权高度集中,对外屈辱求和,对内管理异常严格。到了北宋末年,土地兼并更加严重,所谓的"官逼民反"更是层出不穷,而宋江就是在这个时候揭竿而起的。

宋头领率36人,在黄河北部起义,竖起"替天行道"的大旗,专门劫富济贫、打击贪官污吏,和社会不良现象作英勇斗争。由于宋江具有卓越的领导才能,加之手下弟兄们都是"杀人如切西瓜"的主儿,不说百战百胜,至少也算是百战不殆。宋徽宗非常害怕,赶紧派人来"围剿"这伙流窜分子,但宋朝军队总是养兵,很少练战,所以注定打不过梁山这些天天健身的好汉。"围剿"失败后,宋江等人的名声更加响亮。后世对于宋江的崇拜和分歧也就由此而来。

有人说,宋江成名以后,因为他只知道"愚忠愚孝",总觉得兄弟们这样打家劫舍实在不是长久之计,正好国家有意招安,说宋江你如果能戴罪立功,就能转成正式国家公务员了。宋江一时心动,就被招安了。招安之后,就被派去打方腊。结果平定了方腊的叛乱后,自己也折损了不少元气。朝廷看他也没什么用,就赐毒酒把他给害了。还有一说,宋江根本没有被招安,在方腊被朝廷出兵灭了之后,仍然奋起反抗,只是后来寡不敌众,起义之火还是被朝廷扑灭了。但似乎前一种"招安平方腊"的说法更容易获得人们的认同。

从宋代话本开始,经民间故事的口口相传,到最终《水浒传》的定型,人们似乎更愿意相信宋江的确曾经投靠过朝廷,只不过是不幸被朝廷"过河拆桥"给杀了。

20世纪90年代,《水浒传》被搬上电视银屏,宋江的扮演者李雪健,黑黑矮矮,把宋江塑造得唯唯诺诺,一脸窝囊相,临死之前怕李逵造反,还把毒酒给李逵喝了一半,活生生气坏了电视机前的观众。

可是,这不免令人生疑,假如宋江果然如"跟屁虫"似的没志气,也没个主意,我们所敬佩的那些梁山好汉会听他摆布?就算"及时雨"有两个小钱,爷儿们不会自己去抢?何苦大哥长大哥短地跟在小押司手下混呢?

实际上,"久居幽兰之室,而不闻其香。久居鲍鱼之厮,而不闻其臭。"宋江在梁山好汉的熏陶下,不管原来如何卑微,也开始学着变得忠肝义胆起来。且看宋头领的著名词作《念奴娇》:

> 天南地北。问乾坤何处,可容狂客。借得山东烟水寨,来买凤城春色。翠袖围香,鲛绡笼玉,一笑千金值。神仙体态,薄幸如何销得。
>
> 回想芦叶滩头,蓼花汀畔,皓月空凝碧。六六雁行连八九,只待金鸡消息。义胆包天,忠肝盖地,四海无人识。闲愁万种,醉乡一夜白头。

"每个人的心里都有一个江湖。"宋江当年冲冠一怒上了梁山,从此开始了大块吃肉、大碗喝酒、大分官银的日子,豪侠的生活状态不知道令他多么开心呢!占山为王的快感,令人欲罢不能。作威作福的江湖,如同山寨版的皇宫。"义胆包天,忠肝盖地"也不是普通山贼草寇说得出的豪言壮语。

相传这首《念奴娇》是宋江写给名妓李师师的,所以有"一笑千金值。神仙体态,薄幸如何销得"之词句。由此可见,宋江也是大解风情之人。李师师这个人很值得研究,虽然未见她有何著名词作遗世,但却声名远扬。她单凭弱女子之力成功地整合了来自社会各阶层的优秀资源,如皇帝(宋徽宗)、文人(周邦彦)、黑社会老大(宋江)……当然这只是人们所知道的李师师二三事,如果不是年代久远,估计还能挖掘出一代名妓背后更多鲜为人知的故事。

再来看宋江这首词的下阕,"义胆包天,忠肝盖地,四海无人识"。能够写出如此气势恢宏的词句,可以断定宋江的确是个人才,且有大侠之风。"闲愁万种,醉乡一夜白头"既有宋公明饮的潇洒,也有兄弟们敲着桌子、大声吆喝的雄壮。如此江湖,让人留恋。

"有人的地方就有江湖,有江湖就有风波。"是非成败,转眼成空,笑骂由人,只留后代评说。我们无法亲历宋江振臂一呼,应者云集的豪迈,也就无法体会他当年许给李师师的是何等的荣耀,会不会石榴裙下,也同样说出"他年我若为青帝"的话呢?或许只有宋朝,才愿意把此等山贼草寇之事记录进历史;也只有多情又多才的宋朝,才能让占山为王的寨主也如此附庸风雅。一首《念奴娇》不仅为宋公明的懦弱平了反,还附赠了一段优美的风情。

千古江山,云烟过眼,只有英雄美人的故事,能够荡气回肠,永垂不朽……

第二章
有才,有情,有品位,看宋代女子的现代生活

  幸运的女人总是相似的,比如有才华、有情趣、有品位,懂得浪漫,会享受生活。不幸的女人却各有各的不幸,比如家道中落,婚姻不幸,又或者生逢乱世。能够生在宋朝,才女们常常会忽略自己的幸与不幸,而更看重这样的时光能否留住自己的青春和墨香……

小资生活实录

在封建男权社会里，能够为才女争得一席之地，且光芒万丈，千古不散，巍然屹立于词坛，乃至整个中国文学史而毫不逊色的，除了李易安，恐怕找不出第二个人了。而关于李清照词学的研究，历来也颇多，大体上，人们把李清照的词作分为前后两期。早期词作风格柔美、活泼，既有闺中女儿的自由，也有新婚燕尔的快乐。其中最为人所称道的当属两首《如梦令》：

常记溪亭日暮，沉醉不知归路，兴尽晚回舟，误入藕花深处。争渡，争渡，惊起一滩鸥鹭。
昨夜雨疏风骤，浓睡不消残酒。试问卷帘人，——却道"海棠依旧"。知否，知否？应是绿肥红瘦！

两首词放在一起对照，可以比出诸多相似之处。旅游、吃酒、泛舟，第二天睡醒了，伸个懒腰，似乎没能散尽昨夜的浓酒，闲来无事，和丫鬟"斗嘴"，轻松快乐，饶有情趣。第一首小令中说"溪亭日暮，沉醉不知归路"，没有点明是和哪一个亲友出去游玩，但可以从词作中推测，她的郊游无比快乐，"尽兴而归"，恐怕惊起鸥鹭的时候，也同样换来了她欢愉的笑声。不用上班，不担心迟到，高兴了还可以喝两杯小酒，才子佳人们一时兴起，提笔成文，一场风花雪月的浪漫故事说不定就此发端。以今天的眼光来看，能够随意支配自己的时间，呼朋引伴休闲度假，睡觉睡到自然醒，实在是"乐活"一族。由此看来，李清照既有旷世奇才，也拥有当之无愧的小资情调。

李清照能够在北宋词坛声名鹊起，不仅仅是她个人才华的积累，也是历史的机缘。她生于北宋官宦之家，是标准的大家闺秀，资质聪慧，再经过艺术的熏陶和洗练，自然萃取出钟灵毓秀的神采，就如同"红楼"中的小姐们一样，个个都是舞文弄墨的行家里手。

可是，在封建社会，女人的"名"和"命"，不仅取决于自己的才华，还常常依赖于家庭和婚姻的支撑。探春精明志高，可惜身逢末世，远嫁之后也只有草草收场。宝钗也是现代知性女子的典范，不料嫁了宝玉，后半生不但要独守空房，再好的诗也没人欣赏了。而中国古代的四大丑女，因为才华横溢，嫁的都是位高权重，非富即贵之人，所以全部流芳百世。故而，时至今日，仍然流行这样的观念，"生得好不如嫁得好"。找到一段美好的姻缘，往往可以成全女人的一生，李清照就是一个典型。

李清照生在士大夫之家，18岁时嫁给宰相之子赵明诚。夫妻二人志同道合，常常一起勘校诗文，收集古董，既是同舟共济的伴侣，也是志同道合的朋友。有故事说，他们常常于日暮黄昏，饮茶逗趣。由一人讲出典故，另一人说出在某书某卷某页某行，胜者可先饮茶。据说有一次，赵明诚说错了，李清照饮茶时"扑哧"一笑，弄得茶没喝到嘴里，却泼了自己一身茶水，夫妻乐翻天。由此，也留下了"饮茶助学"的美谈。当年二人生活，全在情趣之上，辞赋唱和，互相欣赏、爱慕，简直是神仙美眷。用童话故事书的结尾来说"他们从此过上了幸福的生活"。即便夫妻小别，也是相思无尽，那份孤独和寂寞只是一个幸福的少妇对爱情的依恋，所谓"愁绪"寄给赵明诚之后，也就化作了缕缕甘甜。

薄雾浓云愁永昼，瑞脑消金兽。佳节又重阳，玉枕纱厨，半夜凉初透。

东篱把酒黄昏后，有暗香盈袖。莫道不消魂，帘卷西风，人比黄花瘦。

据说这首《醉花阴》寄到赵明诚手里后，老赵自叹弗如，但是男人的自尊激起了他的好胜之心。他闭门不出，谢绝见客，废寝忘食地大写特写了三天三夜，高产了五十阕宋词。然后把李清照的这首混杂其中，请哥们儿陆德夫鉴赏。陆兄再三玩味，认为只三句绝佳，老赵抬眼一看，均为易安之作"莫道不消魂，帘卷西风，人比黄花瘦"。这虽然只是元代《琅嬛记》中的一个故事，而且人们并不知道赵明诚听了之后作何感想，但是以老赵过往的行为和与易安的感情来看，恐怕明诚君不会如一般男人那样大为不悦，而是会非常高兴娶了一个这么厉害的媳妇。

封建社会里男尊女卑，多数男人都瞧不起女人。正因这种观念的横行，所以柳永愿意歌咏青楼女子，并大胆剖白自己的心声，不但遭到了皇帝的鄙薄，也令自己陷于尴尬的境地。幸好明诚易安二人均为望族，又是名正言顺的夫妻，而李清照的确才华盖世，深得同辈人的赞赏，所以，赵明诚对妻子的欣赏被引为佳话而非笑谈。作为一代才女，李清照能够生长在宋代，的确是一种福气。

北宋虽然没有大唐的富贵和丰腴，但总算还有自己的特色和风采。宋太祖赵匡胤登基后，曾有一条不成文的规定，"不杀净臣，不杀读书种子"。文化的宽松加上经济的繁荣，使得北宋休闲娱乐业十分兴盛，能够生在这种土壤里，多少都有点自由奔放的情怀。所以，在赵明诚、李清照的身上，人们很容易发现"平等、自由、尊重"等封建社会不常看到的夫妻关系。当然这一方面得益于李赵二人的才华和气度，另一方面也与北宋的文化环境有关。假如理学的禁锢已然吃紧，即便愿意互敬互爱也会被沦为笑柄。

李易安是如何爱上赵明诚的，没有史料记载，因为李清照的小词写得青涩、矜持，不似卓文君那般激烈。少女时期的清照曾写过一首《点绛唇》来描绘当年的初恋：

> 蹴罢秋千，起来慵整纤纤手。露浓花瘦，薄汗轻衣透。
> 见客入来，袜刬金钗溜，和羞走。倚门回首，却把青梅嗅。

秋千荡后，乍见来客，来不及穿鞋，松散着头发出来，害羞，欲走；又不舍得离去，倚门回首，青梅偷嗅。一个天真、浪漫、纯洁又略带羞涩的初恋少女的形态就这样生动地跃然纸上。我们无法推测是怎样的相见拨动了李清照的心弦，只约略可见少女的自由，倾心相许似乎暗示了她婚后的幸福。

李清照生活在宋代，就像是21世纪的白领小资，她们安逸、优雅，举手投足间都透露出时代的妩媚与细腻；即便称不上青年人的精神领袖，但至少也是一部分人所乐于效仿的典型。那种闲情雅致，犹如在漂亮的咖啡馆里品味人生，透过雪亮的落地玻璃窗，看街上的熙来攘往，也偶尔观照一下自己是否需要补妆。这就是小资，有大把的时光来慰藉心灵，只要她愿意，任何情趣都可以栽倒在自己的脚旁。富裕的生活加上满腹的才情，李清照的青年时代就是这样有滋有味地走过来的。

作为一代词人，李清照能够有如此浪漫的生活，既有自身才华横溢，懂得生活情调的原因，也有社会历史提供的契机。在历史的螺丝松动的那一刻，宋代的繁华与自由滋养了她的秀美与温柔，给了她怦然心动的爱情、琴瑟和谐的婚姻。然而，历史似乎是一柄双刃剑，它赐予了李清照中国女子所没有的光环，也给了她无尽的磨难，来考验她的倔强、不屈与坚贞。

寡妇门前是非多

有人说，如果李清照能够活在盛世，应该会写出更多的《如梦令》，为词史留下更多才女佳话。只可惜，金人的铁蹄不断南下，踏破了赵宋山河，也踩碎了李清照悠闲的小资生活。公元1127年，金兵攻破汴梁，徽宗、钦宗被俘，北宋灭亡。"花自飘零水自流"，李清照犹如自己的词作所说，开始了漂泊的后半生。

如果只是人生旅途的鞍马劳顿，其实对志存高远、淡泊宁静的李清照影响也不大；赵明诚的爱情足以为她遮风挡雨，撑起生活的保护伞。可惜"屋漏偏逢连夜雨"，国破之后，李清照很快又惨遭丧夫之痛。一时间，国败家亡的悲伤和愤懑扭转了李清照的词风，她由幸福快乐的小资，变成了孤独悲伤的寡妇。所谓"寡妇门前是非多"，赵明诚刚刚过世，李清照就经历了世俗舆论的第一轮洗礼。

事情的起因是有人诬陷赵明诚生前曾将珍贵文物献给了金人，有通敌叛国的嫌疑。有人说李清照听到这个消息之后，非常惶恐，结果急急忙忙把宝物献给南宋小朝廷。但是，李清照如此急于得到朝廷的承认和信任，绝不是因为害怕，而是为了证明丈夫的清白。对于大多数中国文人来说，"清白"二字比生命还珍贵。于是，为了洗刷丈夫的冤屈，李清照一路南下，带着他们夫妇的全部家当，追赶远去的朝廷。她遭遇过抢掠、偷盗,金石古玩一路颠簸,一路流失;然而令她更加痛心疾首的是,无论怎样努力,朝廷的军队逃跑的速度比她还要快。鞍马劳顿对一个弱质女流来说,实在难以承受,加上赵明诚死后,她一直心力交瘁,终于不幸病倒了。

就在亲人们准备为重病不起的李清照准备后事期间,一个叫张汝舟的人巧舌如簧地说服了李清照的家人,趁李清照昏迷不醒时与她缔结了婚约。如果李清照就此安眠,也许她就可以免受后来的诟病,但也许中国词史上将不再有"易安体"。可历史不容想象,李清照醒过来了。她逃过了一道生死关,却不幸落入了人生的又一个"樊笼"。

张汝舟实在不是什么正人君子,用现代语言来说,简直就是"人渣"。婚后,他发现不能占有李清照的文物,恼羞成怒,常常对李清照拳脚相加。作为一个才情并重、享受过琴瑟和谐、举案齐眉的女子,李清照无论如何都难以和这种"强盗"生活在一起。李清照把他告了,要求摆脱家庭暴力,和张汝舟离婚。

余秋雨先生曾经提到这件事:"没有任何文字资料记载李清照出庭时的神态,以及她与张汝舟的言词交锋内容,但是可以想象那些都不是我们愿意看到和听到的⋯⋯所有旁观者的心中都会泛起'自作自受'四个字,这些她全能料到。如此景况加在一起,出庭场面一定不忍卒读。"历史隐去了人们悲伤的想象,我们只能看到李清照用自己的尊严争得了最后的自由和荣耀。

按当时的法律,张汝舟受到严惩,而李清照也必须服刑两年。所幸的是,李清照在一位亲戚的营救下,很快被释放。出狱后,她马上写信给亲戚,"清照敢不省过知惭,扪心识愧。责全责智,已难逃万事之讥;败德败名,何以见中朝之士"。今天读此信,字字沉重,依然可以感觉到李清照为自己名誉的忧虑。"改嫁"一事,令李清照再次陷入舆论的旋涡。

其实宋初,无论官方还是民间,都还沿袭着唐代留下来的"改嫁"

的习惯。大文豪范仲淹的母亲也曾经改嫁，连宋太祖的妹妹也在丧夫后另嫁他人。程颐虽然已经提出"饿死事小，失节事大"，但他的侄子过世后，侄媳妇也另寻伴侣了。可见，北宋时期改嫁之风并未式微。

但是到了南宋，随着都城的变迁，人们的生活和观念都发生了微妙的变化。一方面，朱熹等知识分子开始大力弘扬"守节"观念；另一方面，南宋失去了盛唐的恢宏与大气，也就失去了与之匹配的自由与宽容。在北伐屡遭失败后，王朝的精神气质开始一致向内转，曾经的锐气和锋芒也渐渐钝化。为了巩固统治，南宋意识形态领域的钳制更加明显，对道德的控制力也不断加强。

可怜的是李清照生在北宋，所有关于青春和爱情的成长都在自由的北宋完成了。然而，到了南宋才发现变化的不仅仅是都城的位置，还有生活的时空。从丧偶到离异，她尝遍了人世间的离合悲欢，这些感情都深深地消融在她的词作中。从前那个活泼、开朗，在藕花深处激起层层快乐的少女一去不复返了，连热闹的元宵节似乎也与她无关。

> 落日熔金，暮云合璧，人在何处？染柳烟浓，吹梅笛怨，春意知几许！元宵佳节、融和天气、次第岂无风雨？来相召，香车宝马，谢他酒朋诗侣。
> 中州盛日，闺门多暇，记得偏重三五。铺翠冠儿，捻金雪柳，簇带争济楚。如今憔悴，风鬟雾鬓，怕见夜间出去。不如向、帘儿低下，听人笑语。

这首《永遇乐》词上阕写元宵节的热闹，令人恍惚间仿佛置身汴京的繁华。下阕遥想当年自己闲暇游乐之时，青春烂漫，无忧无虑，悉心装扮"铺翠冠儿，捻金雪柳，簇带争济楚"，少女的情状活灵活现，跃然纸上。词末，笔锋忽转，讲到如今，霜染鬓白，憔悴难耐，对外面的繁华已经提不起半点兴趣,心理也开始衰老。最后一句"不如向、帘儿低下,听人笑语"尤其悲凉。词人既怀念当初元宵胜景,又害怕触动对往事的伤感,不敢去触碰外面的繁华,只能躲在回忆中安慰自己的孤寂。历史变迁、人世沧桑,隔着一帘幽梦,忽觉还乡,笙歌曼舞之夜,独自垂泪、断肠。

南宋末年爱国词人刘辰翁曾说:"余自乙亥上元诵李易安《永遇乐》,为之涕下。今三年矣,每闻此词,辄不自堪。"李清照这首《永遇乐》将身世之感、国家之叹,南宋的风雨飘摇和自己的今昔对照,全部容纳其中,包含着无尽的思想和丰富的情感,读来令人心碎。

李清照晚年隐居杭州,许多词作都透露出生活的凄苦和悲凉。正因为对当年生活的无比眷恋,才对如今愁云惨淡的日子体会更深。正如鲁迅先生所说,"从小康之家而坠入困顿",似乎对生活的体会更加敏感而深刻起来。李清照著名的《声声慢》正是一例:

寻寻觅觅,冷冷清清,凄凄惨惨戚戚。乍暖还寒时候,最难将息。三杯两盏淡酒,怎敌他、晚来风急?雁过也,正伤心,却是旧时相识。

满地黄花堆积,憔悴损,如今有谁堪摘?守著窗儿,独自怎生得黑?梧桐更兼细雨,到黄昏、点点滴滴。这次第,怎一个愁字了得!

以豪迈之笔写悲怆之情,在词史上堪称一绝。也因此,后世把李清照的词尊为"易安体"。李清照志存高远,出淤泥而不染,敢于在守节之风盛行的宋朝毅然"离婚",不惜一切代价争取自由的生活,实为"女中大丈夫"。

范晔在《后汉书》中首次把《列女传》放在正史之列。早期如救父的缇萦,文采卓越的蔡文姬,贤良的乐羊子妻,都作为各行业的出色妇女光荣入选。可惜的是,《宋史》后,所谓列女都变成了守节的"烈女",可以想见,当时李清照的日子该多么艰难。著名女星阮玲玉离世时曾说过一句:"人言可畏。"这似乎喊出了旧时代中国女子的全部心声。

更令人悲哀的是,李清照卒年不详,死亡时间、地点及原因都无可查证。曾经芳华绝代、震烁古今词坛的一代才女居然落得了这个下场。这是李清照的悲剧,也是衰弱的南宋留给后世的一大憾事。

前生名妓后生尼

"想见琴操姑娘?好办,排队啊。前面人都在等着呢!"琴操姑娘一亮相,但见她嘴上两撇山羊胡,穿着男人装,通体黑色紧身衣,吸烟,眼光扑朔迷离,大放电波,跳艳舞,迷倒众生无数;轻者惊呼狂叫,重者口吐鲜血而亡。终有一名才子出现,对答如流,得到琴操姑娘的赏识,得以与琴操姑娘抚琴吟诗……这是周星驰电影中《大内密探零零发》的一组经典镜头。虽然星爷的电影极尽搞笑、夸张之能事,但琴操姑娘在北宋的娱乐业,一时风头无二,确为实情。琴操在北宋能够红极一时,不仅因为她长得清丽脱俗,还因为她填就一手好词。"妓女"加"才女"这一双重身份,令她备受推崇,长期稳居"一姐"地位,无可动摇。

琴操,相传出身官宦,少时不幸被抄家,后父母相继亡故,无以为生,沦入青楼卖笑。好在小时候读过几首诗文,加上宋代文人常来烟花柳巷厮混,琴操在这种半雅半俗的"文化氛围"里泡久了,也便生出了一点诗意。偶有文客来,吟风弄月,也可以填词作曲,人气渐旺,名声渐响,提到琴操之名,西湖一带,无人不晓。

一天,某官吏游西湖,一时高兴,吟唱起秦少游的《满庭芳》:"山抹微云,天连衰草,画角声断斜阳……"琴操听了这位官人的唱词,心说"您唱错了吧,应该是'画角声断谯门'才对"。可又不好意思直接说他没文化,于是委婉地说道,"错得好,虽然词句唱错了,但是词的意境反而推进了"。谁知这位大人耳根子软,架不住拍马屁,何况又是大美女的忽悠,高兴地抱拳道,久闻姑娘才华不让须眉,既然错了,姑娘能否用这个韵,填一首新词呢?琴操暗想,全用阳韵,改动不大,但难度系数较高,做人就要有挑战,不走寻常路,才能看出新奇。略一沉吟,随即改为:

　　山抹微云,天连衰草,画角声断斜阳。暂停片辔,聊共引离觞。多少蓬莱旧侣,频回首、烟霭茫茫。孤村里,寒鸦万点,流水绕红墙。

　　魂伤,当此际,轻分罗带,暗解香囊,谩赢得、青楼薄幸名狂。此去何时见也,襟袖上,空有余香。伤心处,高城望断,灯火已昏黄。

　　吟罢,搁笔一笑,嫣然妩媚,围观人等纷纷凑上来观词,疾呼"妙极"。于是,琴操改韵的事也就自此流传了。宋朝是一个有钱也有闲的时代,皇上、大臣、文人、百姓,从庙堂到市井,包括靠娱乐业起家的妓女都能吟诗唱词,可见当时文化普及程度之高。像琴操这样才艺双全的,更是深得文人的喜爱。于是,这事儿传着传着,就被风流才子苏东坡听见了。

　　"山外青山楼外楼,西湖歌舞几时休。"琴操粉面似雪,秀发如墨,实在是明艳动人,而东坡又是一代才子,风流倜傥,天性浪漫,两人一见倾心,引为知己。从此,"西湖比西子",泛舟于湖光山色之中,才子品茗,佳人抚琴,清风习来,水波荡漾,犹如人间仙境。

　　然而,苏东坡虽生性风流,却也深谙人世甘苦:琴操举止清雅,谈吐不凡,落入青楼实在可惜。于是,一次参禅时,东坡问琴操:"何谓湖中景?"琴操答道:"落霞与孤鹜齐飞,秋水共长天一色。"问:"何谓景中人?"应道:"裙拖六幅潇湘水,鬓挽巫山一段云。""何谓人中意？""随他杨学士，憋杀鲍参军。"又问："如此究竟如何？"琴操默然，酸甜苦辣涌上心头，语顿无以应。东坡索性说道："门前冷落车马稀，老大嫁作商人妇。"琴操是何等聪明的女子，登时顿悟，涕泪长流。沉吟半晌后，决定削发为尼，了却情缘。遂起身为东坡唱道：

　　谢学士，醒黄粱，门前冷落稀车马，世事升沉梦一场，说什么鸾歌凤舞，说什么翠羽明珰，到后来两鬓尽苍苍，只剩得风流孽债，空使我两泪汪汪，我也不愿苦从良，我也不愿乐从良，从今念佛往西方。

　　既然尘埃落定，机缘成熟，苏轼也就领着琴操去出家了。庵主一看大名鼎鼎的苏轼领来一个如花似玉的姑娘，神情俊秀，便知慧根深种，当即欣然接受。琴操入佛门后，用谐音取法名"勤超"。至此，一代名妓，从青楼走出，在尘外谢幕。

　　关于琴操身后的故事，传闻颇多，有的说苏轼送她去出家之后，又后悔了，几次登山拜访，劝她回杭州，琴操不从。于是，苏轼借酒消愁，醉卧玲珑山，遗憾万千。也有人说，琴操隐入佛门之后，闭门谢客，精研佛法，加上风月场上看透了人间悲凉，很快就悟道了。也有一说，琴操入山修行没几年就驾鹤仙去。辞世时恰是"乌台事件"爆发，苏轼被贬黄州之际。苏轼听闻琴操死讯，老泪纵横，深情款款地说，"是我害了你"。无论如何，没有文字记载的故事都难以当真，但这些却正好丰富了后人的生活和想象。

　　琴操死时，年仅24岁，她当年修改的《满庭芳》至今读来仍可见其深厚笔法。对语言的驾驭、词境的揣摩、音韵的锤炼，没有长时间的研习恐怕很难成就如此佳篇。宋代妓女如琴操者甚多，虽然才华有高下之分，但多半会舞文弄墨。一方面，这可以博得同时代官商、才子们的青睐，为自己招揽生意；另一方面，也可以为浮躁的心灵找到精神的寄托。

同是杭州的妓女周韵,曾要求脱离妓女户籍,当庭写下诗句:"陇上巢空岁月惊,忍看回首自梳翎,开笼若放雪衣女,长念观音般若经。"诗毕,满堂喝彩,"落籍"成功,从此摆脱妓女行业。然而,毕竟能有这样命运的妓女为数不多。而很多妓女虽同样风华绝代,却因机缘错过,不得不留在青楼。偶尔被真情郎赎身的,走出青楼的命运也是阴晴不定。碰到李甲那样的人,杜十娘也不愿饮恨偷生。所以,琴操的"归宿"算起来也是妓女们不错的选择了。

相传,琴操在玲珑山修行时,东坡、佛印等偶尔过来对诗,谈禅悟道。可这期间,只留下琴操一首《卜算子》:

欲整别离情,怯对樽中酒。野梵幽幽石上飘,寥落楼头柳。
不系黄金绶,粉黛愁成垢。春风三月有时阑,遮不尽,梨花丑。

这似乎是琴操留给后世的绝响,但对于她的想象似乎还没有结束。

民国年间,潘光旦、林语堂、郁达夫同游玲珑山,三个才子翻遍《临安县志》,都找不到琴操的故事,绝代佳人居然被历史的风尘淹没得不留半点蛛丝马迹,三人大怒。郁达夫在玲珑山的"琴操墓"前写下四行诗,以示抗议:"山既玲珑水亦清,东坡曾此访云英。如何八卷临安志,不记琴操一段情。"

前生名妓后生尼,无论琴操是什么身份,不可否认的是她才女的本色与性情。她一波三折的传奇人生,浸透着刻骨的心酸和悲凉,也见证了宋朝青楼的发达、达官贵族的潇洒与轻松。编写《临安县志》的这些人,实在不解风情,更不知道鲜活的历史需要时代来塑封。好在,琴操的故事,毕竟流传下来了,在民间的传说里,在文人的墨迹中。千百年来,随风飘香。

风尘难没侠女本色

常言道"婊子无情，戏子无义"。对沦落风尘的女子和女扮男装的优伶，自古以来，人们颇多轻贱和鄙视，而绝少同情和尊敬。常规思维是这样的，青楼女子卖笑为生，没什么贞洁观念，也就毫无操守可言。一个没有操守的人，就等于没有道德底线，晓之以理，动之以情，牙缝也就松了。估计朱熹先生当年就是这么算计严蕊的。没想到他本来想捏个软柿子，不料碰到一块硬石头。

故事是这样的：公元1182元，朱熹作为巡查官，到浙东地区视察民情，结果收到许多当地群众揭发知府唐仲友的举报信。朱大爷是一位非常公允的父母官，知道这些消息之后，立刻着手开始了调查和取证。没几天的工夫，唐仲友糗事一箩筐就都被查出来了。其中包括：贪污受贿、欺行霸市、贪赃枉法、为非作歹、盘剥百姓……罗列了不少罪证，都是各朝代贪官们的通病，但是这里有一条罪状十分醒目：嫖娼宿妓。朱大爷号称"道学家"，别管后世评价真道学还是假道学，这 次唐仲友是撞到枪口上了。朱大爷一拍惊堂木，带人犯，唐仲友的绯闻女友严蕊就被拉到历史的前台了。

严蕊，字幼芳，是南宋时期江南一代名妓。宋人周密在《癸辛杂识》中称她，"善琴弈、歌舞、丝竹、书画，色艺冠一时。间作诗词，有新语。颇通古今"。因才名远播，很多爱慕者不远千里，登门求见。

不用说，又是一位跌落风尘的才女，但是才女也是分三六九等的。出身于书香门第的，如李清照，找一个如意郎君，门当户对，加之才情并茂，那份风流得意自不必说。如琴操者，有幸与苏大学士结缘，后皈依佛门，也算是为自己寻了个好结果。而严蕊与她们都不同，绯闻男友唐某某始终半红不黑的，属于三流明星，个人才学品貌也都拿不了单项最佳。所以，朱熹把严蕊抓进大牢，无疑是对严蕊的另一种"成全"。人们发现原来严蕊侠肝义胆，一身正气，很有女侠的风采。

朱熹先生拉严蕊过堂，问严蕊是否和唐仲友有奸情。有人就纳闷了，这妓女本来就是和大家有染的，怎么就严蕊这么倒霉被抓了呢？原因是这样的：宋朝青楼事业比较发达，姑娘们分工很细，如歌妓、舞妓、官妓、家妓、私妓等。官妓可以"歌舞佐酒"，但不可以"私侍枕席"。朱熹要定唐仲友的正是这个罪——"严蕊被你潜规则了"。

严蕊说，唐大人和我清清白白，什么瓜葛也没有。朱熹大怒，重责。严蕊依然紧咬牙关，坚贞不屈，"我虽然落入风尘，没什么清白可言，但绝对不能反去诬陷别人的清白"。于是，"再痛杖之，仍系于狱。两月间，（严蕊）一再受杖，委顿几死"。两个月来，一再抗拒强权，以羸弱的身体撑起了不屈的意志，结果虽然人在狱中，严蕊在外面的名声却越来越响亮。

朱熹先生聪明一世，糊涂一时。在几百年前屈打成招常有发生，杨乃武与小白菜就是一例，但问题是，你下手之前，应该先调查清楚，这到底是一个软柿子还是一块硬石头。毫无疑问，严蕊就是后者。

事情僵持了两个多月，毫无结果不说，还惊动了圣上。皇帝着急了，我派你朱熹去体察民情，你去了什么功绩都没有，却跟一个妓女较劲，闹得尽人皆知，鸡狗不得宁焉，满城风雨，沸沸扬扬，弄得朕也很难下台，这不是明显"秀才争闲气"吗？办不明白赶紧回来吧。于是，宋孝宗责令岳飞的后代岳霖前去办案。

岳霖一看严蕊都被打成这样了，不能再打了，容易出人命。两个当官的水火不容，致一个妓女惨死，这实在有点说不过去。虽然这事儿有点噱头，但是我们岳家根红苗壮，绝对不能让这种娱乐新闻辱没门楣。于是，岳霖温言软语地说："姑娘，别怕。你不是说冤枉吗？你写首词，申诉一下冤情吧。"

严蕊一看，这个官爷长得慈眉善目，或许能有平反的机会，想起多日的苦楚、身世的悲凉，心中一阵委屈，不禁热泪盈眶，略加思索后填词上诉。这就是严蕊的代表作《卜算子》：

不是爱风尘，似被前缘误。花落花开自有时，总赖东君主。

去也终须去，住也如何住！若得山花插满头，莫问奴归处。

这首词，上阕写沦入风尘、俯仰随人的苦楚。"似被前缘误"中的"似"字，既有对于宿命的叹息，也有迷茫、怀疑并期待脱离苦海的心理。"花落花开"，"赖东君"两句，暗含了对自己身世飘零的感怀，也含蓄地表达了对岳霖解救自己的期待。下阕的去与留，承接了上阕的花开花落，也设想了未来的生活：能够"山花插满头"，做一个普通的农妇，就是自己最好的归宿了。

全词意境清幽，既陈述了委屈，又婉转地考虑到了官衙内特定的时间、地点和人物关系，用词委婉含蓄却不卑不亢，虽身份下贱却并不作践自己，铮铮铁骨朗朗可见。岳霖听罢，非常震动，当庭释放严蕊，并销去她的妓女籍。严蕊从良后，改嫁他人，得善终。后世称颂其"心直志正"的品质为"真道学"。

严蕊虽不会武功，但有"粉身碎骨浑不怕，要留清白在人间"的气魄，也算是古今中外妓女界的异数了。"侠之大者"有精忠报国的英雄，也有刚正不阿的女子；有红拂那种飞檐走壁的侠女，有"秦淮八艳"对爱情忠贞、对国家忠义的奇女,也有严蕊这种义字当头,直白清正之女流等,不一而论。

回到严蕊事件中,或许是当年记录的疏忽,或者是后人故意隐去了她的举动。然而,我们只能知道,在严蕊遭到严刑逼供期间,未见唐仲友的丝毫营救。这令人不免想到当年严蕊为唐仲友舞之蹈之歌之词之的情景:

> 道是梨花不是。道是杏花不是。
> 白白与红红,别是东风情味。
> 曾记。曾记。人在武陵微醉。

严蕊以桃花自喻,既表达了自己高洁的内心志趣,也暗含了陶渊明"武陵人桃花源"的理想。孙麟趾在《词径》中曾说:"人之品格高者,出笔必清。"严蕊的这首小词,雅静自然,着笔空灵飘逸,回味无穷,属于咏物词中的上品。可是,我们不免感叹,这样的严蕊也换不来唐仲友的雪中送炭,困中解围。可见,一日为娼,便难得尊重。好在严蕊最后终于脱离苦海,据说还嫁得不错,老公纳了她以后,再没续妾,二人感情很好,也算修成正果。

除老死青楼之外,风尘女子的尘外归宿大抵有两种:一是随书生意气,二是伴侠客江湖。北宋的琴操皈依佛门,南宋的严蕊嫁入豪门,都算是得了善终。

断肠女，天风流

有这样一种很流行的说法："看一个人的底牌，要看他的朋友；看一个人的实力，要看他的对手。"这句话非常有道理。有时候即便算不上对手，但别人选取参照物的时候，就可以看得出这个人的分量了。举个例子，假如夸奖男子长得很帅，别人会说"貌似潘安"，因为潘安非常英俊，走到街上，各年龄层的女子，甚至连大妈都会捧上鲜花，以示爱意。如果别人的评价是，"比左思美丽"，这就不算夸奖了。左思丑得很，逛街的时候，有好事儿的小孩子会向他丢臭鸡蛋，暗示其妨碍市容。所以，能够和厉害的人并列，即便稍逊几分，和其他人比起来，也还是高人一筹的。故而，"比东施靓丽"并不是美誉，而"比西施差些"却是称赞。参照物水平的高低，直接决定了一个人在行业里的定位。很多人就是因为这种相似的比较才认识朱淑真的。

陈廷焯在《白雨斋词话》中说，"朱淑真词才力不逮易安，然规模唐、五代，不失分寸"。李易安是几千年来中国历史上"才情女子第一人"，后世能够把朱淑真放在这个水平上去衡量，无论高低，本身已经是对她的一种肯定了。

朱淑真生于南宋初，具体生卒年及事迹均不详，官宦世家，号幽栖居士。从朱淑真和李清照的自号上就可以推见两人生活的差别。虽同样是官宦小姐，且都才情并茂，但李清照却是"易安"，而朱淑真只能"幽栖"。说到底,还是家庭生活能够成就女人的幸福。"赌书消得泼茶香",李清照生活得再苦再累,至少在尘世间找到了赵明诚。正所谓"一路上有你,苦一点也愿意",两个人风雨同舟,不离不弃,且志趣相投,互为知己。这样的婚姻即便放在21世纪,也是令人羡慕的,更何况在男尊女卑的时代。

而关于朱淑真的婚姻,历来就有种种不同的猜测:有人说她嫁给了市井小民,也有人说嫁给了官宦。虽有很多种不同的说法,却有一个共识:那便是朱淑真不幸福。"男怕入错行,女怕嫁错郎。"在一个男权世界里,婚姻的不幸将注定女人一生的凄凉。

独行独坐,独唱独酬还独卧。伫立伤神,无奈轻寒著摸人。

此情谁见,泪洗残妆无一半。愁病相仍,剔尽寒灯梦不成。

这首《减字木兰花·春怨》似乎是朱淑真感情生活的写照。独行独坐独唱独愁独卧,一连五个"独"字,道出了她的孤独和寂寞。黯然神伤处,料峭春寒竟然也来"招惹"我。下片"此情谁见",既映衬了上面提到的孤独,也引出了泪洗残妆没人在乎的哀伤。因愁生病,因病添愁,愁愁病病,无穷无尽,寒灯里面的灯芯已经剪尽,东方即白,却又是一夜难眠。这种愁苦的情绪在朱淑真的很多词作里面都有体现:

山亭水榭秋方半,凤帏寂寞无人伴。愁闷一番新,双蛾只旧颦。

起来临绣户,时有疏萤度。多谢月相怜,今宵不忍圆。

这首《菩萨蛮》从山水自然写到闺中愁怨,起来在窗前等待心上人,却没有等到。"多谢"两句写得十分巧妙,既把月亮比拟得十分富有人情味,也深刻地暗示了"月有阴晴圆缺,人有悲欢离合"的意味,含义隽永,深婉动人。朱淑真是一位多愁善感的女词人,多情而又敏感,情思细密又包含哲理。从月亮的残缺中得到理解和安慰,令人不禁感叹女词人的善解人意,也不免更加怜爱这份含泪的笑容。

世人总喜欢拿朱淑真和李清照相比,李清照的词写得温婉细腻,如娇俏的小女儿当窗理云鬓,巧笑倩兮,美目盼兮。在那种春闺愁绪中人们品咂的是小女儿娇憨之态,但是,在朱淑真的词里,人们几乎看不到"争渡"的快乐,有的只是闷闷的愁苦、落落的寡欢。只有一首《清平乐·夏日游湖》,似乎是朱淑真词作中较为明快的一首。

恼烟撩露,留我须臾住。携手藕花湖上路,一霎黄梅细雨。

娇痴不怕人猜,和衣睡倒人怀。最是分携时候,归来懒傍妆台。

男女相约在夏日,灿烂的阳光铺洒在湖面上,水波和眼波一起荡漾,两个人携手在藕花湖上约会,黄梅细雨温润地敲打在脸上。在这样的时光里,人影晃动,心驰神往,不自觉便忘怀其中了。"娇痴不怕人猜,和衣睡倒人怀"两句袒露了女词人的襟怀。在那个男女授受不亲的年代,尤其是清规戒律的理学已经开始束缚人的时代,能够不为外界所动,尽兴而为,率性而为,也不枉自己年轻了一回。但或许正是因为这份勇气,她虽然获得了"爱的初体验",却也招来道学家的闲言碎语、"有失妇德"等指责。易安"眼波才动被人猜",惟妙惟肖、恰到好处;而朱淑真却"娇痴不怕人猜",其敢于直面人生的勇气似乎比李清照更胜一筹。

有了这一次美丽的相遇,有了这样梅雨天气中的相许,爱情在她的心里便扎下了根,也为后来婚姻的不幸埋下了一颗炸弹。但凡出类拔萃喜好文学的女子,多为才华横溢、心思细腻之人,大抵只有源源不断的爱情，才能够令她们的心灵如沐春风，始终荡漾在激情中。朱淑真如此，张爱玲也如此。曾经的张爱玲，对世间的薄情寡义都了如指掌，但不料却遇到了胡兰成。女人对于爱情，常常明知是个陷阱，也会毫不犹豫地跳下去。而这份忘我投入的爱，常常深深地影响了她们后来的幸福。朱淑真也不例外。

可能是放怀得失、不计荣辱的关系，朱淑真在自我解放中找到了自由，也因为这人生宝贵的经历，让她在后来的婚姻岁月中，常常找不到幸福感。所以，常常有数不清的悲痛从心底生出，是情郎未至的失落，还是对礼教抗衡的失败？这一切，后世已经很难了解，只能在艺术的短简残篇中寻找她的落寞与艰辛。

有人说，她离婚了；因女子失德，父母竟然不许她入土为安，索性一把火烧了，一同焚烧的还有她曾经十分珍爱的书稿。女子无才便是德，正是这绝代芳华令她不甘心做一名普通的女人。对待一个才华横溢的女子，人们居然比对敌寇还要狠心。即便在重文的宋朝，这一点似乎也不例外。千古流芳与万世流言，不知道哪一个更让朱淑真心寒！更不知道她会不会和父母一样幽怨地感叹："读书毁了女人的一生！"

但是，一切终于都过去了，那些曾经追逐柳暗花明的理想，那些曾经卧在情人枕边的甜香，那些曾经独倚栏杆的寂寞，所有的岁月都在一场大火中付之一炬。在灰烬落下后，那些醒目的诗行则显得更加耀眼。

迟迟春日弄轻柔，花径暗香流。清明过了，不堪回首，云锁朱楼。
午窗睡起莺声巧，何处唤春愁。绿杨影里，海棠亭畔，红杏梢头。

烟锁重楼，云锁朱楼！身为才女，回忆青春年华，却不堪回首。这一点当真羞辱了南宋的风流！

第三章
饮酒,纵情,写歪诗,宋代文臣你未必懂

一团和气,两句歪诗,三斤黄酒,四季衣裳。传统文化中理想的生活模式,在宋代文人身上得到了完美的诠释。也正因如此,这里开垦出一片培养真正精神贵族的自由沃土。

一生成败在澶渊

历史有时候和小说相似,在口耳相传中,将一个个动人也惊人的故事代代延续。从《三侠五义》中人们认识了包公,在《杨家将》中人们认识了寇准。在硝烟弥漫的战场背后,大宋朝一边是杨家将的精忠报国,一边是寇大人的忠肝义胆。寇准以自己在皇帝面前不容忽视的分量,在杨宗保出征和穆桂英挂帅等关键问题上,起到了突出的作用。于是乎,寇准戏剧性的故事,就这样随着杨家将的历史流传下来。这其中虽然多少有些夸张,但作为宋朝顶级文臣之一的寇准,的确曾经深深地影响过宋代历史的书写。

寇准出身世家,19岁就高中进士。当时的皇帝宋太宗赵光义选官,喜欢倾向于年老持重的人,于是有人建议寇准把年龄填大一点,不料遭到寇准的拒绝,理由是:"准方进取,可欺君耶?"从步入仕途的那一刻,寇准的正直就为他迎来了无数的荣耀。

有一次,太宗因与寇准所奏之事意见不合,一气之下拂袖而去,寇准居然敢上前一步,拉住皇帝的袖子,硬是把皇帝拉回到御座之上,直到解决问题。在任何一个朝代,这几乎都是脑袋搬家的事儿,但是在宋朝却别有一番景象。因为宋朝的皇帝都颇有文化,所以也很能克制,绝少发怒,生气了也就是拍案而起。当皇帝能够如此,也算是仁至义尽、忍辱负重了。正因如此,宋朝的文臣们才勇于庭前犯上。在这一点上,宋朝的民主之风当为历代王朝之翘楚。

所以,宋太宗遭遇此事不但不恼怒,还称赞寇准,"朕得寇准,犹文皇之得魏征也"。此举,无疑于给寇准颁发了"终身成就奖"。要知道,自唐后,"魏征奖"基本上类似于如今电影界的奥斯卡,算得上是最高的奖赏了。

经历过朝堂之上的"拉拉扯扯事件"之后,太宗和寇准的情意就更坚固了。太宗一高兴,命上等工匠做了两条通天犀的腰带,一条自己御用,一条赐给寇准。虽然他们没能穿一条裤子,却系了同款漂亮的腰带,二人之情深可见一斑。

然而,正直往往是一柄双刃剑,能够带来荣耀,也同样会有损伤。寇准由于太过正直,甚至有些刚直,有时候难免和人发生争吵。有一次就是因为在太宗面前和其他官员互相揭短,惹得太宗龙颜大怒,将其贬至青州。然而,太宗外放寇准,并不是因为不宠爱他,而是希望他吃点苦头,收敛一些,也更能懂得点方圆之道。一年后,太宗不顾周围人的挑拨,下决心召寇准回京,并擢升为副宰相。

寇准进京,太宗喜出望外,伸出自己患了脚病的丫丫给寇准看,"你怎么来得这么迟?"这似乎有点像情人间的撒娇,也是人与人之间亲昵的一种体现。不料,寇准依然如故,不冷不热地说,"臣非召不得入京",让太宗碰了一鼻子灰,一腔热情顿时化成兜头一盆冷水。可见寇准的棱角分明,非岁月和苦难所能磨平。

太宗虽感无奈,却依然信赖寇准。此番召其入京是为了立太子一事。寇准听太宗问此等高端时政,不敢妄下断言,只是说三种人的意见不能参考:一是后妃;二是宦官,三是近臣。言外之意,此三种人由于和太子的种种关系,都会为了既得利益而推举不同的人。太宗听后,深以为意,屏退了周围的人,和寇准商量,最后决定立后来的真宗为皇太子。

立太子一事在封建王朝,不仅关于天下重任,也牵扯皇帝的家务事。多少文臣武将都栽倒在太子拥立这一政治事件上,有的留下了千古遗憾，有的背负了一世恶名，还有的为此而送命。寇准能巧妙地化解此敏感话题背后的刀光剑影，足见其确有治世之才能。宋太宗一生重用并"溺爱"寇准，也是情理之中。

真宗继位后，宋朝与契丹之间的战事愈加紧迫，双方对峙难分胜负。金庸先生在《天龙八部》里描写过这段历史：当丐帮帮主乔峰得知自己并非汉人而是契丹人时，如临大敌、悲痛欲绝，还发誓永远不杀一个汉人。很明显，这是人类现代文明价值观的集中体现。但换在当时，契丹军大举入侵之际，宋人还是要对此有所回应的。

寇准此时不但力主抵抗，而且信心百倍，豪情万丈，用自己的激情深深地打动了宋真宗，硬是说服了真宗御驾亲征。契丹军兵临城下，真宗吓得魂不附体，派人急寻寇准的踪影。差人回来报告说，寇大人在城楼上与将军们饮酒，歌声、罚酒声、嬉笑怒骂声声声入耳，响彻内外，连契丹军也听得到。真宗听后大喜："寇准如此，吾复何忧！"也不知道是寇准鼓舞了真宗，还是真宗的亲征鼓舞了将士，澶渊之战奇迹般地大获全胜。很难想象城外伏兵四起，寇准当日居然能够于城头谈笑风生，其淡定和从容像极了空城里的孔明。

然而，宋真宗毕竟还是怕死，在大胜之下，居然以退让求团结，以妥协和纳贡换和平，签订了息事宁人、辱宋败国的"澶渊之盟"。事后，有人挑拨离间，说寇准以真宗的生死为战争的胜利下赌注，是对皇帝的大不敬。隔阂一出，众口铄金，真宗竟真的疏远了寇准。寇准此生最为人所称道的就是主战澶渊之胜利，却也因此而被真宗猜疑，当真是成也澶渊，败也澶渊！

寇准其人虽正直、率真，但识人的眼光却并不准。早年时，老臣王旦一直对他十分赏识，并在太宗面前推荐他为宰相。结果他却毫无知觉，并常奏本揭发王旦的短处，连皇帝都替王旦叫屈。良相未能善待，而后辈奸臣丁谓又出其门下。丁谓等人不断排挤寇准，终于把他挤出了朝廷，贬到千山万水外，不知所终的地方。

晚年的寇准，不但在政界遭排挤，铺张浪费也屡遭指责。他生性奢豪,飞黄腾达后更是极度奢侈,家里从来不点油灯,都是用蜡烛照明。相传,连寇准家的厨房、厕所里,烛光都彻夜不熄,天明便可见烛泪遍地堆积。南宋大诗人陆游在巴东叩拜寇准遗像时,曾作诗云:"人生穷达谁能料,蜡泪成堆又一时。"寇准仕途上无限风光,但生活方面却多为后世诟病。素以节俭著称的司马光就经常以他为反面教材,教育儿子要勤俭持家。

公元1023年,63岁的寇准对越来越差的身体似乎已有警觉。他派人赶回洛阳老家取来了太宗当年赐予的腰带。九月七日,他焚香沐浴,更换朝服,束通天犀带,向北而拜,随后安然躺于卧榻之上,悄然离世。所有的沧海流年、宦海沉浮,都随着岁月在此刻消散,唯有他曾经写作的小词《江南春》依然在古典诗词中绽放暖暖的春意:

波渺渺,柳依依。孤村芳草远,斜日杏花飞。江南春尽离肠断,频满汀洲人未归。

江南,春水荡漾,烟波缥缈,绿柳条条,绵绵思绪,柔柔芳草。夕阳映照下,杏花飘飞。孤村、芳草、斜阳,总归是离愁别绪,断肠苦,人未归;青春年华如浮萍遇水,聚散两依依。自古中国文人喜欢以香草、美人自喻,对君王的爱慕犹如父亲般的敬重、情人般的依恋。当年太宗伸疾足给寇准看,不也正为显示那份亲呢?仕途的跌跌起起,人世的沧桑变化,在寇准笔下,和美人迟暮、江南风雨一样我见犹怜。堂堂宰相,写此柔情似水的小词,难免让人联想其弦外之音。然而,就在寇准辞世的那一刻,所有的恩宠、疏离和柔情,所有的耿直、善良、舒豪和铺张,都随着他的生命一起结束,留下的只有缥缈的词音、传奇般的一生。

九月二十三日,仁宗决定调寇准回到离京较近的地方任职,而此时,寇准离世的消息还正在送往京城的路上。两条消息,一喜一悲,在人生之路上,就这样擦肩而过了。

世事洞明，人情未必练达

方仲永那种少时聪颖，成年泯于众人的故事常常令人伤感，但"自古英雄出少年"的事例在中国似乎有着更为广阔而乐观的市场。曹冲称象、孔融让梨，都深刻地印证了"从小看大，三岁至老"的古训。相传，朱松也曾经算过命，巫师占卜出来的结果是："富也只如此，贵也只如此；生个小孩儿，便是孔夫子"。朱松大喜，后对儿子认真教导，果然发现其聪颖过人。4岁时，朱松指着天告诉他："这就是天。"小孩儿却问："天上有何物？"朱松大惊，如此善于思考的小孩儿，长大了必有作为。正所谓"成家全来汝，逝此莫踌躇"。

这位带给父亲无数惊喜，为中国思想史画下浓墨重彩的就是南宋大儒——朱熹。

因为父亲在朝为官，朱熹8岁的时候就有机会来到临安。在这里，他不仅欣赏到了临安的秀丽，也有幸目睹了许多文人、政客的风采，并第一次感受到在对金问题上，"战"与"和"的激烈交锋。公元1138年，正是秦桧主持宋金议和的时候，枢密院胡铨上书，反对议和并恳请杀秦桧以壮国威，结果遭到罢免。朱松不甘心，联络一部分人联名上书反对和谈，结果反对无效，求和协议达成，忠义之士无不为之愤慨。虽然朱松等人的抗争没有成功，但主战的凛凛风骨却影响了朱熹的一生。朱熹此生数度为官，只要有机会，必会进谏主战，绝不苟安议和。可惜，世人多认定朱熹是个理学家、文学家，而很少知道朱松也同样一身正气，满怀报国热忱。

相传，朱熹去世前一年，回忆少年往事，不禁叹息："建隆庚申（960年），距今刚好240年！"而彼时距朱松等人的上书，已然又是60年了。一轮甲子晃过，山河破碎，收复江山无望矣！读书人一声长叹，足见战和之事，始终是朱熹未了的心结。

朱熹一生为官四十几年，而立朝时间仅有46天。四朝老臣，三次出山，"一出而遭遇唐仲友，再出而遭林黄中，三出而遇吴禹圭"，或受排挤或遭诬陷，每每志不能伸，无奈何几番请辞。仕途之多舛，不禁仰天长叹造化弄人。

在朱熹屡跌屡起的政治生涯中，和唐仲友那段公案最为引人注目。有人说朱熹和唐仲友有私怨，结果严刑拷打严蕊。而实际上，唐仲友贪污腐败、结党欺民、奸淫掳掠，勾结当朝宰相王淮，为害一方，气焰十分嚣张。朱熹出于对贪官污吏的痛恨，秉公执法，一查到底。结果不幸被王淮进言孝宗，说"朱主程学，唐主苏学，秀才之间争闲气罢了"。一场严肃的政治斗争就被定性为学术争议，轻松化解。朱熹反复上书，六次弹劾唐仲友均不成功，并被指目的不纯，改命他职。朱熹得知内情后，请求辞职，且未待批文下来，便拂袖南归。大有侠客之风，铮铮铁骨天地可鉴。在甩开政治的"三寸金莲"后，他终于可以把更多的精力投入到为往圣继绝学的理想中。

朱熹一生注重"理学"的研究，不仅自己苦心学习儒家经典，还从儒家经典中选取"四书"（《大学》《中庸》《论语》《孟子》），作为"修身、齐家、治国、平天下"的范本，是孔子之后的大儒，被后世尊为"朱子"。果真应了父亲占卜的卦辞，"生个小孩儿，便是孔夫子"。

朱熹对儒学的继承与发展，从根本上改变了封建社会的思想模式。如果说程学不过是给中国文化穿上的一双三寸小鞋，那么朱熹的理学和道学观念，等于为这双小鞋加了鞋带，令当时已经渐趋衰落的文化更加窒息。同时，朱熹的哲学思想对后世王阳明的"天人合一"观念产生了巨大的影响。从儒学和哲学的传承上看，朱熹都是中国文化传承的中坚力量。

当然，朱熹并不是一个漫画式的糟老头形象，也不是人们所误解的满嘴仁义道德的伪君子。从唐仲友事件上，他能够辞官不做的举动来看，便可以推知他的正直与洒脱，貌似还有些侠肝义胆、为民除害的气魄。"问渠哪得清如许，为有源头活水来。"写得明白晓畅，实在看不出政治野心。但或许正是这份耿直，才让他仕途多波折。

但上天似乎是公平的，他虽然为官并没有大的建树，但为学为文却可当后世表率。"胜日寻芳泗水滨，无边光景一时新。等闲识得东风面，万紫千红总是春。"一首漂亮的小诗既勾勒出春日的妖娆、妩媚，也透露出作者开朗、活泼的个性。这份通达、乐观，在朱熹的很多词作中均有表现。像那首著名的《水调歌头》便是一例明证：

江水浸云影，鸿雁欲南飞。携壶结客何处？空翠渺烟霏。尘世难逢一笑，况有紫萸黄菊，堪插满头归。风景今朝是，身世昔人非。

酬佳节，须酩酊，莫相违。人生如寄，何事辛苦怨斜晖。无尽今来古往，多少春花秋月，那更有危机。与问牛山客，何必独沾衣。

一江春水，融化了天光云影；万里长空，包容了鸿雁南飞。提着酒壶，呼朋引伴，登高远眺，满眼翠绿的山色，缥缈的烟霏。相逢一笑，忘却尘世烦忧。紫色的茱萸、黄色的菊花，缤纷地插在头上。登高怀古，多少人感叹往事如烟，只有这令人欢愉的风景一如从前。

词作下阕劝勉好友，佳节之际，即便酩酊大醉，但总算没有辜负大好时光。生命有限，何苦寻愁觅恨怨东风，夕阳迟暮，只需尽情享受。古往今来,春花秋月,绵延的时空和生命的乐趣相融会。"与问牛山客,何必独沾衣",结尾以乐观的精神否定人生的无常。

他登临望远,丝毫不见前人的惆怅,有的只是享受眼前美景的欣喜,赞誉自然的豪放。在朱熹的哲学世界里,天、地、人本来就是一体的。上下四方曰宇,往来古今谓宙。生生不息的宇宙和绵延接续的人生一样,充满勃勃生机。小词清新雅致,将哲思融入词境当中,含蕴深刻。

朱熹是宋朝乃至中国文化史、思想史上的一颗明珠,也是一个奇特的矛盾体。他身上有文人的洒脱,侠客的豪放,然而更多的是道学的禁锢、儒教的束缚,他中规中矩地把自己拘囿在一个框架中。朱熹曾经给宁宗上课,离实现文化理想和政治抱负似乎只有一步之遥。可是,当一切近在咫尺时,他那道学者的说教方式又把一切推远了。皇上需要的是讲授修行大法的老师,不是站在道德制高点上指手画脚的圣者代言人。

当你举起道德的旗帜时,不管你是否愿意,都在人与人之间树起了一道城墙。很多人和宁宗一样,喜欢听你讲,却未必愿意永远仰望"师道尊严"。没有人可以充当"神"的角色,虽然所谓的"圣人"看起来离此不远。所以,当朱熹失去了"帝师"这一身份之后,人们必然不会认同他的"德行",所有的道德便也成了虚伪的道德。这是朱熹的悲哀,也是所有道学者的不幸。

如今,白鹿书院依旧,《四书集注》犹存,却只有朱熹,已经被历史的评说模糊了本来的面目。

气壮山河，后世当谢我

中国传统文人总是喜欢借景抒情，登高怀古，放眼远眺，山河秀美，壮志难酬。这惆怅之中，有感怀沧海桑田之变迁，有抒发仕途坎坷之愤懑，也有慨叹国家兴衰之忧虑。宦海沉浮、国运起落全都融合在自然的景色中，涌上心头，诉诸笔下，遂成名篇佳作无数。王安石的《桂枝香》，正是个中翘楚。

登临送目，正故国晚秋，天气初肃。千里澄江似练，翠峰如簇。征帆去棹残阳里，背西风酒旗斜矗。彩舟云淡，星河鹭起，画图难足。

念往昔，繁华竞逐，叹门外楼头，悲恨相继。千古凭高，对此漫嗟荣辱。六朝旧事如流水，但寒烟衰草凝绿。至今商女，时时犹唱，《后庭》遗曲。

此番登高吊古，王安石开门见山以"正故国晚秋，天气初肃"起笔，一个"正"字，意境全出，既无拖沓之感，且有正合心思之意。自古逢秋悲寂寥，而半山先生却以"初、肃"二字领起，笔力遒劲，精神抖擞，与刘禹锡的"我言秋日胜春朝"有相似的意境。"澄江似练，翠峰如簇"看似随手拈来，却于锦绣江山之上，看出其宏大的视野，远大的胸襟。

词作下阕,忽念往日繁华,六朝古都的风流如此迅速便随历史云卷云舒,千古江山,万种情愫,都只剩相继的荣辱。最后两句,化用了杜牧的诗句:"商女不知亡国恨,隔江犹唱《后庭花》。"嗟叹之感,弥新而永固,所以,周汝昌先生称赞说:"王介甫只此一词,已足千古。"然而,王安石似乎并不满足仅此一词,甚至不仅仅满足于千古风流的"唐宋八大家",从一开始他就深深地知道,后世将以他的努力为骄傲。

王安石是北宋著名文学家、政治家,字介甫,晚号半山。公元1069年,被宋神宗任命为宰相,开始推行变法。其变法涉及内容甚广,"青苗法""募役法""方田均税法""农田水利法""保甲法"等各项法规,从农业、商业、兵役、教育、财政税收等社会生活的各方面入手,提出了一系列政策,用以革除社会的弊端。

从新法推行到全面废止,前后经历了将近15年的时间。新法的推行从某种程度上来说,无疑是有利于"国富民强"这一目标的。但是,在王安石变法当年,却遭到了保守派强烈的反扑。在晚清以前将近八百年的时间里,历史学家们都普遍认为王安石的变法"祸国殃民"。当然,以如今的历史观来衡量,王安石的变法无疑有着重要的意义。

神宗期间,经济发达程度比以往任何时候都要高,财政税收也好于前朝,但政府依然入不敷出。实际上,自英宗起,政府已经开始出现赤字。究其原因,一方面是宋朝为了维持"和平与稳定"的局面,不得不向辽不断进贡"岁银";打是没有力气的,所以只能掏钱,所谓"破财免灾"大概就是这个道理。另一方面,虽然不打仗,但是依然要养兵;因为怕战争,所以要养更多的兵,以防不测。这似乎成了一个奇怪的现象,没有战争的宋朝,却需要为战争买单,积贫积弱的态势在繁华的背后逐渐清晰。而宋神宗也是一个比较有志气的皇帝,他希望可以通过变法来达到"国富民强"的目的,希望自己可以励精图治、重振朝纲。

人们说历史总是有着惊人的相似。就如晚清的光绪帝需要康有为一样,宋神宗也需要一个人站出来和他同心向前。这个人无疑就是王安石。

公元 1042 年,年仅 22 岁的王安石高中进士,从此步入仕途。他天资聪颖且博览群书,少年得志且并不得意忘形。他没有马上巴结权贵,只是在暗暗思考国家的前途和命运。王安石曾经给仁宗皇帝上过"万言书",但如石沉大海,杳无音讯,他断定变法的时机尚未成熟。于是,他谢绝了朝廷的一次次任命,甘居地方小官,宁可小范围推行变法,造福一方百姓。在王安石看来,做多大的官并不重要,重要的是能够成事。头顶乌纱却身不由己的话,他宁愿不进朝堂,仅仅为民为己做些实事。

著名作家李国文先生认为,王安石这个阶段的韬光养晦、拒不为官,主要是为了制造声势,替自己炒作。然而,对一个政治家来说,投靠明主也并无大错。能够等待时机,并善于抓住命运的拐点,通常都是智者的行为。

公元 1069 年,王安石终于等来了神宗的传召,犹如神宗终于等来了王安石的上任。在宋朝艰难呼吸的关口,他们握住对方的手,互相汲取最初和最终的力量。但任何一次变革,都不要指望能够畅通无阻,因为无论如何改革,哪怕只是一个微小的变动,都会触及既得利益者。最为艰难的往往不是改革之初的深思熟虑,而是如何抵住各方恶意的拆台和进攻。神宗与介甫虽是强强联合,却也无法改变这一历史的惯性,和宋仁宗的庆历新政、清德宗的康梁变法一样,他们最后还是失败了。

对王安石变法失败的原因,有很多种分析,一般意义讲,是触犯了地主阶级的利益。用旧的政府来推行改革,只要政策稍有变动,官僚们照样可以鱼肉人民。用易中天先生的话来说,那便是"改革帮了腐败的忙"。当然,也有人说吕惠卿这个小人抖出了很多王安石写给他的私人信件,说王安石有"欺君之嫌",从而导致革新力量内部的分化。吕惠卿也因此载入《宋史·奸臣传》之列。但无论是什么原因,我们知道变法失败了。

所谓"顺时不骄,败时不馁,才是人生真厚道"。曾经身为宰相的王安石,为了自己的政治理想和抱负,也打击过异己,欧阳修、司马光、苏轼等退休或贬官,都不能不说与此相关。但王安石并没有置对手于死地的意思,也从不以"莫须有"的罪名加害别人。甚至在苏轼发生了"乌台诗案"之后,已经辞官的他还挺身而出,上书为东坡辩护。

须知,当时的王安石已经痛失爱子、家破人亡,在皇帝面前毫无半点话语权。而恰恰在那个时候,没有人敢替苏轼说话,亲友们全都噤若寒蝉,连苏轼自己也被屈打成招。王安石敢于在这个关口替苏轼说话,"岂有圣世而杀才士乎?"足见半山先生的落落风骨,称其为侠肝义胆亦不足为过。或许,这就是文人的惺惺相惜吧!

从政治的聚光灯下走出来,回归平常生活,王安石又回到了金陵。写下了上文提到的那首著名的《桂枝香》。"千古凭高,对此漫嗟荣辱",无限的慷慨悲凉,读来至今荡气回肠。除了填词,王安石还写有许多脍炙人口的小诗,如《泊船瓜洲》即是一例:

京口瓜洲一水间,钟山只隔数重山。
春风又绿江南岸,明月何时照我还?

小诗把思念家乡之情写得清新淡雅,没有别离的惆怅,只有一丝淡淡的盼望,深深地融入青山绿水间。所以,有人说是他第一次任宰相时所作,也有人说表达了他第二次复官时的愉快,还有一说是罢官后,彻底从政治中解脱后的舒畅。无论如何,一个"绿"字几番修改,已成文坛佳话,"功夫在诗外"嘛!

作为"唐宋八大家"之一,他出手不凡,为后世留下了许多传世名篇。王安石变法的时候曾经自信地说:"当世人不知我,后世人当谢我。"有此信念,他的变法无论成功与否,都让人觉得信心百倍,气壮山河!

水缸相公那些事儿

有一天,他和小朋友们在院子里玩。其中一个非常淘气的小朋友爬在水缸边上玩"空谷回声",一不小心,失足掉入缸中。缸大水深,眼看小朋友快淹死了。怎么办呢?如果是接受过现代正规学前教育的小朋友就会说,"找幼儿园阿姨",或者"打110告诉警察叔叔"。但那个时代既没有阿姨也没有叔叔,小朋友们吓得四散逃开,跑去告诉家长。这时候,有一个小朋友不慌不忙地走到缸边,抱起一块大石头砸向水缸。水缸的水流了出来,缸里的小朋友得救了,缸外的小朋友出名了。他一夜成名,传奇经历从此百世流芳,史称"司马光砸缸"。

司马光少时读书就非常用功。别的小朋友背诵诗书会了之后,便跑出去玩,只有他仍然精读体会其含义,并默默记于心。当其他小朋友还流着鼻涕不知历史为何物时,他就可以"凛然如成人,闻讲《左氏春秋》,即能了其大旨",经常"手不释卷,不知其饥渴寒暑"。司马光苦读的故事连同"砸缸事件"历来为人们所称道,被看作是少年老成的典型。的确,当其他孩子手足无措的时候,他能够如此沉着冷静,并机智地想出解决问题的方法,日后的足智多谋、持重稳妥,从小就初露端倪。

司马光是北宋时著名的文史学家,字君实,号迂叟。他主持编纂的《资治通鉴》是中国历史上第一部编年体通史；从众多驳杂的历史史实中总结出治乱兴衰的经验，内容翔实，文笔生动；既是史学类的著作，也可作为文学作品来欣赏。被清代学者王鸣成誉为："此天地间不可无之书，亦学者必不可不读之书。"

在洛阳编纂《资治通鉴》的15年中，司马光几乎耗尽了毕生的心血。家里人等他吃饭，常常不见人影；把饭拿到书房，也要催了几次才吃。每晚只要一翻身就起身继续编写，绝不允许自己有丝毫的懈怠。成书后，他上书给皇上："臣现在老眼昏花，骨瘦如柴，神经衰弱，连牙齿也不剩几颗了。臣全部的精力都耗费在了这本书里。"皇天不负苦心人，司马光的心血没有白费，《资治通鉴》不仅为当时的统治者提供了一套可资借鉴的治国方略，也为后世积累了一笔宝贵的财富。

和王安石出山前辞官不就的"名人效应"类似，司马光隐居洛阳著书15年，依然名满天下，世人都认为他是宰相，并尊称他为"司马相公"。当年那颗闪亮的童星，如今已经变成老百姓眼中的"救星"。适逢司马光动身为神宗奔丧，他受到了百姓的夹道欢迎，人们请求他辅佐天子、拯救百姓。

一个人想要得到百姓的拥戴，既要有清廉刚正的品行，还要有人们所推崇的普适性道德，这或许是中国文化的一大特色。尤其在崇尚道德情操的宋朝，对德行的重视尤其突出。司马光的性格中有两点非常值得人们尊重：一是直，二是俭。司马光秉性刚直，对贤才的举荐、与奸臣的斗争，都能够抛弃个人恩怨和私利，秉公而断，置个人安危于不顾。同时，他还敢直言犯君，这在"君让臣死，臣不得不死"的封建社会，可谓异常珍贵。

相传，由于仁宗无子，皇位继承人始终没有确立。仁宗生病后，大臣们对此心急如焚，却谁都不敢为此进谏。提到确立继承人的问题，似乎会犯了皇上的大忌。只有司马光一次次上书，提到必须稳定皇位继承的问题，才能令天下人安心，以免大权旁落。他屡次上书，情真意切,令仁宗大为感动。不久,仁宗便册立后来的英宗为太子,以备继承帝位。连后来的宋神宗都不无感慨地说:"司马光这样的人,常在我身边,我就不会犯错误了。"能够得到皇帝和百姓的认可,司马光的确是社稷之臣。

司马光一生为人所称道的故事有很多,除了上面谈到的"砸缸""苦读"外,"典地葬妻"也是被人传诵的一段佳话。司马光一生俭朴,从不奢华,所以妻子去世的时候,家里没钱安葬。儿子和亲戚都说借点钱,铺张一些也风光一些,可是司马光不同意,并教育儿子要勤俭立家。最后,他典当了自己的一块土地换了点钱,把丧事草草办完。司马光一生诚实,从不说谎,他曾经说:"我没有什么过人之处,只是平生所作所为,皆问心无愧。"这一点,不仅为他赢得了百姓的尊重,连政敌王安石也对他钦佩有加。

司马光和王安石两个人,都是大宋朝的顶级文臣,他们一个保守,一个激进。司马光讲究守成,尊重传统伦理纲常,认为制度哪里不好可以改善,但不能全盘否定,讲究"补台"。王安石比较大刀阔斧,希望改革可以彻底,从此力挽狂澜,救国救民。然而,他们一生虽政见不和,且水火不容,却都能公正、客观地评定对方的政绩和品德,这不能不说是一件奇事。

宋朝文人参政议政的机会和权利是中国历史上空前绝后的,但文人之间的恩怨多是因为政见不合,而绝少别朝的栽赃、嫁祸。也许是大宋溺爱文人的原因,文人们即便被贬官,游山玩水也一样逍遥自在,大可不必为了尔虞我诈赔上身家性命。可能正是因为这份自在与自由,他们才能够敢于庭前犯上,也才能够在台上台下,都保持自己对人对事独立的判断和评价。所以,后世许多学者如汤因比、余秋雨等,都曾感叹最为向往的便是宋朝。因为对知识分子来说,宋朝的确是培养真正"精神贵族"的沃土。

对于司马光来说,生活在宋朝,不仅拥有独立的精神、无上的荣耀,还很自然地沾染了时代的气息。比如文人指点江山的激越,锐意进取的情怀，当然也还有软香温玉的甜腻。这首《西江月》恰是一例：

> 宝髻松松挽就，铅华淡淡妆成，青烟翠雾罩轻盈，飞絮游丝无定。
>
> 相见争如不见，有情何似无情。笙歌散后酒初醒，深院月斜人静。

上阕写宴会上遇到的一个舞女，松挽云鬟，薄施粉黛，体态轻盈，如青烟翠雾般袅娜，如柳絮柔丝般旖旎，妩媚动人，风情万种。下阕忽然由写景转到写情，有点多情却被无情恼的落寞，长长的相思如碧波荡漾的柔情，剪不断、理还乱。月斜人静，酒后初醒，夜色清凉如水，眷恋？伤感？惆怅？心中五味杂陈，一切景语皆情语，风月无边情意绵绵。

司马光作为一代名臣、历史学家，加上刚直不阿、直言犯上的性格，通常会被很多人误认为是"金刚怒目"，说不定还会板着脸闭口不提男女之事。好在司马光并不是一个伪道学家，他不会永远正襟危坐、高谈阔论，那实在有失才子的情趣。觥筹交错、酒酣耳热、丝竹乱心之际，也会写下这片段情思，歌之咏之。

这首词上阕写人，下阕写景，看似平淡无奇，实则回味隽永。与宋朝许多浓艳香软的词风不同，《西江月》清新淡雅，风格婉丽，可谓"不着一字，尽得风流"。司马光是文史大家，《全宋词》存词三首且均为艳情。文人在政治之外的风流、潇洒可见一斑！或许正因如此，宋朝文人的生活才显得格外生动有趣。

传统文人的理想生活

无论现代社会的高考被人指摘为多么不合理,同古代科举制相比,它已然很进步了。封建科举制才真的是"一考定终身",一旦金榜题名,便可以由此步入仕途,飞黄腾达、光宗耀祖。所以,千军万马纷纷扑上这条坎坷路,范进、蒲松龄、贾宝玉、孔乙己等先辈们都曾为此"抛头颅、洒热血",足见其魅力无穷。然而,也有人可以抄近路、走捷径,被天上掉下来的馅饼给砸到,宋代的晏殊就是一例。

晏殊,字同叔,14岁的时候,应神童试,真宗召其与众进士同廷应考,结果小晏殊提笔成文、从容镇定。真宗喜欢,赐同进士出身。35岁正是许多人为功名挤破头的时候,晏殊却已经升任翰林学士,后拜相。也正因此,晏殊的词里多为平和的情感,很少使用冷僻的典故。其清健的词风,正如他平平稳稳的一生,太平宰相,"修身、齐家、治国、平天下",应该是读书人最为期待的生活了吧。所以,人生的经历无论是坎坷,还是平坦,都是一笔宝贵的财富;苦难固然能激发人的斗志,而优游也可以铸就难得的风雅。一首《清平乐》,正是这种从容的例证。

红笺小字,说尽平生意。鸿雁在云鱼在水,惆怅此情难寄。

斜阳独倚西楼,遥山恰对帘钩。人面不知何处,绿波依旧东流。

小词上阕写情,绵绵情思、幽幽爱慕都铺诉在小巧的信纸上,"雁足传书""鱼传尺素",惆怅深处,连最愿意传递感情的它们也不忍将情书送出。托书不成,便只能借景抒情,将无限情思融入眼前的景色中,斜晖脉脉,高楼上独自一人,"遥山恰对帘钩",本想两两相望穿越时空,不料目光受到青山的阻隔,徒添一段愁思。结尾两句,笔锋忽转,并无更多悲凉之感,情人不在,而绿波依旧。言虽有尽,却含义无穷。

晏殊少年得志,仕途一帆风顺,生活的平坦也促成了词境的恬淡。这首《清平乐》读来虽有哀愁却并不哀怨,虽是艳情却毫不妖艳;惆怅难遣,却也不似柳永、周邦彦等人的浓艳香软、汪洋恣肆。所谓"文如其人",晏殊填词,由于经历和身份的原因,感情上总是有所收敛,"胸有惊涛、面如平湖",说的正是这种风致。

有人说晏殊的词清丽雅秀有"花间词"的遗风,但从晏殊最为著名的《浣溪沙》来看,实在有"青出于蓝而胜于蓝"的成就。

一曲新词酒一杯,去年天气旧亭台。夕阳西下几时回?
无可奈何花落去,似曾相识燕归来。小园香径独徘徊。

这首词的词境直指人世无常,感慨世事变迁。由于晏殊的位高权重,所以他不用像南宋很多词人那样,为晋级和交友,而做些应制的唱和,他不用为酬答谢意而埋藏真性情,辱没自己的才学。很多时候,在功名面前,人生的真纯体验如浮云过眼,为五斗米折腰的才俊历来也不乏其人。但晏殊的经历和纳兰性德有些相近,他们都是衣食无忧的达官贵族,而文学的敏锐和真诚,令他们没有游戏人生的玩票心理,也不用鞍马劳顿地去为羁旅艰辛而苦闷。在晏殊和纳兰的词中,人们最常见到的便是人世间恒常的变数,不是小我的悲伤困顿,而是人生和自然的凋落与更迭,易见难寻的悲凉。

对酒当歌,试问"夕阳西下几时回"?夕阳西下,触动了词人的情思,彩虹易散琉璃碎,亭台楼阁依旧,而韶华流转却转眼成空。词人不仅描写了眼前事物,更有对世事无常的感喟。"无可奈何花落去,似曾相识燕归来"两句更成为词坛绝唱。此联对仗工整,宛若天成,含蓄婉转地表达了诗人的怅惘。花开花落,春去秋来,美好的事物却无法阻止其消长,空留词人在园中徘徊独思。年年岁岁花相似,岁岁年年人不同。这种对人生哲理性的思考,令词作在语言和意境上都显示出卓尔不群的风采。

晏殊既然能参透人生的憔悴易损,自然不愿意让时光一去成空。与其悲辛无尽,不如用心珍惜,正所谓:满目山河空念远,不如怜取眼前人。

> 一向年光有限身,等闲离别易销魂。酒筵歌席莫辞频。
> 满目山河空念远,落花风雨更伤春。不如怜取眼前人。

这首《浣溪沙》也是晏殊的代表作之一。词人哀怨的是时光有限,离别之情最是伤人。推杯换盏之际,良友相对,及时行乐方能排遣抑郁。满目山河空悲喜,落花时节,风雨更添春愁,不如把酒言欢,立足现实,珍惜眼前。所以,他在《踏莎行》中也曾吟唱类似的主题,"春光一去如流电。当歌对酒莫沉吟,人生有限情无限"。

晏殊虽少时赐同进士出身,但在论资排辈的封建官场,一切工作都要从基层做起。他由八、九级芝麻大的小官,一直做到朝廷的一品大员,这里固然有机缘巧合,恐怕也与他良好的心态不无关联。能够好好地珍惜眼前的一切,才能牢牢地抓住幸福的人生。

也因为这份对人生的彻悟与珍惜，所以他一生显贵却从不忘提携后辈，范仲淹、韩琦、富弼等这些宰相级人物，皆出自他的门下。小儿晏几道更是北宋词坛的风云人物，才名均不输于他。生时风光，死时后继有人，除了知足常乐、安守富贵外，人生还有何奢求呢？但人生似乎是一个转不满的圆盘，总是会在岁月的磕碰中，留下点残缺。沧桑变化难料，燕子双飞竟惹起词人无限孤独。

> 槛菊愁烟兰泣露，罗幕轻寒，燕子双飞去。明月不谙离恨苦，斜光到晓穿朱户。
> 昨夜西风凋碧树，独上高楼，望尽天涯路。欲寄彩笺兼尺素，山长水阔知何处！

这首小词《蝶恋花》以"昨夜西风凋碧树,独上高楼,望尽天涯路"闻名于世，是一首抒发离愁别恨的上乘词作。婉约派词人的怀远伤感之作，大抵都褪不去忧郁的底色，词境上也显得不够开阔。唯有此词，以高楼独倚的姿态，写尽天涯人生路上的孤独，读来不禁伤怀且蕴含了深切的苍凉。其意之悠远、格局之扩大，皆非同类婉约词所能比拟；一枝独秀，如寒梅傲雪，令人在"望尽"之余，虽苍茫悲壮，却也辽远阔达，顿觉雄浑激荡。

王国维先生曾借用此三句来解释治学之道，认为乃为学三重天之第一境界。跳出了狭小的爱慕与柔情，王国维对词意的夸张似乎更显出这首词的普适性。不仅仅是爱情、学业，人生似乎也如一夜西风凋碧树，长路漫漫却转眼成空。叵是否也曾一夜春风，梨花开遍千树万树呢？人生无法揣测晏殊的爱情，只能从他的词作中寻到些蛛丝马迹：

> 绿杨芳草长亭路，年少抛人容易去。楼头残梦五更钟，花底离愁三月雨。

无情不似多情苦，一寸还成千万缕。天涯地角有穷时，只有相思无尽处。

这首《玉楼春》依然延续了婉约派恋情词的特质，"无情不似多情苦"大有现代人爱过才知情重，醉过才知酒浓的意味，一缕情思剪成千万段。身为大宋朝堂堂宰相，虽然碍于情面不能过分表露自己的深情，但"天长地久有时尽，相思绵绵无绝期"之感慨，想来也是有过铭心刻骨的爱情吧。

大宋词坛犹如一盘好棋，无论贩夫走卒还是帝王将相，都可以找到适合自己的位置，将才情发挥到极致。"一团和气，两句歪诗，三斤黄酒，四季衣裳。"中国传统文人的理想生活模式，在宋代晏殊的身上得到了完美的演绎。

第四章
军歌,铁拳,颂英雄,只望早日复中原

积贫积弱的宋朝,其实比任何一个朝代都需要英雄。只有他们的铁血和热情,才能铸造起一道坚固的长城,抵抗异族的骚扰。然而,这似乎又是一个"英雄过剩"的时代。更多的时候人们听到的都是朝廷的求和声。军歌异常响亮,将士摩拳擦掌,恢复中原的迹象却日渐渺茫。

将军白发征夫泪

当年的皇帝出巡,犹如今天的明星出场,赢得的不但是众人的瞻仰,还有惊声尖叫和无比艳羡的目光。那一年,赶上宋真宗出游,大队人马浩浩荡荡,估计比今天明星周围的保镖还要多。皇上在古代那是真龙天子,不是一般人能够看到的。老百姓们争先恐后地跑去围观,估计肯定有很多"踩踏事件"发生。整个城市都被震动了,大家夺门而出,唯有一个学生闭门不出,岿然不动。这时候,有个关系很铁的哥们儿过来叫他:"赶紧出去看看吧,皇帝从皇宫里跑出来了,千载难逢的机会,走过路过千万不要错过啊!"结果,书生头也不抬地说:"将来再见也不晚。"第二年,这个书生考中了进士,果然见到了皇上。他就是后来历史上著名的北宋名臣范仲淹。

范仲淹少时孤贫,生下来的第二年父亲就死了。老妈不是正室,只好带着他改嫁,所以很小的时候范仲淹是姓朱的。老朱家虽然是富贵人家,但范仲淹读书很用心,而且十分刻苦,为了激励自己,还一个人跑到寺庙里面去做寄宿生。古人很奇怪,只要是读书,一般都会喜欢"头悬梁、锥刺股"那种,用现在时髦的话来说,就是对自己狠一点。范仲淹也如此,他每天就煮一锅粥,凉了以后切成四块,早晚各取两块,吃点咸菜,喝点醋,就算是一天的口粮了。这便是后世赞誉的"断齑画粥"的故事。生活虽然清苦,但精神上还是比较丰富的。后来一次偶然的原因,范仲淹知道自己本来不是姓朱的,含着眼泪,辞别生母养父,踏上了异地求学的路。这一走就走进了宋代四大书院之一:应天府书院。

这里汇集了许多知名教授和学子,人们在这里交流学习,共同进步,志趣才情俱佳的文化气氛深深地感染了范仲淹。学校藏书很多,对于一个学生来说这是最直接的好处,当然还有最吸引人的政策,就是免费。对于离家出走的范仲淹来说,这实在是良好的求学圣地。有同学见他生活清苦,就给他送些美食,结果他什么都不肯吃,怕自己的生活太过安逸,以后便吃不了苦。后来终于高中进士,从此开始了近四十年的官场生活。

范仲淹得到宰相晏殊的推荐,负责皇家图书的整理与分类。仁宗虽贵为天子,但大权却掌握在后妈刘太后的手里。有一次,刘太后大寿,令仁宗磕头跪拜。结果范仲淹挺身而出,认为君主之尊严乃国家之体面,不能轻易辱没。结果此后不久,范仲淹就遭到贬官。可想而知的是,刘太后一死,仁宗立刻调范仲淹回京。1043年,在仁宗的催促下,范仲淹和富弼、韩琦等人起草了国家改革方案,史称"庆历新政"。

新政的实施,使那些富贵子弟渐渐得到了限制,人才选拔机制更见成效,一些有才之士常常会得到破格提拔。宰相权力更加集中,以提高政府部门的运作效率。但是,和历史上任何一次深度改革一样,改革力度越大,成效越显著,受挫程度也越高。很快,在保守派的诬陷下,改革就失败了。范仲淹遭到贬官。1045年,宋仁宗已经失去了励精图治的精神支柱,废除了新政,保守派的歌舞升平又恢复了原貌。

宋朝有一个奇怪的现象,很多皇帝都励志图强,奋发向上,想要大刀阔斧地革除弊政,但是到最后常常虎头蛇尾,草草收场。仔细想来这恐怕也与大宋重用文臣有关。文人多半容易热血沸腾,感性细胞比较发达,演说和煽动能力都很强。而宋朝的皇帝也颇有文化，文气十足，容易被激情点染，被理想刺激。说到底，宋代的皇帝与官员都是浪漫的理想主义者。这样的人，一旦遭遇挫折，通常很容易退缩。所以，每每遭到保守派的反扑，在皇权的退让与默认下，改革派很快就会被镇压下去，范仲淹如此，王安石也如此，前后惨遭牵连的文人更是不计其数。因为宋朝的文官没有死刑，对这种政治的起伏更是起到了推波助澜的作用，用"你方唱罢我登场"来形容宋代政坛一点也不为过。

1046年，改革失败，范仲淹被贬官。此时，忽然收到好友滕子京的来信，邀请他为重修的岳阳楼作传，并送了一张《洞庭晚秋图》。范仲淹虽然此时身体不好，但还是答应下来。他挥毫泼墨，饱蘸感情的浓浆，奋笔疾书写下了千古名文《岳阳楼记》，表达了自己位卑未敢忘忧国的理想。"居庙堂之高则忧其民，处江湖之远则忧其君。"不仅是对同样贬官的朋友们的鼓励，也是执着于理想的集中体现，而"先天下之忧而忧，后天下之乐而乐"一句更是流传千古。

和其他的文职人员不同，范仲淹曾亲历战场，带兵作战，许多军旅题材的词作广受青睐，最著名的便是《渔家傲》。

塞下秋来风景异，衡阳雁去无留意。四面边声连角起，千嶂里，长烟落日孤城闭。

浊酒一杯家万里，燕然未勒归无计。羌管悠悠霜满地，人不寐，将军白发征夫泪。

苍苍白发，空对南飞大雁，一杯浊酒，闷对落日孤城。英雄情怀的悲歌与幻灭，都在这一刻随长烟腾起。

当然，作为宋代卓越的政治家与文学家，除了家国愁恨之外，还有自己的一份闲情逸致。范仲淹不但工于诗文，且填过许多描写景致的词，其中以《苏幕遮》写得最是凄婉。

碧云天，黄叶地。秋色连波，波上寒烟翠。山映斜阳天接水，芳草无情，更在斜阳外。

黯乡魂，追旅思。夜夜除非，好梦留人睡。明月楼高休独倚，酒入愁肠，化作相思泪。

自古文人多风流，而宋代文人由于生活的滋润与富裕，则更添几分情致。所以，宋词中男欢女爱、相思成灾的主题简直多如牛毛，但能够写到范仲淹这样沉痛的却并不多。"碧云天，黄叶地"从天地大气之中抽取出无边秋色。远山、斜阳、芳草外，天水相连。感伤、旅怀、忧思、乡愁，令一切都黯淡无神。独倚栏杆，泪暗洒，一杯美酒，一怀愁绪，浓烈地在心里燃烧，化为无尽的相思，无尽的泪。后世的王实甫借鉴这首词开篇的苍凉与开阔，引入千古名剧《西厢记》。甚至连台湾作家琼瑶也由此词幻化来两本小说《碧云天》《寒烟翠》，足见其影响的深远。

然而，很多清代学者如张惠言等都认为此词并非写秋色，而是于苍凉的天地间抒发了范仲淹忧国的情怀。如果纵览范仲淹一生为国为民的事迹与情怀，似乎也有理由相信这首词是他爱国深情的另一种体现。清代中后期，内忧外患让中国腹背受敌，在这种时刻，爱国的呼声往往更加响亮，也更容易引起人们的联想。不管《苏幕遮》到底是相思还是忧国，无可厚非的是，它是一首好词，就像范仲淹一样，无论有多少种身份，最重要的解说是将军，最深重的情感是爱国！

四海烽烟消，万姓歌唐尧

秦桧当年勾结金国，毒死岳飞，引起了人们的愤怒。历史演绎出来的结果便是艺术的创造。根据人们对江湖的想象和对秦桧的憎恶，香港著名导演王晶拍摄了电视剧《八大豪侠》。故事的起因便是宋高宗为了保全帝位，和秦桧密谋害死了英雄岳飞，阻挠抗金事业的发展。前朝六大元老吸纳了很多武林英雄，创办了"豪侠"这一秘密组织，暗地里帮助前线抗敌，与秦桧对抗，以振国威。

最为出名的"八大豪侠"中，有一个女神医，名叫"扁素问"。她虽然不会武功，但是精通医术，包治百病还能采药炼丹，被人尊为"女神医"。可惜的是，豪侠虽然个个神武，但毕竟架不住秦桧的势力，结果还是被镇压了。但扁素问非常厉害，她孤身一人押送秦桧进京面圣，以期为岳飞将军洗冤。可惜儿皇帝死活不相信秦桧的劣行，加上秦桧演技高超，扁素问不禁长叹，豪侠们实在不应该为这样的皇帝效命。在扁素问离开京城，悬壶济世打算游走天涯的时候，她为秦桧专门炼制了一种毒药。服了这种药后，每天噩梦连连，常常回忆起自己做下的坏事，夜不能寐，总能看到惨死的冤魂前来讨债，渐渐破坏人的神经中枢系统。结果，三年以后，秦桧就被自己折磨死了。这种药有一个很贴切的名字，叫"人间地狱"。《八大豪侠》的故事虽然是虚构的，但宋朝百姓对秦桧的愤怒确是无比真实的。

正所谓"爱之深，责之切"，对秦桧的恨多半因为对岳飞的爱。岳飞生于北宋汤阴县的一户佃农家。根据其身份的推测，恐怕岳母刺字的故事只是传说的一种。但不管是否真有其事，岳飞的"精忠报国"之心，确是世所公认的。岳飞青年时期，目睹了女真族大规模的掠宋战争，深刻地感受到宋朝人民的艰难生活，所以很早就树立了恢复中原、讨还山河的志向。及至成年，便和宗泽、韩世忠等英雄站到了抗金的第一战线。

岳飞带领岳家军冲锋杀敌，令金人闻风丧胆。1139年，岳飞把金兀术的十万大军打得落花流水，一举收复了邓州、鄄城、朱仙镇等几处重镇，令金兵连夜撤退。南宋几十年的抗金斗争才算有了根本性的转机。沦陷几十年的中原，总算有望回收。岳飞激动地对兄弟们说："直抵黄龙府，与诸君痛饮尔。"

当胜利只有一步之遥的时候，岳飞的命运发生了戏剧性的逆转。改变他命运的有两个人：一是赵构，二是秦桧。赵构对岳飞又爱又恨。爱的是有了岳飞，他才能高枕无忧地当自己的皇帝，"撼山易，撼岳家军难"的口号，想必小儿也曾经听说过。他对岳飞的依恋主要是巩固其统治。但同时他也怨恨岳飞，而且害怕真的收复中原，哥哥被放回来，自己的皇位就不保了。所以，赵构的态度始终有点暧昧，既愿意看到岳飞的胜利，又不愿意看到岳飞的全胜。

秦桧的想法却不一样。他是主和派的关键性人物，和岳飞的主战派截然对立。假如岳飞赢回皇帝，那秦桧的地位便不保，说不定还会因始终苟且议和而受到外罚。所以，在"不战不统"这个立场上，秦桧和赵构是沆瀣一气的。

同年，宋金议和成功。赵构重赏岳飞，却遭到拒绝。岳飞直接指出金人对大宋江山不怀好意，秦桧投降误国不可取。"今日之事，可危而不可安，可忧而不可贺。"而且表达了收复失地的信心，唾手可得，复仇报国。这些话对于打算苟且的赵构来说，无异于一盆冷水。对于秦桧来说，更是如芒在背。就这样，赵构怕上岳飞了，秦桧恨上岳飞了，总想找个机会报复一下岳飞。

秦桧是主和派，身为宰相，肯定要负责外交事宜，所以他接到了金兀术的密电，大意是"不杀岳飞别想和平解决"。后来的"东窗事发"讲的就是秦桧密谋陷害岳飞的事。皇帝下了十二道金牌，属于航空特快，一连气地催岳飞回京。岳飞明知道是个陷阱，但为了保存抗金的实力，不得不班师回朝。他无比悲愤地说："十年之功，废于一旦！所得诸郡，一朝全休！社稷江山，难以中兴！乾坤世界，无由再复！"一个英雄的故事就此谢幕。在百姓的夹道欢送、牵衣顿足中，在"莫须有"的罪名下，秦桧本想屈打成招，让岳飞认罪，无奈岳飞铮铮铁骨，宁折不弯。在他供状上只有八个大字"天日昭昭，天日昭昭"。1142年，39岁的岳飞惨死在风波亭。二十年后，孝宗即位，替岳飞平反，官复原职，并高价求购了岳飞的尸体，以礼葬之。

时光飞逝，1200年左右，隐居在临安府牛家村的郭、杨两位侠客，结识了著名的全真道士丘处机。三位英雄惺惺相惜，雪水烹茶，笑谈古今。席间，丘道长见郭、杨两位的夫人都身怀六甲，不禁赞叹大宋江山所剩无多，以后务必令孩子们继承先烈的光荣传统，把抗金事业推向高潮。此时，窗外风雪大作，室内群情激奋，三个人不由得朗诵起岳飞将军的传世名篇《满江红》：

怒发冲冠，凭栏处、潇潇雨歇。抬望眼，仰天长啸，壮怀激烈。三十功名尘与土，八千里路云和月。莫等闲、白了少年头，空悲切。

靖康耻，犹未雪；臣子恨，何时灭！驾长车踏破贺兰山缺。壮志饥餐胡虏肉，笑谈渴饮匈奴血。待从头、收拾旧山河，朝天阙。

一首词吟罢，大家深情凝重，好男儿为国为民，丘道长说："以后孩子们要学习岳将军，永远不要忘了大宋的靖康之耻，不如一个叫'郭靖'，一个叫'杨康'吧。"郭啸天和杨铁心两位闻言大喜。后来，这个叫郭靖的孩子，真的由于机缘巧合，得到了岳飞将军留下的《武穆遗书》，为保卫大宋的半壁江山做出了自己卓越的贡献。而这个风雪夜的三英聚会，便是小说《射雕英雄传》的开篇。这个时候，距离岳飞离世大概已经有六十年了。一个甲子的轮回，并没有让宋朝百姓忘记岳飞，相反，有些人性的光芒反而历久弥新。

岳飞之所以受到人们的拥护和爱戴，不仅仅是因为他奋勇杀敌，还因为他严于律己、宽以待人。他一生从不奢华，教子有方，赏罚分明，不纵女色。岳飞身上，凝聚了中国传统文化人格的最佳风骨，如一面明镜，正人正己，也因太过绝尘而令人心妒。在岳飞的高风亮节下，秦桧被人们按下了头颅。杭州栖霞岭的岳飞墓前，有这样的一副对联："正邪自古同冰炭，毁誉于今判伪真"，人们铸造了秦桧的铜像跪在岳飞将军的墓旁。墓园内，柏树高种。岳将军虽死千年，但凛凛威风犹存，令人不免想起他的《宝刀歌》：

我有一宝刀，深藏未出韬。
今朝持赠南征使，紫蜺万丈干青霄。
指海海腾沸，指山山动摇。
蛟鳄潜形百怪伏，虎豹战服万鬼号。
……噫嘻！平蛮易，自治劳，卒犯市肆，马蹯禾苗。
将轶骄侈，士狃贪饕。
虚张囚馘，妄邀金貂。
使君一一试此刀，能令四海烽尘消，万姓鼓舞歌唐尧。

只恨堂堂中国空无人

　　西方哲人说，"上帝面前人人平等"。可仔细想想，如果等到见上帝的话，估计平等与否对于大家来说也就没什么用处了。用《大话西游》中的经典台词来讲，"尘世间的一切就都已经和你无缘了"。那个时候，还讲什么平等不平等。所以，人们求神拜佛，很少奢望来世，多半还都是希望今生一切顺利。所以，胡兰成的一句"现世安稳，岁月静好"，便令张爱玲深深地感动了。生于乱世，女子们多希望世道安稳，而英雄们却希望可以改造时代。金戈铁马，气吞万里如虎。能够战死沙场，对于将军来说，应该是最高的敬意和厚葬了。怕只怕，你空有一腔扭转乾坤之志，结果却只能回家安守田园，踏实种地；如此一来，对于亘古男儿来说，实在是可惜！

　　积贫积弱的宋朝，其实比任何一个时代都需要英雄。只有英雄们的铁血和热情，才能铸造起一道坚固的长城，抵抗少数民族的骚扰。然而，这似乎又是一个"英雄过剩"的时代。宋朝的英雄打仗的时候并不多，更多的时候都是朝廷在对外求和。生在一个英雄无路的朝代，所有浪漫或现实的英雄主义都是一种悲哀。岳飞、陆游等都是此类的例证。

　　陆游生在北宋灭亡之际。不知道是不是因为这特殊的年代赋予了他的爱国情怀，令他的一生都深深地沉浸在这份激情与冲动之中。

生于国家破败之时,复国之梦犹如不屈的灵魂,深深地注入陆游的血液中,并伴随岁月的起伏逐渐融化在他的心里。可惜的是,他一生无数次请缨,却屡遭罢黜,最后不得不退隐田园,发出"壮士凄凉闲处老,名花零落雨中看"的感慨。所有的悲凉、沉郁和顿挫,都化为一首《诉衷肠》,深深地烙印在宋朝的词史上。

  当年万里觅封侯,匹马戍梁州。关河梦断何处,尘暗旧貂裘。
  胡未灭,鬓先秋,泪空流。此生谁料,心在天山,身老沧州。

填这首词的时候,陆游已经年近七十,回忆起当年往事,不胜唏嘘。"胡未灭,鬓先秋,泪空流"三句,以"未、先、空"三种意象叠加,勾画出"烈士暮年,壮心不已"的感慨。心中报国之志犹存,不料身老沧州。"男儿到死心如铁"的决心与"报国欲死无战场"的愤懑,都深深地消融在这首词中。其深切哀婉,遗憾与痛心,都深深地藏在字里行间,力透纸背,让人心碎。加上陆游一生的忠肝赤胆,不禁给人荡气回肠、绵绵不绝之感。

  青衫初入九重城,结友尽豪英。蜡封夜半传檄,驰骑谕幽并。
  时易失,志难城,鬓丝生。平章风月,弹压江山,别是功名。

——《诉衷肠》

有人说,恐怕是当年与唐婉的悲剧,令陆游对爱情深感绝望,所以才将自己的精力大把地泼洒在政治生涯中。不管此说法是否可信,能够证实的只有一点:陆游的热情并未得到朝廷的回应,和辛弃疾一样，他常常因报国无门，而不得不从战场上退回来，隐居在山野田园间。

> 莫笑农家腊酒浑，丰年留客足鸡豚。山重水复疑无路，柳暗花明又一村。
> 箫鼓追随春社近，衣冠简朴古风存。从今若许闲乘月，拄杖无时夜叩门。
>
> ——《游山西村》

而归园田居，似乎是中国文人最终的归宿。陶渊明说，"羁鸟恋旧林，池鱼思故渊""误落尘网中，一去三十年"。中国文人的归隐一般分为主动和被动两种。五柳先生属于主动的，归去来兮，实在厌倦了官场的争斗，犹如神雕侠侣绝迹江湖，都是因为厌倦。而陆游和辛弃疾这种归隐，多半是因为屡遭贬谪，愿意隐也得隐，不愿意隐也得隐。总之，是不得重用，安排一个闲职罢了，免得你总是上殿来呼喊收复中原，典型一个"好战分子"。大宋朝"以和为贵"，对友朋奉若上宾，根本由不得陆游这样的"野战军"天天摇旗呐喊。识相的人都愿意安逸地享受杭州的生活，品味江南格调的优雅。然而，即便好端端的景色，也能被陆游这种忧愤之士渲染得十分悲伤。

> 驿外断桥边，寂寞开无主。已是黄昏独自愁，更著风和雨。
> 无意苦争春，一任群芳妒。零落成泥碾作尘，只有香如故。
>
> ——《卜算子·咏梅》

在这首词里，陆游用桥边寂寞的梅花暗自开放的清香，来衬托自己高洁的气质，喻义丰富，词境高雅。梅花的清香扑面而来，陆游的风骨也同样显得卓尔不群。苏轼说,"江山风月,本无常主,闲者便是主人"。各花入各眼,有的人可以从自然常态,落花流水中读出青春易逝,人生苦短,而有的人却可以从中品咂出寂寞的况味、落寞的心酸。所以,世上的英雄本也是没有大不同的,不同的只是大家生在了不同的时代。而陆游不幸生于宋朝,生在离乱而又覆灭的年代,这似乎注定了他一生的漂泊与艰辛。

在风雨之夜,陆游一个人躺在山野孤村之中,窗外雷鸣电闪,心里的孤寂、身世的悲凉、时代的风雨、国家的飘摇,都在这样一个夜晚涌上心头,陆游轻轻地吟诵起这首诗:

僵卧孤村不自哀,尚思为国戍轮台。
夜阑卧听风吹雨,铁马冰河入梦来。
——《十一月四日风雨大作》

无法体会,在那样的夜里,陆游的心里到底有多少无奈,一个英雄末路的时代,不仅令人悲哀,也让人惋惜。当"暖风熏得游人醉,直把杭州作汴州"的人们享受偏安的乐趣时,陆游这样的人却孤独地做杜鹃啼血状。这有点像鲁迅笔下"黑屋子里的先觉者",悲哀地求救,却不幸打扰了其他人的美梦。

后世的评论里,虽然岳飞等人的精忠报国得到了人们的普遍尊重,但更先锋而又新锐的思想,却认为战争无异于是内部的一种损耗,于国于民都大为不利。所以,有很多人愿意为秦桧等人翻案,但横看竖看,陆游也不是一个世俗眼中的识时务者,连临死的时候都不肯放弃自己的志向。

俗话说,"人之将死,其言也善",人们在告别人世的时候,恐怕才对周围的人事沧桑有真正的体会。此时的话才算是真话,也是肺腑之言。《儒林外史》中的严监生在弥留之际,迟迟不肯咽气,原也不过是为多点了一根灯芯而死不瞑目。由此,确立了在世界吝啬鬼画廊里独特的地位。而陆游,在临终的时候,写给孩子的《示儿》,不但深深地表达了自己没有见到收复中原的悲切,也为自己一生的爱国激情树立了不朽的丰碑:

死去元知万事空,但悲不见九州同。
王师北定中原日,家祭无忘告乃翁。

陆游对宋朝的热情,用一句流行的歌词来说,还真是"死了都要爱"呀!

可惜的是,再执着的手也握不住时间的河流,命运如细沙,在指尖轻轻地溜走,后人只能在字里行间寻找陆游的旧梦,以及那曾经挥刀的豪情。

黄金错刀白玉装,夜穿窗扉出光芒。
丈夫五十功未立,提刀独立顾八荒。
京华结客尽奇士,意气相期共生死。
千年史册耻无名,一片丹心报天子。
尔来从军天汉滨,南山晓雪玉嶙峋。
呜呼,楚虽三户能亡秦,岂有堂堂中国空无人。
——《金错刀行》

堂堂中国,竟然找不出人来收复中原,这恐怕是陆游至死也不明白的道理吧。一个宁愿碾作尘土也要保有清香的人,怎么会明白苟且偷生的猫腻呢?

御笔钦点状元郎

古代读书人的唯一出路就是"科举",中状元则是这条崎岖坎坷路的光辉顶点。但凡能高中状元的人,多为"异类",人们常常在他们的故事上增加一圈耀眼的光环,虽为传奇,但也神采奕奕。据说,有一个状元少年时读书,听到池塘中蛙声不断,一生气拿着砚台砸到水里,池内立刻寂静无声。从此后,这个水池中再无蛙声喧闹,所以人们称此为"禁蛙池"。未来的状元,在古代看来,都是"文曲星"转世,所以,天上的神仙下凡,能够镇住地下的"生灵",也在情理之中。这个少年,就是后来宋高宗御笔钦点的状元——张孝祥。

张孝祥考中状元一事颇费周折。因为与他同年参加考试的还有秦桧的孙子。秦桧为了让自己的孙子能够金榜题名,有效地利用了官场的"潜规则",以自己的权势使主考官屈服。迫于秦桧的宰相身份,考官当然不得不把他的孙子列为状元。但试卷送到高宗的手里,皇上有点生气,秦桧的孙子说的话和秦桧平时都一个套路,毫无创见。而张孝祥的卷子很有自己独到的见解,而且字写得也比较帅,联想起秦桧平时的所作所为,心中就有数了,于是,决定举行殿试。

张孝祥考完试之后,才知道秦桧做了手脚,心里非常郁闷,整天借酒消愁。结果有一天忽然传来皇帝要殿试的消息。他当然激动，矗立庭前，提笔成文，龙飞凤舞，一气呵成，连标点都来不及点。高宗一看，这明明就是人才啊！所以立刻钦点为状元，也借此打击一下秦桧的嚣张气焰。等到张孝祥中了状元后，秦桧的奸党曹泳为了拉拢新科状元，决定把自己的女儿嫁给张孝祥。张孝祥本已痛恨秦桧他们，加上"状元潜规则"一事后，更是深恶痛绝，硬生生地拒绝了这门亲事。更令秦桧冒火的是，张孝祥刚刚登第就上书皇帝为岳飞喊冤，这等于公开和秦桧作对。

秦桧一想，这家伙软硬不吃，留着他必有后患，于是编织了一个罪名，告张孝祥父子谋反。"莫须有"的罪名在秦桧这里本来也不算什么，反正连岳飞都冤枉死了，也不在乎再多害死几个。就这样，张孝祥的父亲张祁被打入大牢关押。但不幸之中的万幸是，秦桧很快就死翘翘了，于是张孝祥上书皇帝为父申冤，很快便被平了反。从此后，张孝祥为皇帝起草诏书，批阅文件，开始了真正的仕途生活。

张孝祥任职期间，刚正不阿，屡屡上书提议加强边防、抵御金人；还提出了许多改革的举措，显示了远大的政治理想。他一生词作也多以恢复中原为志向，对朝廷不用贤才，尤其是屈辱求和表示了极大的愤慨。他的著名词作《六州歌头》正是这一情绪的宣泄。

  长淮望断，关塞莽然平。征尘暗，霜风劲，悄边声，黯销凝。追想当年事，殆天数，非人力，洙泗上，弦歌地，亦膻腥。隔水毡乡，落日牛羊下，区脱纵横。看名王宵猎，骑火一川明，笳鼓悲鸣，遣人惊。
  念腰间箭，匣中剑，空埃蠹，竟何成！时易失，心徒壮，岁将零，渺神京。干羽方怀远，静烽燧，且休兵。冠盖使，纷驰骛，若为情！闻道中原遗老，常南望、羽葆霓旌。使行人到此，忠愤气填膺。有泪如倾。

这首词是张孝祥留守建康时期，在一次宴席上所填，主战派张浚听后感慨良多，起身离座。词的上阕主要写宋金对峙的局面，下阕写自己的壮志难酬。从朝廷当政者安于现状，到中原百姓空盼复兴，其中往来穿梭时不我待的感伤，令人读罢悲壮难平。尤其是最后一句忠愤气填膺，有泪如倾，更加重了山河破碎风飘絮的凄凉。就如杜甫的诗历来被尊为"诗史"一样，这首《六州歌头》也被很多名家称为"词史"。在宋代的词史上，张孝祥也的确是承前启后的一位，是由苏轼过渡到辛弃疾的一位重要词人。

张孝祥填词，一方面学习苏轼的"疏豪"，上面一首《六州歌头》就是此类的典范。另一方面，他也学习苏轼的"狂放"，兼容浪漫主义情怀，运笔自如，如法天成。此类翘楚当属《念奴娇·过洞庭》：

洞庭青草，近中秋、更无一点风色。玉鉴琼田三万顷，着我扁舟一叶。素月分辉，明河共影，表里俱澄澈。悠然心会，妙处难与君说。

应念岭表经年，孤光自照，肝胆皆冰雪。短发萧疏襟袖冷，稳泛沧溟空阔。尽吸西江，细斟北斗，万象为宾客。扣舷独啸，不知今夕何夕。

古人写作诗词，名为风景而实为情怀。面对水光山色，人们常常会感觉到自身的渺小与人世的无常。有留恋、有憧憬、有怅惘，也有叹息，有青春的痴情，也有家国的忧患，种种复杂的深情交织在一起，便让敏感的文人们觉出人生苦短、壮志难酬的悲壮。陈子昂感伤"念天地之悠悠，独怆然而涕下"；张若虚感慨"今人不见古时月，今月曾经照古人"。当张孝祥的偶像苏轼乘一叶小舟划过赤壁时，也感叹"天地曾不能以一瞬，物与我皆无尽也"。

面对天地间恒常的清风明月，人们常常会不自觉地沉浸在澄澈的感觉中,悠然自得,体会"天人合一"的妙悟。在中国古典文学中,很少有单纯描绘景色的诗词,所谓"诗中有画,画中有诗",才是中国审美里最为上乘的艺术境界。山川之峭拔,湖水之明净,都可以体现出内心的嶙峋、壮美和宁静,而"孤光自照,肝胆皆冰雪"更是对自己情感、人格的一种提升与净化。西江北斗,万象尽为宾客,作者在反客为主的时候,情动于衷不能自已,禁不住扣舷而歌,"不知今夕何夕"。从忘情于自然美景,到忘怀得失,最后登上了忘我的高峰,安静恬淡"无一点风色"的洞庭湖,居然也雷霆万钧,壮志凌云起来。

回头去看历史上的张孝祥,他有胸襟、有胆略、有气魄,才华、词风和人品都直逼苏轼。也因其优秀而常常希望能够独辟蹊径,开创属于自己的风格。水天之间的张孝祥寄托了自己的梦幻与理想,也将内心的壮怀激烈与孤傲高洁巧妙地融合在了一起,不但秉承了苏轼的豪放,也开创了后世辛派词人的沉郁和悲凉。如果没有张孝祥,苏辛二人很难在历史的长空与文学的索道上完成优美的对接。当然,一切的美誉都是张孝祥所无法得知的。那时的他因屡屡支持北伐,而受到主和派的排斥,这首词正是1165年被贬职北归,途经洞庭湖时所填。

清明浩荡,张孝祥的曲折故事虽已经被历史风干,但他陡峭的心路、超拔的志向、爱国的情怀,依然随着词风千古飘扬,历久弥新。

一片丹心如磁

南宋的文天祥一生以忠义自居,不为富贵贫贱所移,他被元朝处以死刑之后,身上所藏诗作一首:"孔曰成仁,孟曰取义,唯其义尽,所以仁至。读圣贤书,所学何事?而今而后,庶几无愧。"流传千古,为无数后人所熟读。

三十二个字极尽人生之悲苦,苍凉悲壮,大义凛然,古今之人,恐都应对他献以一拜。人之将死,其言也善,人已逝去,言辞凿凿,文天祥的气节只怕无人能及,就连国学大师王国维都在《人间词话》中对他盛誉有加:"文文山词,风骨甚高,亦有境界,远在圣与、叔复、公谨诸公之上。"

这样的男子应当是有铮铮傲骨的,世间万物,他都已看破,清高出世,还有什么是他所畏惧的?但却有一名女子,才情不在他之下,骨气也不亚于他,出身官宦之家,后被选入后宫成为皇帝妃子,被皇帝封为昭仪,又称王夫人。本就是柔若无骨的人,汴京驿站的墙壁上一首《满江红》的题词更是令他恻隐之心大动。

太液芙蓉,浑不似、旧时颜色。曾只得、春风雨露,玉楼金阙。名播兰簪妃后里,晕潮莲脸君王侧。忽一声、鼙鼓揭天来,繁华歇。

龙虎散，风云灭。千古恨，凭谁说。对山河百二，泪盈襟血。客馆夜惊尘土梦，宫车晓辗关山月。问嫦娥，于我肯从容，同圆缺。

　　读到这首词时，他正被元军关押，朝不保夕，过着阶下囚的日子，而题词的王夫人也因为南宋被外族侵占，追随被俘虏的宋帝一同北上。在皇朝坍塌的那一刻，他们的人生从不同走向了相似，一样遭遇了变故，一样沦为囚徒。"问嫦娥，于我肯从容，同圆缺。"人生改变了轨迹，在那个时候，他们都不再属于那个繁花似锦的宋王朝了。

　　文天祥认为这首词还有商榷之处，便亲自提笔和词一首《满江红》：

　　试问琵琶，胡沙外、怎生风色。最苦是、姚黄一朵，移根仙阙。王母欢阑琼宴罢，仙人泪满金盘侧。听行宫、半夜雨淋铃，声声歇。
　　彩云散，香尘灭。铜驼恨，那堪说。想男儿慷慨，嚼穿龈血。回首昭阳离落日，伤心铜雀迎秋风。算妾身、不愿似天家，金瓯缺。

　　正所谓词如其人，读罢这首《满江红》，便可窥知他的孤独与清高，"想男儿慷慨，嚼穿龈血"，文天祥所要的只是一场可以让他挥洒热血的战役，为了复兴江山，即便战死沙场，也不愿苟且偷安。

　　作为宋人，他只想为国尽力，一个女人尚且"对山河百二，泪盈襟血"，何况他一个堂堂七尺男儿呢，羞愤之余，文天祥还不知道，王夫人已然跳出俗尘，出家为道了，从此世间再无王昭仪。

　　"香尘灭，铜驼恨"就连他这样一个男子都不堪回首，何况一名女子呢？宋朝的诞生本就像是一个错误，于腥风血雨中成长起来的宋王朝一直血气不足，积弱多病，尤其是南渡之后，更是风雨飘摇，山河日下。生活于此情此景下的文人大多颓唐敏感，不问世事唯独文天祥，力图以一己之力来挽救岌岌可危的江山。

然而悲剧的发生并不是一朝一夕就可形成的，作为南宋的臣子，是文天祥之不幸，任他功德盖世又能如何？当文天祥在元军的会馆中见到前来说服他投降的宋恭帝赵显时，他就应当明白一切都快结束了，然而文天祥却只是涕泗横流泪沾前襟地恳请赵显："圣驾请回。"

哪里还来的圣驾，他面前的九五之尊早就成为元朝的降臣，赵显尴尬地离开，只怕他这个皇帝也清楚文天祥这一声，喊出了多少心酸哀怨。宋朝虽在，却已是空壳一具了，就好像被白蚁蛀蚀的房子，摇摇欲坠。

文天祥应该是明白的，自己的国家，自己当然是了解的，只是他不愿意接受山河即将破碎的现实。多年前，当他站在圣殿之上，对满朝文武提出改革方案，表述政治抱负时，他内心充溢的是少年想要飞驰的情感。

殿试之后，宋理宗钦点他为第一名，成为当权宰相贾似道的门生，那时的文天祥年仅二十岁，正是繁花开似锦，翩翩红尘梦的年纪。那时正风光无限的他岂会料到今日的身陷囹圄？

无法料到。

世事无常。

现在他清冷嶙峋的身骨除了能附和一首词之外，还能做什么？已然无事可做，后世有人评说文天祥的这首《满江红》和得极为经典，笔笔精锐，情景交融，以情喻景，以景衬情，抒情之中蕴含着娴雅和刚健之美，叙述之中又饱含着抽象与具象之美，真是美不胜收。

其评甚为公允，然而夜凉如水，人虽依旧，事已不堪，战火将他曾经所仰赖的那个王朝烧得逐渐行同枯槁。王昭仪题词一首后便飘然仙去，在另一处找到了自己生命的归宿，当真如此也不枉好事一桩，总好过他现在生不如死，却偏偏还要强撑着将自己的老迈之躯苦留于这个世上，只为了证明他所热爱的大宋江山并未易主。

孔子说："求仁而得仁。"意思是坚守不移，至死无悔的气度和胸襟令这个人能达到仁之大义，文天祥恐怕从未想过得仁，他当初考取功名只是为了报效国家，而今功成名就后身陷囹圄却百折不挠，他依然只是为了报效国家,这是信念,无关儒家任何圣贤之理。

坚强的外表下有着同样坚强的心,文天祥在等待,他还在期望中盼着希望,可是,瘦弱不堪的身躯怎经得住这世事变化呢?是词、是诗,是他在余烬中依然炙热的理想支撑他寂寥地度过余生。

> 辛苦遭逢起一经,干戈寥落四周星。
> 山河破碎风飘絮,身世浮沉雨打萍。
> 惶恐滩头说惶恐,零丁洋里叹零丁。
> 人生自古谁无死?留取丹心照汗青。
>
> ——《过零丁洋》

"惶恐滩头说惶恐",对于死亡,文天祥想来也不是全然不怕,但是拖着这恼人的身骨,反倒不如一抔净土掩埋来得痛快。

文天祥就像是生错了年代似的,蒙古大汗爱惜天下英雄,南宋却只愿躲在江南烟雨中逍遥度日,文天祥是英雄,英雄从来无法忍受苟安和依附,"酹酒天山,今方许、征鞍少歇。凭铁、千磨百炼,丈夫功烈"。

文天祥的执着可以令人想到女子的爱情,世间千百年,有多少坚贞女子为了爱一个男子也曾许下了这般至死不渝的宏伟誓言,就好像与百宝箱一起沉入江底的杜十娘。一为女子,一为男子,其实他们并不相干,独独那份令人心疼的气节,忍不住要将他们两个写在了一起。

南宋在文天祥眼里也可以算得上是他的爱情。在失去之后,他决然地将这份爱延续到了骨子里,一直到死,他都没有忘记当初的誓言。二十岁的那天,他站在和风细雨的南宋大殿上,曾经和这个朝代亲密无间,而今,依然誓死不改。

世事大多残酷,回望那些前尘旧事,似乎已经遥不可及,如果誓言可以美丽经年,暗香如故,那么几经翻看之后,是否也能从中寻觅到曾经那些鲜活的人,那些流淌的事,看看他们是变成了神话,还是流向了历史深处。

儒冠误身，英雄无路

如果说苦难是一所人生的学校，那么辛弃疾一定是这所学校优秀的学员。辛弃疾出生的时候，北方已经沦陷了。在他著名的《美芹十论》中曾写到，祖父虽然在金廷任职，但常打算"投衅而起，以纾君父所不共戴天之愤"，也会领着辛弃疾"登高远望"，指点山河如画。他目睹了女真族如何残酷践踏汉人，也见证了野蛮对文明的凶残。一腔报国雪耻之情就此熊熊点燃。如同一枚硬币的两面，金人的统治虽然令辛弃疾感到压迫与耻辱，但北方文化的粗犷却赋予了辛弃疾豪放的性格、广阔的胸襟、不羁的情怀以及侠客的风范。这些都深深内化为一股精神的力量，慢慢融化在辛弃疾的词风中，令他的词作骨气奇高、卓尔不群。

少年立志总归是人生之幸，它可以指引你未来生活的方向。二十二岁时，辛弃疾成功地在乱世中找到了突围的良机。他跟从的起义部队因叛徒的出卖而惨败，他居然带着五十几人袭击敌营，把叛徒抓回建康，交给南宋的朝廷。世人所不能的果决与勇敢，就这样在这个年轻人的身上大放光彩。洪迈在《稼轩记》中记载辛弃疾"壮声英概，懦士为之兴起，圣天子一见三叹息"。好一个人见人爱的辛弃疾！宋高宗大喜，任命辛弃疾为江阴签判，从此开启了他的仕宦生涯。此时，辛弃疾年仅二十三岁，人生的大幕就这样在一片掌声和赞叹中徐徐拉开。

然而，少年得志却常常是不同的人生：如晏殊者赐同进士出身，一生太平宰相，优哉游哉。而辛弃疾却是带着收复中原、建功立业的一腔宏愿而来，这就注定了他一生很难平凡，而不平凡的人生常常又很难平坦。辛弃疾被高宗赏识，高调出镜，而不久后即位的孝宗，也显示了收复失地的志向，令辛弃疾一度认为得遇明主，终于可以指点江山，挥斥方遒了。他还热情地写下了许多抗金北伐的文章，著名的《美芹十论》便是其中的代表。

可是，年轻的辛弃疾并不太了解南宋的羸弱与怯懦，更不知道长久以来，人们已经厌倦并惧怕了战争。朝廷非常欣赏辛弃疾的才能，安排他在江西、湖南、湖北等地身居要职，治理一方天下。辛弃疾凭借自己的才干，工作上十分出色，业绩也做得顶呱呱。可是，在这些职位上，他并不能真正实现自己的理想。他一次次上书，论证还我山河的梦想，却一回回亲眼见证了梦想的破灭。

辛弃疾年轻有为锋芒毕露，又濡染了北方人的直率，极力主战却屡遭主和派暗算，不断受到排挤。后来干脆被朝廷安排了一个闲职，虽然逍遥，却与鸿鹄之志相去甚远。一股壮志难酬的悲凉不禁悄悄笼罩在他的词中。

千古江山，英雄无觅，孙仲谋处。舞榭歌台，风流总被，雨打风吹去。斜阳草树，寻常巷陌，人道寄奴曾住。想当年，金戈铁马，气吞万里如虎。

元嘉草草，封狼居胥，赢得仓皇北顾。四十三年，望中犹记，烽火扬州路。可堪回首，佛狸祠下，一片神鸦社鼓。

凭谁问：廉颇老矣，尚能饭否？

这首著名的《永遇乐·京口北固亭怀古》写于1205年。当时，韩侂胄正奉命北伐，而朝廷也起用了久被闲置的辛弃疾。可是，辛弃疾心里十分清楚，这不过是打着他骨灰级主战老将的品牌战罢了。一方面，多年来官场的险恶令他深恶痛绝；另一方面，韩侂胄独揽朝政轻敌冒进令他担忧。这些都让他清醒地知道自己很难有所作为。可是，锣鼓齐鸣的战争又令他热血沸腾，想跃马驰骋，纵横疆场。在这种失落与矛盾中，夹杂着久违的深深的激情。在这种情绪的支配下，辛弃疾登高怀古，填下了这首忧思深远，千古传唱的名篇。

词作以怀念古代英雄的壮举为主线，间或穿插王朝兴衰成败的典故，借古喻今，将历史的恢宏与人物的血脉相连，抒发了自己的愤懑与悲怆。而"四十三年，望中犹记，烽火扬州路"的感慨是辛弃疾最为伤痛的记忆。四十三年前的1162年，年仅二十二岁的辛弃疾击破南下金兵，带动人心振奋，北方义士纷纷起义，女真的中原统治岌岌可危。无奈，战争遭遇曲折的时候，主和派又占上风，议和成功，南北分裂已成定局。遥想青葱岁月的硝烟战火，不禁感慨：奔腾年代已逝，唯余功业成空的不感。最后一句"廉颇老矣，尚能饭否？"大有老且弥坚，不坠青云之志的豪爽，与当年廉颇"一饭斗米，肉十斤，披甲上马"的形象遥相呼应。作为一代英雄，辛弃疾的壮志在胸，只能为他留下深深的遗憾；然而作为一代词家，他的慷慨悲凉却成全了他在词史上的地位。

辛弃疾的词和苏轼齐名，并称"苏辛"，和李清照并称"二安"，其性情磊落，为词为文，如天地奇观。所以，有人称赞他是"人中之杰，词中之龙"。后世常常把他和苏轼进行比较，盘点出各自的风貌。苏轼的词潇洒豁达，自有文人的一份浪漫与从容，而辛弃疾的词多沉郁悲凉，自有英雄落寞的一股苍茫与感伤。苏轼与辛弃疾如诗坛的李白和杜甫，前者轻盈飘逸，后者沉重忧伤，而辛弃疾的词中则更常见到英雄气概与无处施展的豪情。千古江山，万古长青，英雄却难以找到自己的出路。

  山前灯火欲黄昏，山头来去云。鹧鸪声里数家村，潇湘逢故人。

  挥羽扇，整纶巾，少年鞍马尘。如今憔悴赋招魂，儒冠多误身！

这首《阮郎归》将青山、村舍、鹧鸪、黄昏等自然景观,和羽扇纶巾、鞍马烟尘等融合在一起描绘,既有指挥万马千军的潇洒,也有哪堪岁月折损的感叹。"儒冠多误身"一句竟然出自南宋顶级词人的笔下,令人不禁唏嘘,感慨良多。按照辛弃疾的心志,他希望自己可以是战死沙场的将军,结果却身怀绝技回乡务农。这份苦闷诉诸词作中,就变成了读书人的一声长叹。但英雄毕竟是英雄,虽有末路之苦,却依然能够享受田园乐趣,农村风光的秀美也同样陶冶了他的情操,抚平了那一份焦躁,令他在沉雄之中显得细腻,儿女情始终都是英雄气最温暖的依靠。

茅檐低小,溪上青青草。醉里吴音相媚好,白发谁家翁媪?
大儿锄豆溪东,中儿正织鸡笼;最喜小儿无赖,溪头卧剥莲蓬。

辛弃疾的农村词作中,安居田园生活的作品不在少数,但这首《清平乐》却是佳作中的代表。小令惟妙惟肖地讲述了一家五口人悠然自得的生活情趣。茅屋、小溪、青草,白发夫妻相伴,三个儿子不懂世事,自顾自地玩耍,秀美的农村风光深深地烘托了一家人的幸福时光。"七八个星天外,两三点雨山前","城中桃李愁风雨,春在溪头荠菜花",辛弃疾以平和清淡、朴素恬适的农村生活填补自己军旅生活的空白。只可惜,这种安宁的生活常常会激起英雄抗金复国的热情,"千古兴亡多少事?""天下英雄谁敌手?"这个已经不再"为赋新词强说愁"的英雄,终于还是发出了"闲愁最苦"的感叹!有人说,能够把坏人变成好人的时代就是好时代。那么,反过来说,一个英雄没有出路的时代,恐怕注定是没有希望的时代。

历史常常这样介绍他:"辛弃疾,原字坦夫,后改为幼安,号稼轩,南宋著名爱国词人,文学家。"也许,在这段介绍的后面,人们应该加上这样一个评语:曾经的时代英雄!

第五章
大俗,大雅,藏青楼,不知向谁诉衷肠

在中国妓女史上,宋朝无论如何都是浓墨重彩的一笔。宋朝的青楼几乎是全民总动员的事业,皇帝、达官显贵、落拓文人、江湖大盗、市井小民,都可以在这里找到自己灵魂的客栈。一方小小的青楼,究竟藏了多少才俊的深情、女子的期盼、诉不完的衷肠?

大雅大俗,尽藏青楼

　　江枫渐老,汀蕙半凋,满目败红衰翠。楚客登临,正是暮秋天气,引疏砧,断续残阳里。对晚景,伤怀念远,新愁旧恨相继。

　　脉脉人千里。念两处风情,万重烟水。雨歇天高,望断翠峰十二。尽无言,谁会凭高意?纵写得离肠万种,奈归云谁寄?

——《卜算子慢》

　　残阳映照,画柳烟桥边,执子之手,离愁万种。情到深处,却依然要含蓄隐忍片刻,无语凝噎,千叮万嘱,含情脉脉,话不尽的依依别情,留恋处,兰舟时时催发……此情此景,在传统文人的生活中,一般都是和发妻话别时的情景。到了柳永这里,手里握着的便不是娇妻,而是风尘女子了。

　　中国历史上和青楼女子最合得来,最受她们追捧的狎客估计莫过于柳永了。而在所有留恋青楼的男子中,能沉沦得有如此卓越成就的恐怕也就只有柳永了。古往今来,无数曾经自以为可以"全身而退"的嫖者,不是在温柔乡里彻底翻不了身,折腾得倾家荡产,就是在胭脂世界里低俗一生,最好的出路也就是领回家认个小妾,两个人还要受尽大老婆的白眼。而柳永，虽然同样迈进了秦楼楚馆，却在粉腮柔唇里觅得了一片全新的创意天地。在这点上，柳永可谓古今一大奇才。

相传，他死后，京城青楼女子，无论名声大小，是否接受过柳永的"临幸"，都纷纷解囊相赠，捐出自己的血汗钱，凑足了柳永的安葬费。可见，柳永在秦楼楚馆里的威望和口碑，恐怕素以风流自居的唐伯虎也要礼让三分了。青楼女子为何给柳永如此高的待遇？从古到今，青楼女子和嫖客之间就是一种交易，一个出卖身体，一个拿钱消遣。偶尔也会惊现真情，或赎身买人或双双殉情，换来一段人间佳话，也算不虚此行。但如柳永一般，穷困潦倒，且风流倜傥，甚至死后也享受VIP级待遇的，实在很难找到第二人。

柳永和青楼女子会有这样的结果，想来原因有二。

其一就是尽管没财，但柳永有才。他的一生没有什么辉煌可言，实在倒霉。第一次赴京赶考就落榜了。第二次复读又落榜了。一个不高兴，写成《鹤冲天》，借着诗词发发牢骚。"忍把浮名，换了浅斟低唱"，用知识分子的清高姿态来解读自己的境遇。结果不幸又被当朝皇帝宋仁宗听到了，写道："此人风前月下，好去浅斟低唱，何要浮名？且填词去。"皇帝的话就是圣旨，这道圣旨彻底断了柳永东山再起的梦，只好"奉旨填词"去了。既然求不得一生功名，又没有经商想法，一介书生能干什么呢？连当街拳脚卖艺的功夫也没有，等待他的只有穷困潦倒了。

柳永心里怨气冲天，可惜敢怒不敢言。幸亏他才华横溢，这就足够他吃得开了。宋代色情娱乐事业之发达，和很多朝代都不一样，它有自己的特色和超越其他朝代的水平。对青楼女子来说，有才华的人给她们填词，做做宣传，炒作一下，既能提高市场关注度，也能增加点脂粉钱。当时有"评花榜"一事，也就是选哪个青楼女子在才品貌上最佳，类似选美。如果有才子来几首佳句，那效果就不得了了。

柳永一向扎根市井，所谓"凡有井水处，必能歌柳词"嘛！街头小巷、寻常巷陌无人不识柳永，其影响力堪称大腕级巨星。有他的词，哪怕只是蜻蜓点水的一句好评，青楼女子的身价就能倍增，随之而来的就是"代言费"的暴涨，以致很多女子都成了他的铁杆粉丝，争相要词。故有"耆卿居京华，暇日遍游妓馆。所至，妓者爱其词名，能移宫换羽，一经品题，声价十倍"之说。

的确，文人们的笔调是青楼女子最好的化妆品。柳永笔下云集的青楼女子，如秀香、英英、瑶卿、心娘、佳娘等都得到过柳永诗词的"临幸"："秀香家住桃花径，算神仙才堪并"，"英英妙舞腰肢软，章台柳，昭阳燕"，"有美瑶卿能染翰，千里寄小诗长简"，"心娘自小能歌舞，举意动容皆济楚"，"佳娘捧板花钿簇，唱出新声群艳伏"。汉语中最有魅力的词汇，最能形容女人美貌的词语，柳永都毫不吝惜地"赏赐"给了她们：娇态千变，万种风情；明眸闪闪，风姿绰约；香腮莹腻，体态轻盈；朱唇微启，星眼传神；笑语盈盈，倾国倾城……

当时的才子不少，光顾青楼的也很多，偏偏柳永就这么受欢迎，"不愿君王召，愿得柳七叫；不愿千黄金，愿得柳七心；不愿神仙见，愿识柳七面"，成了当时青楼女子的真实呼声。这和柳永以超脱世俗的观点去看待这些沦落红尘的女子有很大关系。就凭这点，一下拉近了他和青楼女子的情感。这也是造就了开篇提到的，柳永穷困潦倒却几乎风光大葬的第二点原因。

柳永，仅凭婉约小词，就将世所唾弃的青楼女子形象带进了高雅的文学殿堂。从为文和为人两方面来讲，都是一种突破，是非一般的境界。他不像达官显贵，一夜春宵后，重整衣冠，站在道德的制高点，鄙视他们曾经作践过的青楼女子，一副假道德君子的模样。柳永是以平等的、同情的态度去对待这些女子的。他可以发现她们灵魂中可贵的东西，用饱含怜悯的诗词抚慰她们冰冷的灵魂。

青楼女子多是迫不得已而堕落，在这个职业里，她们看到了冷漠的人情和炎凉的世态。在金钱和肉体交易的背后，亲人以之为耻，路人不屑谈及，嫖客只贪一时之欢，内部姐妹还互相嫉妒倾轧；如遇贵人相扶，助其脱困，还常受老鸨敲竹杠或拆台。在对世界失去了期盼，对人性失去了希望时，柳永的举动给了她们巨大的惊喜。"举案齐眉"，"执子之手"，实在是对她们最高的礼遇和最大的抬爱。

柳永比亲人还能体谅她们的苦处，她们找到了能倾诉衷肠的好伙伴。他的眼神抛弃了轻蔑，多了点理解，随时令人感到"同是天涯沦落人"的惆怅。他不是一般的嫖客，甚至可以从嫖客变成她们的好朋友。这些女子把他当成知己看待，甚至抛却了钱色的交易，在某种情况下，妓女和狎客的关系可完全排除经济的因素，而成为恋人、密友、知己。如此心心相印，不分你我，也才有后来的惺惺相惜，千金散尽。

于是，在宋代繁华的京都里，在很多花街柳巷的深处，在被世俗人定为俗不可耐的秦楼楚馆里，柳永用自己的诗词镌刻下一段段美妙的故事。这些曾经上不得台面的可怜女子，摇身一变，在柳永的笔下深情款款起来，随三变的词宛转悠扬，流传至今。阳春白雪的文人骚客与身为下贱的"残花败柳"，借助高雅的文艺和低俗的青楼巧妙地融合在一起，并在整个宋代始终胶着下去。恐怕除了青楼文化如此发达的宋朝，再也没有哪个朝代有如此的魅力，能将这些奇异的元素完美地捏合在一起了吧！

托起灵魂的沉重与轻盈

薄衾小枕凉天气,乍觉别离滋味。展转数寒更,起了还重睡。毕竟不成眠,一夜长如岁。

也拟待、却回征辔。又争奈、已成行计。万种思量,多方开解,只恁寂寞厌厌地。系我一生心,负你千行泪。

柳永和歌妓舞女们的感情极深,这一点不容置疑。但柳永笔下的情词,多为女子的思恋,这一首《忆帝京》以男子的口吻和立场,写出了相思无限,可谓别具一格。难怪刘熙载在《艺概》中论柳词盛赞"细密而妥溜,明白而家常"。

细看这首词,薄衾天凉秋意渐浓,深夜独卧,辗转反侧,相思袭来难入眠,醒来还想睡,希望在梦里重逢。一句"毕竟不成眠"蕴含了无比的思念和孤单。我们常常用"一日不见,如隔三秋"来形容时光苦长,却不料柳永的一句"长夜如岁"更让人心惊。别离的滋味可说是写得情浓隽永。

下阕里,更加深入地描写了离情。相思无尽,只想回头找你,可是已赴征程,为功名也为生计。于是寂寞天地,只能在万种无奈中开解自己。通篇明白晓畅,平和浅易,寥寥数字勾勒出一个离开心爱之人的男子度日如年的愁苦。如果至此结束,顶多不过为"淫词艳曲"中流行一时的诗句。可柳永毕竟不是普通人,他对艺妓的感情也非同一般。结尾处一句"系我一生心,负你千行泪"如繁花落地,砸下一枚沉甸甸的相思。落拓曲折处,委婉动情,九曲回肠之意,深切动人。

自古,人们太熟悉女子的倾诉,"山无陵,江水为竭,冬雷震震,夏雨雪,天地合,乃敢与君绝"。或言"枕前发尽千般愿,要休且待青山烂。水面上秤锤浮,直待黄河彻底枯"。可是,对于一诺千金的男子们的誓言却往往不放在心上。正因如此,在一个男权世界里,能够听到才华横溢的才子深深的表白,才更觉意义非凡。

想那柳永,虽在花街柳巷中消遣,但内心深处未必可以放下对世俗的一腔热忱。多年苦读,一心建功立业的豪爽,不料满腹诗书没能陪自己驰骋官场,却献给了一个个如花似玉的美娇娘。娇娥虽美,也愿意为之歌咏。"春风拂槛露华浓",想那李白虽屡有沉浮,但得幸为贵妃作诗也算体面,无论如何浪荡,总会有盛世英名。可歌咏这青楼曼妙,却无论如何也难进庙堂。所谓地位,自然比文人不上,只好游走在城市的边缘,做一个另类文化人。

风流,放荡;诗成行,泪成双,酒入愁肠。且去填词,皇恩浩荡。醉生梦死在温柔乡,一个个俏姑娘消磨那寂寞苦时光。杨柳岸的晓风残月,离别时的怀古多情,秋意渐起,无限思量;美丽的姑娘,你拿我的词曲去欣赏还是去卖唱?柳永同情青楼女子,同情那曲意逢迎的心酸笑脸,同情那任人践踏的卑贱魂灵。

还好,自古烟花柳巷不仅仅有皮肉生意的妓女,也有无数悦目赏心的才良。所谓"梅花三弄",朵朵不一样。烟波深处,自然有万种的风情。很多妓女或本出自名门,自小吟诗作对,家道中落才堕入青楼;或有少时家贫入行受老鸨栽培,琴棋书画样样精通,早已可挑才女的大梁。感谢漫长文明的中国历史,感谢人口众多的泱泱大国,让众多女子可以从才华、品行、容貌早早分为三六九等。虽有的栖身寒窑却可以才情并茂,于是,这些无处容身的才子,在青崖间行走不稳的文人，可以在民间找到精神的流放地和聚集村。在歌妓的轻盈和落魄文人的沉重间，他们彼此试探和抚慰，获得灵魂的安宁和平静。

宋朝的青楼能够上演柳永这种千古奇观，应该说得益于歌妓文化的发达。可以说，宋朝在中国妓女史上，无论如何都是浓墨重彩的一笔。据不完全统计，宋代著名词人，如苏轼、秦观、欧阳修、晏殊、姜夔、张先等都和歌妓事业发生了千丝万缕的微妙联系。我们都知道，宋朝正是程朱理学"存天理，灭人欲"对人的欲望加以压制的年代，结果却适得其反，大大地助长了歌妓事业的发达。真不知道，这是历史对虚伪道学的一种嘲讽，还是和朱子开的一个大玩笑。

宋代的妓女业，因从业人数的剧增，和社会多阶层的参与，不断发展壮大，终于连皇帝也卷进了这项公共活动中。有诗言，"宋史高标道学名，风流天子却多情。安安唐与师师李，尽得承恩入禁城"，说的正是宋徽宗的风流韵事。宋徽宗赵佶天生就是嫖客，凡是京城中有名的青楼女子，他都不放过，据说有时还将喜欢的妓女乔装打扮带入宫中据为己有。皇帝为妓女业"亲力亲为"，臣子们哪能不紧随其后？嫖客众多，难免也有撞车的时候，宋徽宗和周邦彦便发生过同嫖的尴尬。不知道香港导演王晶的电影《九品芝麻官》中，皇帝与星爷妓院撞车事件是否深受其蛊惑。

可实际上，皇帝也是人，只不过是高贵中的尊者，而妓女也是人，不幸的是只能做低贱中的卑者。虽然他们的地位有天渊之别，然而无论烟花之地，还是朝野之堂，同样要求他们虚情假意，尔虞我诈，同样会照章纳税，论功行赏，也同样引得无数人为之肝脑涂地，九死一生。那么，在这大雅大俗之青楼，歌妓的温柔缱绻，皇帝臣子的国事繁重，居然一拍即合。

当然，宋朝毕竟是中国历史上可歌可泣的王朝，它能够敢于如此挥霍自己的豪情蜜意，都是因为有强大的经济作后盾。只有"安居乐业"方起"饱暖思淫欲"的歹心,如若不然,流离失所,谁会有心思拿银子去光顾烟花柳巷呢?所以,一个小小的青楼,其实也暗含了国运的兴衰。当娱乐业繁荣鼎盛的时候,虽然有铺张浪费的嫌疑,但也要感慨人民生活水平的普遍提高才是。发达的经济,闲适的生活,把宋代妓女事业推向了繁荣,汴京简直成了市妓的世界。正如柳永在《望海潮》中写的"东南形胜,三吴都会。钱塘自古繁华"。恰恰又是文人的一笔,惹得一百年后的完颜兄弟对江南的富丽垂涎三尺。可以说,宋朝的天空和士人的心田都飘扬了无尽的风花雪月。然而,为官之风流又岂能和柳永之风流同日而语?

读柳永词,虽然可以读出他的沉沦,也同样可以看到一种别样的韵味。柳永,一个深入市井的落魄文人,一个青楼女子的蓝颜知己,一个烟花柳巷的四时常客,一个在潦倒中走出异样轨迹的词人。他的生活像北宋这场大戏里的一个亮点,照亮了当时的人生百态,折射出了时代为人所耻、歌舞升平而又道德冰冷的角落。

所幸的是,他的词作没有和生活一样浪迹酒色,而是时刻从笔端散发出人性的悲悯和况味。他的身后注定留下太多争议,因为他的轨迹是一个特例,注定不会像李白、杜甫一样被供奉在人生的云端,但也因其特立独行,注定不会被历史淹没在世俗的风流中。

那个时代的诸多不得意都撒泼在"怡红院""春宵馆"里,那里可以闻到北宋社会的纸醉金迷,触及众多士子文人的伤痛的内心,但又有谁来"抚慰"铜臭味背后的荒凉人心?妓女的轻贱却承载了无数文人深重的良知与沉沦,这轻与重到底该如何区分?或许只有柳永才能读懂妓女们的悲苦和辛酸,分得出"低贱者的高贵和高贵者的低贱"。于是,他可以雨落长亭,深夜难眠,可以在心里对一个歌妓托出自己最深挚的爱,"系我一生心,负你千行泪"!

所幸的是,柳永生在一个浪漫的时代,可以令他任由身体堕落、灵魂憔悴,却换来了几百年后依旧温暖的墨香。

烟花深处，北宋文化的归宿

为博褒姒一笑，周幽王烽火戏诸侯，亡国；为哄妲己开心，商纣王不惜残害百姓，亡国；唐玄宗宠爱杨贵妃，于是连杨的哥哥和干儿子也一并宠爱，险些丧国，大唐由盛而衰。在历史的洪钟里，嗡嗡而响的都是家国统一的争鸣。在历史的视线里，所有失败的国君背后都有一个或多个失败的女人。而这个红颜，必定祸水、辱家、败国。到了宋代，历史的粉板上似乎又多了一个皇帝的名字，这就是宋徽宗。而宋徽宗的背后，也有一个奇女子，但大家只以为奇，并不以为"祸"。她宁肯做青楼上的"二奶"，也不愿做皇宫里的王妃，她以自己的才华、品貌和能力，成为中国青楼史上的异数，这个人就是北宋名妓李师师。

关于李师师出道前的传闻颇多，归结起来，一是父死后无钱，被青楼收养、调教，培育成当红头牌，风头一时无限。各界名流争相观摩，客流量居高不下。二是从小便不啼哭，只是有一天迈入佛门，被庵里的尼姑摸了下头，才开始放声大哭，因其慧根深重，故取名师师。

在中国，出名的妓女有很多，单单"秦淮八艳"就足以让人垂涎三尺。柳如是、顾媚等都是绝色的美人，不仅结识上层社会的达官显贵，且都嫁给了风流才子，为明清历史谱下了一曲曲勾魂的赞歌。但她们毕竟都脱不了女人的宿命，终究还是找了依靠，为弱女子的艰难立足寻找了一方天空。李师师却全然不同。

没有人能猜测李师师到底是否曾经想过有一个稳定的归宿，依靠一个男人，依靠一个家族。没有人知道她究竟有没有进宫陪伴宋徽宗，虽然人们会说她后来被封为"李明妃"。但是，恐怕在李师师的眼中，尘世的一切俗名，都是不打紧的，她最喜欢的还是舒服地活在自得意满的青楼。

那天宋徽宗被高俅带来李师师处等候，心如鹿撞，急得不得了。可惜，李师师并不知道来的是谁。结果不但懒得出来，还顺便洗了一个澡。如李师师当年的绝色倾城，每每出场，来个国际惯例，迟到一两个钟头应该也不是稀奇事。她洗了澡，神清气爽，所以千呼万唤之后，还是出来见客了。云鬟半偏、素颜，走到帘子旁，她还低低地问旁边的人，"客人走了吗？"相传，只这一声，便立刻化了宋徽宗的心。

后宫佳丽三千，个个庸脂俗粉，百媚千娇全都是为了讨好皇帝，亦步亦趋，哪一个敢让皇帝久等？只有李师师，因为根本不知道来客便是执掌天下大权的皇帝，便有了自己的一份自在和从容。但见高俅陪在新客身边，极尽谄媚，便知来头不小，而宋徽宗也生得风流倜傥、儒雅俊秀，自是心里喜欢。徽宗见李师师清丽秀雅，才色双绝，虽身在青楼，却不染红尘俗气，芙蓉如面柳如眉，美人出浴如莲清幽，肌肤吹弹可破、玲珑剔透，金风玉露一相逢，便胜却人间无数，只惹得宋徽宗如痴如醉、如梦亦如幻。直到第二天早朝时分，方才慌忙起身，并解腰带赠给佳人。

李师师也是冰雪聪明之人，回想高俅都那般恭敬，难道真的是天子？下得床来，仔细看昨夜客人赠送的词句，真的是宋徽宗著名的"瘦金体"：

> 浅酒人前共，软玉灯边拥，回眸入抱总含情。痛痛痛，轻把郎推，渐闻声颤，微惊红涌。

> 试与更番纵，全没些儿缝，这回风味忒颠犯，动动动，臂儿相兜，唇儿相凑，舌儿相弄。

想不到皇帝也会逛青楼！然而，更让李师师想不到的是，皇帝不但来了，还成了这里的常客，甚至还有传闻说皇帝从宫门外开凿了一条暗道，直接通到青楼，通到李师师的闺房。秦始皇修筑长城为了抵御外敌，宋徽宗修建地道为了约会妓女。身为一国之君，能够为了嫖妓不惜一切手段，可见，这个王朝的腐败和没落已经不远了。

自此，许多人都只能望"师"兴叹。毕竟，和项上人头比起来，睡在老婆身边安稳多了，总比和李师师眉来眼去安全得多。周邦彦就是因为撞见宋徽宗约会李师师，而写了一首酸溜溜的《少年游》，才惨遭贬官。但宋徽宗实在看错了李师师，这个女子虽然生得柔媚无比，却一肚子不合时宜。明知道皇帝贬官，一般连朋友都不敢相送，却偏偏扔下宋徽宗在她的闺阁久候，跑去送周邦彦出城。回来还唱周邦彦的曲子《兰陵王》给宋徽宗听：

> 柳荫直，烟里丝丝弄碧，隋堤上，曾见几番拂水，飘绵送行色。登临望故国，谁识京华倦客，长亭路，年去岁来，应折桑条过千尺，闲寻旧踪迹，又酒趁哀弦，灯映离席。
> 梨花榆火催寒食，愁一剪，风快半篙波暖，回头迢递便数驿，望人在天北凄侧。恨堆积，渐别浦萦回，津堠岑寂。斜阳冉冉春无极，记月榭携手，露桥闻笛，沈思前事，似梦里，泪暗滴。

宋徽宗一想自己确实有点过分，于是第二天就召周邦彦回京，并封官大晟乐正。从此，还经常和周邦彦在一起填词作曲。这固然是艺术的魅力，却也少不了李师师的功劳。作为一个青楼妓女，李师师令男人们忘却伦理纲常，忘却世俗烦忧，在文学和美女上，找到了自己的立足点,也便不怕树大招风了。

秦观给李师师写过诗:

> 远山眉黛长,细柳腰肢袅。妆罢立春风,一笑千金少。
> 归去凤城时,说与青楼道。遍看颍川花,不似师师好。

宋江给李师师写过词:

> 天南地北,问乾坤何处,可容狂客?借得山东烟水寨,来买凤城春色。翠袖围香,鲛绡笼玉,一笑千金值。神仙体态,薄幸如何消得!
> 回想芦叶滩头,蓼花汀畔,皓月空凝碧。六六雁行连八九,只待金鸡消息。义胆包天,忠肝盖地,四海无人识。闲愁万种,醉乡一夜头白。

相传,李师师和水浒英雄燕青也曾经有过美好的邂逅。从国家最高统治者宋徽宗,到大学士秦观,畅销词作者周邦彦,再到山贼草寇,李师师几乎整合了社会各界的优秀资源。就是这样一座小小的青楼,它融合了宋徽宗的官方文化,秦观等词人的知识分子文化,宋江等人的侠盗文化,当然也还有李师师自己的平民文化。在这秦楼楚馆的别样风流中,在这缱绻旖旎的烟花柳巷深处,宋朝的雅、俗、轻、重,包括社会上各种文化的合流,都纠结在这里,托起了青楼事业的繁荣,也成了北宋各路文化的归宿。

荒淫昏庸的统治者,咬文嚼字的大学士,占山为王的绿林好汉,都在李师师的怀抱中得到了慰藉。然而,李师师既没有成为皇妃,也没有被文人收为小妾,更没有变成水泊梁山的压寨夫人。她所认同的身份并不是这些俗世的浮名,她希望保持的正是这份自由,也唯有这份自由,才能令她青春褪色,却依然红颜不老。

山抹微云秦学士

　　山抹微云，天连衰草，画角声断谯门。暂停征棹，聊共引离尊西门樽。多少蓬莱旧事，空回首，烟霭纷纷。斜阳外，寒鸦数点，流水绕孤村。

　　销魂。当此际，香囊暗解，罗带轻分。谩赢得青楼，薄幸名存。此去何时见也，襟袖上，空惹啼痕。伤情处，高城望断，灯火已黄昏。

　　这首《满庭芳》开篇以"山抹微云，天连衰草"起笔，犹如一副精致工整的对联。既勾勒出天光云影的情致，也显示出作者心灵的秀巧。上联一个"抹"字，说得粉嫩、轻巧，如登台"献丑"，总需对镜梳妆一番。下联一个"连"字，有"黏合"之意，却不需黏合那样用力，只微微地搭着，便对接得恰到好处。当代作家韩少功有散文说，"远处海天相接，不知道是天染蓝了海，还是海融化了天"，似乎与此恰有异曲同工之妙。

　　在这样虚幻迷离的景致里，"多少蓬莱旧事，空回首，烟霭纷纷"，回望前尘，往事如烟，如烟霭纷纷，恰如开篇一抹微云，前后呼应成趣。而"斜阳外，寒鸦数点，流水绕孤村"三句更是写尽人间惆怅事，道尽人间无限情。斜阳、寒鸦、孤村，每一个词都看似闲笔，可读起来却满纸薄凉。

　　下阕忽然转入"销魂",遥想定情之日,罗带轻解,香囊相赠,何等情深义重。不料想,如今却留下薄情郎的名声。此去一别,不知何时才能相见,襟袖上只留下情人的点点泪痕。最后三句,写得尤为悲凉。"伤情处",意境全出,任是无情也动人。

　　这首佳作历来被人所赞赏,苏轼戏称,"露花倒影柳屯田,山抹微云秦学士",说的正是这首词的作者秦观。

　　秦观是著名的"苏门四学士"之一,字太虚、少游。因生性豪爽,洒脱不羁,才情纵横,颇得苏轼赏识。秦学士才华横溢且温柔多情,写得一手好词,所以,关于他的"绯闻"自然也遍地流传。其中,当属和苏小妹的传闻最为活灵活现。

　　相传,苏小妹是苏东坡的妹妹,自然也是饱读诗书的才女。秦观年轻有为,自然也想一睹芳容,于是装扮成道士,前去瞻仰。见到苏小妹后,发现虽不算妖娆,但气质清幽,全无半点俗韵。一时兴起,和苏小妹隔空对诗。他们语言交锋之际,爱情火花四溅,对彼此的才情也算了然于心。及至秦观登科后,方才与苏小妹完婚,成就了一段才子佳人的传奇。

　　然而,传奇虽然奇妙,却始终当不得真。历史上到底有没有苏小妹这个人也尚无定论,但是从秦观的词作来看,大抵是没有的,即便有,嫁的肯定也不是少游。秦观在《徐君主簿行状》一文结尾处曾经提到:"徐君女三人,尝叹曰:子当读书,女必嫁士人。以文美妻余,如其志云。"除了曾经如此轻描淡写地提了一句正妻徐文美之外,任何作品都再无提及。贺铸、苏轼都曾经写过纪念亡妻的词作。而像陆游,虽然没能善始善终,也算有一段刻骨铭心的爱,一首《钗头凤》写尽哀怨和缠绵。唯有秦观,一生存词四百余首,其中艳词占了四分之一,多数表达的都是和青楼女子的感情。用钱钟书先生的话说,便是"公然走私的爱情"。

　　然而,在这薄情寡义的青楼之上,在逢场作戏的推杯之时,毕竟也有情动于衷的感慨。所谓爱情，每个人的理解都不大一样，苏轼、贺铸的相濡以沫，陆游和表妹的两小无猜，虞姬拔剑自刎的悲壮……所有的故事都不能千篇一律，就像所有的爱情，人们无法定义哪一种最为心动。但无论如何，不可否认的是，秦观乃宋词言情派翘楚。

纤云弄巧，飞星传恨，银汉迢迢暗度。金风玉露一相逢，便胜却人间无数。
柔情似水，佳期如梦，忍顾鹊桥归路。两情若是久长时，又岂在朝朝暮暮！

秦观的这首《鹊桥仙》写的是中国一个传统而又美好的节日"七夕"，即中国式情人节。小词开篇点题，写出了漫天彩云都是织女的巧手所织，可惜如此聪颖的人却不能和心爱的人长相厮守。"盈盈一水间，脉脉不得语"，银汉迢迢，若远若近，满腹深情暗渡。金风玉露，久别的情侣相会，胜过人间无数次的相聚！可惜，佳期太短，倏忽间，温柔和缠绵还未褪尽，那条相逢的鹊桥便要成为织女的归途。不忍离去，却不得不回顾，只有一句"岂在朝朝暮暮"。

这首小词，看似写的是天上牛郎与织女，句句写景，而实则字字写情，人间悲欢离合，跌宕起伏，欢乐中有离别的苦楚，相聚后彼此的期待与鼓舞。"相见时难别亦难"乃人之常情，自古一理。正因如此，少游的《鹊桥仙》才成为千古抒情之绝唱。

有人说，这是少游写给某个青楼女子的情诗，"两情若是久长时，又岂在朝朝暮暮"完全是一种托词，是对青楼女子的一种安慰。然而，不论他是写给谁，这种对爱情的坚贞和笃信都值得推崇。两个真心相爱的人，不管是否天各一方，或形同织女牛郎，只能在"七夕"相会，但只要情比金坚，互相信任，总比同床异梦好过"人间无数"。

这似乎暗示了爱情的真谛：能够经得起考验的爱才更显弥足珍贵。词境高洁悠远，融合了人人心向往之的爱情理想，加之词句自由流畅，余味无穷，故能世代传颂。所以，清代学者王国维评价秦观时说："少游虽作艳语，终有品格，方之美成（周邦彦），便有淑女与娼妓之别。"

秦观才华横溢，却因新旧党派之争，屡遭贬谪，最后贬到郴州，竟被削去了所有的官爵和俸禄，内心之愁苦彷徨可想而知。宋朝虽重文轻武，但也因此而沾染了文人的洒脱、自由与随性。它可以对文人奉若上宾，也可以弃之如敝屣。文人的得失沉浮，往往如"江河之小舟"，漂泊晃动，时擢时贬，阴晴不定。柳永因为一句词作，便终身与仕途绝缘，而才华盖世的秦少游，也因为新旧党派之争，被排挤在主流之外。此时的秦少游，填下这首蜚声词坛的《踏莎行》，凄凉之情痛彻心扉。

　　雾失楼台，月迷津渡。桃源望断无寻处。可堪孤馆闭春寒，杜鹃声里斜阳暮。
　　驿寄梅花，鱼传尺素。砌成此恨无重数。郴江幸自绕郴山，为谁流下潇湘去。

词作从一片想象的世界中入手，雾霭弥漫，失去了渡口的方向，陶潜先生当年的桃花源更是无处寻觅。寒舍孤馆，听得杜鹃声声，斜阳中阵阵悲鸣。书信与礼物越积越多，愁苦无重数。结尾以郴水绕郴山自喻，感叹好端端一个读书郎却被卷进政治的旋涡，对身世不幸感慨颇深。"可堪孤馆闭春寒，杜鹃声里斜阳暮"一句历来为人所称道，王国维先生盛赞"词境最为凄婉"。

然而，不论是悲凉的身世之感，还是甜蜜的爱情传说，在秦观的笔下都融化并流淌出汩汩深情，为后代留下了一首首含义隽永的词作，勾勒出一曲曲唱不尽的心声。

漠漠轻寒上小楼。晓阴无赖似穷秋。淡烟流水画屏幽。
自在飞花轻似梦，无边丝雨细如愁。宝帘闲挂小银钩。

有人说《满庭芳》是秦观长调之冠，而上面这首《浣溪沙》则是小令的压卷之作。它起笔轻柔，通篇飘着淡淡的哀怨和闲愁，如清歌荡漾，悠然而至，闲情雅致中一派轻盈、恬淡。官场也罢，青楼也好，无论何时，良辰美景，且把寸寸情丝换成浅酌低唱，醉乡一夜白头……

并刀如水曾年少

不管苏轼、黄庭坚等如何"以诗如词",扩大词的意境和内容,但总体上说,受制于词牌和字数的限制,宋词中还是言情类作品居多。所谓"诗如淑女,词如闺秀",说的也大抵是这个道理。茫茫词海,结发夫妻之情、露水姻缘之爱,不乏脍炙人口的名篇名曲,当然也不缺庸俗的词句。淹没其中,若非构思精巧,词风峭拔,且意境奇美,恐怕难以流传。这其中,婉约派虽为言情高手,情切切、意绵绵,各种甘苦千姿百态,但场景之铺排与设计,通常还是难以免俗的。好在也有例外之作,如周邦彦的《少年游》,构思奇巧,情思绵长,实为恋情词之绝唱:

并刀如水,吴盐胜雪,纤手破新橙。锦幄初温,兽烟不断,相对坐调笙。
低声问:向谁行宿?城上已三更。马滑霜浓,不如休去,直是少人行。

刀闪亮,盐晶莹。开篇起笔以"刀如水""盐胜雪"引入场景,纤纤素手破开一个新橙。闪亮的刀光,手如柔荑,轻轻地拨开黄色的鲜橙,两个人的爱意与温情,就在果品打开后,满室盈香。"锦幄初温"可见是入夜情事,而烟香不断可谓意蕴撩人,且有红颜知己对坐吹笙,环境之温馨动情,羡煞旁人,不言自明。

上阕如同桂花烹茶,酿足了依偎与爱恋,久久不散的浓情如化不开的巧克力,铺陈出下文的甜蜜。"低声问"三个字既有低声的妩媚,也有不愿破坏了雅兴的娇弱:城上三更,霜浓路滑,不如不要回去了吧!一副女子的娇羞,欲言又止,想留住情郎却不肯开口,却含蓄地表达出外面冰天雪地一派寒冷,大有"天留人"之意。缠绵依偎之姿态,柔情似水之温暖,与外面的天寒地冻,实在是冰火两重天的对比,任是铁打的筋骨也一样化为绕指柔肠。

其情思之幽微、细腻,袅袅婷婷,令人不禁想到那首著名的现代诗,"最是那一低头的温柔,像一朵水莲花不胜凉风的娇羞"。而词中的女子柔情似水,当真是一朵温柔的解语花,爱恋极深却无半点俗态,情意缠绵却恰到好处,正所谓"增之一分则太长,减之一分则太短;着粉则太白,施朱则太赤"。所以,陈廷焯在《白雨斋诗话》中赞其为"本色佳作"。

当然,这首词能够流传下来,一是因为语意工新,对情致拿捏得很有分寸,还有一个原因就是,它所牵扯的是关于宋徽宗、李师师和周邦彦著名的"三角恋"。

传说中的故事是这样的。有一天,周邦彦正在和李师师卿卿我我,你侬我侬,忽然探子来报,说宋徽宗莅临,请师师姑娘马上接驾。闻听此言,美成和师师都非常惶恐,不知如何是好,没办法,只好赶紧让周公子委屈一番,藏于床下。徽宗贼头贼脑地进来,带来了一枚新鲜的橙子,于是和李师师开始温言软语地调笑。想那周郎趴在床下,心中必定五味杂陈,醋意横生。后来,宋徽宗碍于皇帝的面子终于走了,周邦彦爬起来写下了这首亘古名词《少年游》,记下了这酸酸甜甜的少年心事。

当然,也有王国维等词学家对这种说法始终持怀疑的态度,并力争其必无。然而,无论词作缘起何处,能够提供充沛的文学养分就足以下酒，至于野史轶闻，能够作为含英咀华的调料，被人津津乐道也是快意之事！

这首《少年游》的成功问世，充分见证了周邦彦的文学才能：词语婉丽、缜密，形成了典雅、浑厚的词风，虽为恋情词，却并无牵衣扯袖之造作，发展了柳永等人的慢词，对南宋姜夔、张炎等人的词风也影响深远，被人尊为婉约派集大成者，或有人称之为格律派的创始人。

赏周邦彦的词，古人今人同赞处大抵有两个：一为感情深沉，引句式起伏变化，有抑扬顿挫之感；二是时空交错，回望前尘，需细细追寻。著名的《夜飞鹊》恰为词中一例：

河桥送人处，良夜何其？斜月远堕余辉。铜盘烛泪已流尽，霏霏凉露沾衣。相将散离会，探风前津鼓，树杪参旗。花骢会意，纵扬鞭、亦自行迟。

迢递路回清野，人语渐无闻，空带愁归。何意重经前地，遗钿不见，斜径都迷。兔葵燕麦，向残阳、影与人齐。但徘徊班草，欷歔酹酒，极望天西。

上阕由桥边、月夜、送别写起，铜盘烛泪，犹如杜牧所言，"蜡烛有心还惜别，替人垂泪到天明"，道出依依不舍之情。薄露沾衣，已近天明，分别在即，马解人意，挥鞭时不忍离去。下阕写到"重经前地"，才知前面是作者深深的回忆。

"遗钿不见，斜径都迷"，似有"人面不知何处去"的感慨。总之物是人非，夕阳晚照，徘徊旧地，慨叹唏嘘，望向西边，悲不自已。其中"兔葵燕麦，向残阳、影与人齐"三句，被梁启超誉为送别词中的双绝（另一绝为柳永的"杨柳岸、晓风残月"）。

全词虽然步步写景，却尽是依依惜别之情，怀旧的伤感虽隐忍不发，却于良月夜、斜晖处层层伸展，"哀怨而浑雅"（陈廷焯语），为婉约词中的代表作。世人常把周邦彦和柳永放在一处对比，认为柳永市井气息偏浓，而周邦彦的词风含蓄秀丽，善于铺排，且辞藻华美，韵律和谐。但实际上，柳永虽无周邦彦的齐整、缜密，却于格律之外任意挥洒，自有一份无法束缚的跳脱。想来，也是柳永之幸。

周邦彦少年时落魄不羁，后在太学读书，神宗时献上《汴京赋》，因精通音律屡被提拔，为朝廷作乐，仕途坦荡，故浪子气息较少，宫廷感受颇浓，有很强的帮闲意味，虽比柳永工密，却没有柳永在世俗，尤其是青楼女子中的威望高，民间粉丝的支持率也不敌三变。生活有时候像一枚硬币，你选择了仕途坦荡，为官而歌，就必须同时放弃世俗的支撑和"井水皆可歌"的厚爱。这恐怕也是上天的公平。

历史也总是绵延有趣，词在宋代最为发达，而词学理论的建构却在清代才渐趋完善。所以，有人把周邦彦和清代的纳兰性德进行比较，因为纳兰实在也是集婉约派大成的另一人。词中较量，犹如酒中乾坤，未必一定拼个你死我活，点到即止，分出不同，选定坐标便可。而纳兰词和周词的不同也似乎显而易见：周词以形式胜，而纳兰词以内容胜。读周邦彦的词，会很容易发现周兄善于移步换景，到处都是他铺陈出的琉璃美景，犹如一座装修豪华的宫殿。而读纳兰词，"人生若只如初见""当时只道是寻常"，随处充满了对人生况味的感慨。换句话说，周邦彦以景胜，而容若以情胜。这当然也与他们各自的身世相关。

纳兰生活在康熙年间，盛世繁华，一派歌舞升平，慷慨悲歌也是人生常态，贵族家世令其襟怀磊磊，情趣优游，故而词中常见繁华落尽、真淳满地之感。而周邦彦所处的宋徽宗时期，一国之君居然溜出宫去嫖妓，可见国运已然破败。周兄食人俸禄，所作词曲必定要为朝廷歌功颂德，粉饰太平，日子恐怕也不甚好过，青楼自然成了他缓释精神压力的"桃花源"。

周邦彦卒于1121年，几年之后，北宋就灭亡了。

功名利禄如云烟粪土

按照一般人的习惯思维,"子承父业"应该是最好的发展前途。老爸是当朝宰相,平日家里穿梭往来的多为权贵,如果想站在"巨人的肩膀上",估计很有可能更上一层楼,但晏几道偏偏是个例外。他虽生于大富大贵之家,却清高孤傲,不愿与世俗同流合污,也不愿意摧眉折腰事权贵。在他的人生和词海里,唯一寻得到的便只有"情"字。

晏几道是宰相晏殊第七子,字叔原,号小山,疏狂磊落,不慕荣利,称得上是豪门中的异数。他虽生于相府,却和宝玉一样,视功名利禄如牛毛粪土,倒是把姐姐妹妹们看得比生命都珍贵。在他的词集《小山词》中,词风顿挫、哀婉缠绵:

梦后楼台高锁,酒醒帘幕低垂。去年春恨却来时。落花人独立,微雨燕双飞。

记得小蘋初见,两重心字罗衣。琵琶弦上说相思。当时明月在,曾照彩云归。

这首《临江仙》是小山久负盛名的佳作,也是婉约词中的绝唱。午夜梦回,烟锁重楼,残梦醒来,见帘幕低垂,不禁悲从中来。去年的闲愁旧恨又纷至沓来,这恼春的情绪已非一日之功。想起当年初遇美女小苹的时候,她穿着绣有双重"心"字的罗衫,仿佛也在期待日后的心心相印。娇柔的手指奏出美妙的琵琶乐,"低眉信手续续弹,说尽心中无限事"。明月当空,小苹如彩云般飘然而归……良辰美景,才子佳人,赏心乐事。

词作从"楼台""酒醒"开始写起,词境时空交错,由眼前实景写入心中真情,由相思无尽想到前尘旧事,结尾处,以虚景结束,有孤单之意,却无愁凉之叹,朗月当空,顿挫曲折之情油然而生。其中"落花人独立,微雨燕双飞"虽化用了前人诗句,但与词情十分贴切,情景交融的神韵不仅让小词光彩丛生,也令这两句蕴藉深远,千古流芳。陈廷焯在《白雨斋词话》中称赞这首词:"既娴雅,又沉着,当时更无敌手。"何止当时,即便岁月摇过千载,再读《临江仙》,人们依然能够感受到小山当年呼之欲出的深情,后世也罕见敌手。

读晏几道的词,常常可以听到他的呼唤,"莲、鸿、频、云"是他最常提起的四个名字,此四人皆为歌妓。小山虽为贵族,但却深味人间的悲凉,对封建社会的女子有一种发自内心的体贴和尊重。宋朝青楼业虽然比别朝繁盛,但作为封建社会所认定的"下九流"中的下品,很少有人会真的同情歌妓舞妓们的处境。柳永留恋青楼,是因为皇上摆明了不让你当官,封杀了你的出镜,而晏几道则不同,他生于富贵却不爱慕,骨子里渗透了对权贵的蔑视。在他的朋友里,唯一称得上有名气的就算是黄庭坚了,而黄庭坚也是仕途坎坷之人。

黄庭坚经常在自己老师的面前称赞小山的才华,于是引起了老师的兴趣,便委托徒儿拜访一下晏几道。老师开口,老黄自当效命,赶紧联系小晏看能否赏个脸。实际上,这个老师不是别人,正是中国文学史上鼎鼎有名的苏东坡。可晏几道并不领情,"现在朝中大官,一半都出自我父亲的门下,想巴结的话,早就下手了",硬是拒绝了黄庭坚的引见,驳了大学士的面子。

此时,小山的才情和名气都已经超过父亲晏殊。想那苏轼也是怜才爱才,一腔率真之人,到未见得是要劝他求取功名。二人假如真的相见,说不定渔歌互答,此乐何极,还可以平添一段文史佳话呢!遗憾的是,历史无法假设,二人终究没能见面。

黄庭坚深知晏几道的脾气,他在给《小山集》作序时,总结自己的这位朋友,认为小山人生有"四痴":一、老爸当官的时候培养了不少后生小辈,可惜小晏不愿意攀附权贵,依傍别人;二、写得一手好文,却不肯以此作为官场的敲门砖;三、家产丰厚,很仗义疏财,常令家人面有菜色;四、别人无论如何辜负他,都不会记恨,反而始终深信他人不疑。最后,黄庭坚振振有词地下定论说,他是人所公认的痴人。

古人讲这个"痴",基本相当于现在的"不识时务"或"不切实际"。能够为了切合实际不择手段的人,多半能够飞黄腾达。因为见风使舵日子久了,除了卑躬屈膝,还能学会锦上添花和落井下石,这种人在物质世界一般都比较吃得开。在这一点上来说,晏几道的确有几分不切实际的"痴"症。他把雪花大银用来扶危济困,不管家人的饥饱;上当了也不懂吃一堑长一智,还继续纯真地生活,始终不知道这个世界上有圆滑老道这样的词,实在是令人不解。最忍无可忍的是,他居然藐视荣华富贵的各级官爷,跑去同情青楼歌妓,这不是榆木脑袋吗?人生在世不称意,实在是自作自受。著名评论家蓝棣之先生曾说:"一切文学经典都是有病呻吟。"假如此话当真,那小山果然是病得不轻,而且如黄庭坚所说,还都是"痴"病。

但人生一世,草木一秋,无翼而飞者谓之声,无根而固者谓之情。小山将自己一生的柔情蜜意都给了相思,给了别离,给了梦境,虽然在官场上未能得意,却在词史上奏响了一曲曲绝响。

醉拍春衫惜旧香,天将离恨恼疏狂。年年陌上生秋草,日日楼中到夕阳。

> 云渺渺，水茫茫，行人归路许多长。相思本是无凭语，莫向花笺费泪行！

这首《鹧鸪天》将悠悠相思写得云烟缥缈，雾水迷茫。"相思本是无凭语，莫向花笺费泪行！"两句更让人痛断肝肠。既然相思本来是无可诉说的，那一腔热情岂不是都白白浪费在诗词上了吗？可是，除此之外，似乎又别无他法。一句"离恨恼疏狂"生动地勾勒出了作者落拓不羁的形象。另有一首《鹧鸪天》也写得形神兼备、味浓情长。

> 彩袖殷勤捧玉钟，当年拼却醉颜红。舞低杨柳楼心月，歌尽桃花扇影风。
> 从别后，忆相逢，几回魂梦与君同？今宵剩把银釭照，犹恐相逢是梦中。

读晏几道的词，总能在婉约的背后发现一个迷离的梦境，在这里他寄托相思，与情人约会，与往事干杯。也是在这一点上，他与父亲"分道扬镳"：晏殊出身寒门却能官至宰相，晏几道生于豪门却家道渐落，晚景凄凉。大晏一生信奉"满目山河空念远"，人要立足现实；小晏始终期待"犹恐相逢是梦中"，任性猖狂。一虚一实，令父子二人的生活大相径庭。

宋代的文人，犹如今日之明星，可以凭几句诗文爆得大名，也可能因为不遵守"行业潜规则"而终身寂寞官场。自从父亲亡故后，小山的家境就逐渐败落了：一是因为对钱权交易不感兴趣，二是由于花钱如流水，理财能力不强。

好在秋风白发，江湖夜雨，他总算用词作留住了这份情思。能够驰骋官场春风得意，固然是一种幸运，能洒脱而活，率真而为，其实也未尝不是一种快乐的人生！

第六章
花灯,银龙,上元夜,
汴京城中灯火璨

上元夜灯火璀璨,汴京城接踵摩肩。转动的花灯,舞动的银龙,还有擦身而过的佳人。喧闹的街市,繁华的夜晚,哪一对情人可以白手相约,哪一双不过是露水姻缘?不管肯不肯,情人节的那次狂欢,深深地扎根在他们的心中,任凭年华老去,唯有青春的宴席千年不散。

醉卧花市，月夜灯如昼

在西方著名哲学家尼采的哲学观里，世界的"统帅"分为日神与酒神。日神通常代表理性，压抑人的自由，而酒神代表非理性，可以释放人的欲望。人们在日神的掌控下进行正常社会生活，按部就班、有条不紊。但是，在狂欢节前后，人们可以遵从酒神的指引，开假面舞会，乘彩车出游，举行盛大的晚宴。在这一天忘记所有的压力和烦恼，听从内心的召唤、本能的诉求，释放所有的欲望。如今，人们知道欧美地区仍然盛行狂欢节，却并不知道，在中国古代也有"狂欢"——元宵节。

传统习俗里，中国的元宵节既有狂欢节的喜庆，也有情人节的浪漫，更有"合家团圆"之意，内容丰富，含义深刻。因此，古人吟咏元宵节的诗词，甚至比除夕的还要多，佳作迭出，令人目不暇接。

去年元夜时，花市灯如昼。月上柳梢头，人约黄昏后。
今年元夜时，月与灯依旧。不见去年人，泪满春衫袖。

这首《生查子》是欧阳修的代表作（也有人认为是朱淑真所作，或秦观所作，均不可考）。词作通过主人公对去年今日的怀念和追忆，写出了物是人非之感，今昔对比，似乎是受唐代诗人崔护《题都城南庄》的启发。小词叙事清晰,构思巧妙,语言凝练、通俗,如上等香滑巧克力,入口即溶,绵绵情意、唇齿留香。

元宵节在中国古代相当于情人节,宋朝更是放假长达五天。《岁时杂记》云:"自非贫人,家家设灯。"可见欧阳修的"花市灯如昼"所言非虚。但看那"月上柳梢,人约黄昏",实在不像在人山人海的城里赏灯,倒像是青年男女的幽期密会。上阕至此戛然而止,言有尽而意无穷,如水穷之处坐看云起……只在下阕"不见去年人,泪满春衫袖"中约略可推断出当年甜蜜约会的场景。月、柳、花灯,繁华并起,一如往昔,却再也寻不到去年的佳人,怅然若失,犹如一曲人生咏叹调。

把酒祝东风,且共从容,垂杨紫陌洛城东。总是当时携手处,游遍芳丛。
聚散苦匆匆,此恨无穷,今年花胜去年红。可惜明年花更好,知与谁同?

抚今追昔,时光交错,故地重游,这似乎成了欧阳修词作中的一个基调。这首《浪淘沙》又是一例。据词作分析,去年此时,把酒问东风,欧阳修和朋友同游洛阳城东,垂柳依依,携手游春,无限从容。可惜,别后重逢再难聚,今年花更红,却不知此番分别,何时才能再聚。明年即便花开更艳,也不知该与谁同行赏春?赏春之时不免留下伤春之感。后人赞此词"深情如水,行气如虹"。作为一代文史大家,欧阳修的文与人,似乎也兼具了这两点特征。

欧阳修是北宋诗文革新运动的领袖,后辈苏轼、曾巩、王安石等文学大家皆出其门下。因喜好喝酒,所以号醉翁,晚年号六一居士。在任何一个朝代,最有名气的文人,必定是文章写得最好的那个,所以,在苏轼还没有成名前,欧阳修无疑是文坛泰斗。

苏轼兄弟双双中进士不久,一次偶然的机会,欧阳修读到了苏轼的文章，慧眼识珠，认定苏轼将来必成一代风流，"吾老矣，当放此子出一头地"。此言落地后不胫而走，一时引为文坛佳话。如欧阳修这等文坛盟主，有很多人都不愿意退居历史二线而打压后辈，以便巩固其地位。而欧阳修从不如此，他曾经和儿子论文章的时候提到苏东坡，认为三十年后，便无人再提起自己，大有"只知东坡，不知欧阳"的悲凉。尽管有此先见之明，欧阳修依然扶持后辈，曾巩、王安石等身为布衣的时候，都曾得到了欧阳修的提携与赞赏。欧阳修少时家贫，母亲以荻画字，教他读书。他天资聪慧，且勤勉好学，从不自满，不耻下问，加上胸襟坦荡，终成一代文豪。

在中国，大文豪似乎与酒总有不解之缘，李白斗酒诗百篇，苏轼也不例外。魏晋时期的阮籍更是一喝一醉，常常连月不醒。而宋朝的酒业似乎尤其发达，一是经济比较发达，二是政策比较宽松，士大夫酒后闹事估计也没什么大不了，三是宋朝的皇帝都比较爱喝酒，"杯酒释兵权"，都是海量之人，喝多少也不糊涂。所以，欧阳修有诗云，"一生勤苦书万卷，万事消磨就十分"，不禁感叹"人生何处似樽前"！

到底什么才是真的人生？恐怕每个人的回答都不同，但把酒言欢、及时行乐无疑是其中最为畅快的一种。欧阳修一生宦海沉浮，几经贬谪，流年岁月，再次饯别知己，人生感慨不免脱口而出，遂留下酒中佳酿《朝中措》：

  平山阑槛倚晴空，山色有无中。手种堂前垂柳，别来几度春风。

  文章太守，挥毫万字，一饮千钟。行乐直须年少，樽前看取衰翁。

首句开篇写景，拔地而起，有凌空突兀的气势。手种垂柳既有对生活琐事的深情，"枝枝叶叶离情"，不知道已经过了多少个春秋。

几度春风几度霜,深婉细腻处更添豪放。下笔如风,一饮千钟,太守才气纵横、满腹豪情,都栩栩如生跃然纸上。结尾处劝人劝己,现身说法,奉劝诸位"行乐直须年少",似有莫等闲、白了少年头之意。另有一说,欧阳修劝告年轻人,宦海挣扎,须早作打算,"成名需趁早",但此意与作者词旨相去甚远。

结尾"衰翁"两句,确有时光易逝之感慨,虽貌似消极,但通读全词,却有苍凉豪迈之情、顿挫之感,反觉层层递进,词意豁达。这一杯酒,喝得醉卧红尘,笑谈千古人生事,虽为醉言醉语,却实在吟诵得情真意切。欧阳修为人为官,光明磊落,酒后沉醉,也丝毫不辱才名,斗酒填词,留下一座"醉翁亭",供后世瞻仰。

"庭院深深深几许,乱红飞过秋千去。"对于春天的伤感、怀念,和着故地重游,人面不知何处的感慨,不免发出"如此春去春又来,白了人头"的叹息。作为一代文豪,他为文坛留下太多华美的词作,然而,没人知道"月上柳梢"之时,他约了哪一个姑娘元夜重逢?

后人知道封建社会封建,却不知道古代生活也有许多的解禁和欢笑。在宋朝,上元夜的青年男女可以随意选择自己的心上人,一旦两情相悦,就会如欧阳修所说"人约黄昏后"。柔情蜜意哪怕只有一个良宵,也没人会在意这个小小的"错误"。可是,恰恰是那个美丽的女子,不知如何风情万种,惹得欧阳修转盼天涯一样地惦念。她也许永远也不会知道,曾经在一个热闹喧哗的元宵节,她以为同样擦肩而过的情郎,居然写下千古名篇,只为了纪念那一夜的柔肠与风流。

钱塘灯火照见人如画

宋神宗熙宁七年九月的时候,苏轼接到调令,要他从温润细雨的杭州前往密州上任,于是寒风寒雨的深秋时分,苏轼来到了密州,数月之后便是上元节,即我们现在俗称的元宵节,是个团圆的节日。

那时的苏轼经历过与至亲之人的生离死别,经历过仕途路上的风雨变幻,这人世间的事情还有什么是他所畏惧的呢?只怕就是这团圆之夜的形单影孤了吧?原配王弗早逝,续弦王闰之先他而去,身边只留下了侍女王朝云。

与苏轼有缘的女子皆姓王,不知道是不是苏轼与王姓女子之间的缘分特别深厚。如若深厚,为何她们全都浮云散去,这究竟是苍天对他太薄,还是太厚?怀着心中难言的情愫,在来到密州次年的正月十五元宵佳节,他填下了这首《蝶恋花》,人虽在密州,词中所写却还是杭州钱塘。

灯火钱塘三五夜,明月如霜,照见人如画。帐底吹笙香吐麝,更无一点尘随马。寂寞山城人老也!击鼓吹箫,乍入农桑社。火冷灯稀霜露下,昏昏雪意云垂野。

这是一首回忆词。苏轼的词中多有传世佳句,而这首词中的"灯火钱塘三五夜"虽然平淡,却是极为扣人心弦。苏轼在杭州任职达三年之久,而那三年之中的元宵夜总是有王朝云陪伴左右,虽是侍女,却尽着妻子的义务。

苏轼虽然在朝为官,但因为政治立场的不同,总是受人排挤,文人性情高雅,自然不愿巴结奉承以换得自身的飞黄腾达,所以苏轼过得并不如意。所幸的是,王朝云一如既往地追随着他,从未离弃,也毫无怨言。

都说男子的心胸宽如大海,其实女子又何尝不是呢?苏轼落魄后,身边的人一个接一个地离开他,毕竟何时何地的人都是以现实二字为处世准则的,唯有王朝云从不言苦。而今上元灯节,本应是王朝云陪同左右,却因为任期匆匆,而未带其同往密州。

"明月如霜,照见人如画。"今夜的灯火最明,而月光更亮,仰头望去,那隐约躲藏在月亮轮廓后面的影子似乎与朝云无二,王国维谈论诗词,总说"能写真景物,真情感者,谓之有真境界",便是说词与情合二为一者为大境界。

东坡遣词造句是能出大境界的,那种境界清新可人,犹如两情相悦之人初见时的心头悸动,懵懂而令人喜悦。其实早在这首《蝶恋花》之前,苏轼在杭州时就曾写过一首同词牌名的《蝶恋花》:

花褪残红青杏小。燕子飞时,绿水人穿绕。枝上柳绵吹又少,天涯何处无芳草。墙里秋千墙外道。墙外行人,墙里佳人笑。笑渐不闻声渐悄,多情却被无情恼。

整首词奇情四溢,语言回环流走,是为了感叹春光易逝,佳人难见,而这首词正是为了王朝云所填。

苏轼虽开宋词的先河,风格善变,是词之大家,但在生活中,他却是寂寞的,心头总是萦绕着千头万绪的烦恼,正如他自己在词中所感一样,"多情却被无情恼"。想来苏东坡一生也是多处于回忆之中而沉迷不愿起的。

清朝文人王士禛认为:"'枝上柳绵',恐屯田(柳永)缘情绮靡,未必能过。"苏轼的词中多体现韶秀的词风,这是人尽皆知的。苏轼在宋词史上的地位无人能及,谁能写出"敛尽春山羞不语,人前深意难轻诉"这样的婉转倾诉,谁能写出"明月几时有,把酒问青天"这样的奔放豪迈,谁能写出"试问岭南应不好,却道,此心安处是吾乡"这样的淡然心境?

谁又能有他这般寂寞?一个生活在千年前的男子,在一个合家团圆的日子,站在火树银花的喧闹之夜,静静地思念着远在异地的红颜知己,想着对方与自己一起和词,为自己吟唱那首《蝶恋花》。

"晓来谁染霜林醉,总是离人泪。"这是《西厢记》中的一句话,也可以将苏轼彼时的心境囊括,分别总是令人痛苦的,而苏轼从锦衣玉食的富贵中走到冰冷如霜的现实中来,又是经历了怎样的悲苦?在王朝云为他所题之词落泪悲戚时,他也只能强颜欢笑为她打开心结道:"是吾正悲秋,而汝又伤春矣。"

烟花寂寞,人亦寂寞。所遭遇的都是无可奈何的人情世故,也曾富贵无忧,也曾恩荫入仕,只是那段年华依然翻过,世事变了,人事也随之改变了,不变的只有头顶的圆月和不在身边却似一直在身边的人儿。

明月如霜,好风如水,清景无限。曲港跳鱼,圆荷泻露,寂寞无人见。紞如三鼓,铿然一叶,黯黯梦云惊断。夜茫茫,重寻无处,觉来小园行遍。

天涯倦客,山中归路,望断故园心眼。燕子楼空,佳人何在,空锁楼中燕。古今如梦,何曾梦觉,但有旧欢新怨。

异时对、黄楼夜景，为余浩叹。

《永遇乐》彭城夜宿燕子楼，梦盼盼

在这上元之夜，月圆人团圆的时候，这名年逾四十的男子在闹市中闲庭信步，耳畔响着孩童的欢笑声，自己的寂寞却独独无人可见。头顶的夜空像是舞动起来的水袖，细致波动，将他深藏眼眸深处的那抹黯然也拂了出来。

很多人认为，苏轼是奔放豪迈的，因为他的词大多气吞山河，不羁于青山绿水间，然而苏轼也是有着七情六欲的柔情男子。民国时期，张爱玲爱上了才子胡兰成，内心竟然惴惴不安，在给胡兰成的信中写道："遇到你，我就矮到了地面上，然后卑微地开出花朵来。"

苏轼才华横溢，面对情感，却也如张爱玲一样手足无措，是否所有才气高的人都因为心思太过缜密，而不如一般人应对感情那样从容？无论如何，苏轼在不断贬职和流放中，都没有将这点磨损掉。这也成就了他日后的词坛地位。

三十三年，漂流江海，万里烟浪云帆。故人惊怪，憔悴老青衫。我自疏狂异趣，君何事、奔走尘凡？流年尽，穷途坐守，船尾冻相衔。

巉巉、淮浦外，层楼翠壁，古寺空岩。步携手林间，笑挽纤纤。莫上孤峰尽处，萦望眼、云水相搀。家何在？因君问我，归梦绕松杉。

——《满庭芳》

苏轼的失意中不乏狂傲，他宁愿憔悴老青衫，也要自疏狂异趣，只待到流年散尽，才肯停下途中的脚步。人生如果真的是清梦一场该多好啊！那样的话，就不用在臆想中安慰自己，只要酒醉之后大睡一场,醒来后便依然花是花、雾是雾,然而世事多坎坷,就像夜空中的明月,圆缺有时,非人所能掌控。

不过苏轼一生大起大落、大喜大悲,人生际遇十之八九他都经历了,也算是此生无憾,不枉人间走一遭了。只待下一个上元节,清风拂面,圆月当头,再来词章中尽诉心中离愁别绪。

记否,那次铭心的回首

大概世界上有多少个情侣,就有多少种不同的情人节。爱情的经历、体会不同,对爱情的理解也就千差万别。如今的年轻人大多喜欢在2月14日过情人节,这是来自西方的传统节日,人们互相赠送玫瑰花和巧克力,以示爱情和甜蜜。而在东方,人们似乎又增加了3月14日的白色情人节,4月14日的黑色情人节。如此品种齐全,按照世界各地的习俗和年轻男女对此节日的发展,可以发现一年中每个月的14日都是一个可以庆祝的情人节。面对如此种类繁多,可以过上一年的情人节,中国传统的情人节可就显得专情多了。

中国传统的情人节,并不是我们今天所认为的"七夕",而是现代社会定义为"团圆佳节"的元宵节。宋朝年谷屡丰,国运虽不及前朝,但其繁华也不逊于唐。每年的元宵夜,城市里灯火通明,家家户户点燃各式彩灯,龙凤虎豹,风格别致,各有不同,金碧相射,锦绣辉映。更有纸糊的百戏人物,悬于数十丈高的竹竿上,风动处宛若飞仙。寺庙、大街,华灯异彩纷呈,亮如白昼,其间夹杂文艺表演,各种曲艺形式不断,通宵达旦,游人如织,其热闹的程度可谓民俗各节中的冠冕。所以,元宵节历来是各朝文人墨客着笔最多的节日。能够在这类作品中脱颖而出的,自然也是文学殿堂的上乘之作。辛弃疾的《青玉案·元夕》便是其中最为璀璨的明珠。

> 东风夜放花千树，更吹落、星如雨。宝马雕车香满路。凤箫声动，玉壶光转，一夜鱼龙舞。
>
> 蛾儿雪柳黄金缕，笑语盈盈暗香去。众里寻他千百度，蓦然回首，那人却在灯火阑珊处。

"忽如一夜春风来，千树万树梨花开"，这东风还未来得及催得百花开，便已然吹醒了元宵夜的火树银花。一朵朵烟花怒放，在夜空中绽开无数的光亮，纷纷落下，如星光之雨降临人间，一时万物华彩。看街上，车水马龙，吹拉弹奏之声不绝于耳，人们载歌载舞，热闹非凡。上阕以宝马、雕车、玉壶等词汇对接，其光月交辉、香影徘徊之绚烂扑面而来，其间或声色可闻，或环佩悦耳，或花灯迷眼，如梦亦如幻。

稼轩之高明，却不仅仅在于渲染节日的气氛，仅仅行笔至此只能沦为写景之佳作，却难以称得上极品。稼轩的盖世才华正是在下阕的意境之中才得以充分显现。在这热闹的都市里，烟花如莲次，在盛世天空次第开放，街灯与花灯闪烁，照得月夜如昼。女子们的头上插满了蛾儿、雪柳，一路欢笑着走过，只有笑声随着飘来的衣香缓缓飘散。可惜"有女如云,匪我思存"，众里寻她，辗转而不可得。心中的怅然若失不禁涌上心头，不料，柳暗花明，蓦然回首处，发现她正在灯火寥落的地方，殷殷之情，四目相对，一切的期待尽在不言中。

王国维先生称赞"众里寻他"四字，乃为治学及人生的最高境界，似乎有恍然彻悟的意味。而稼轩正是捕捉到了人生这瞬间的惆怅与惊喜，将这份得失之间过尽千帆皆不是，脉脉此中人的感情发挥得淋漓尽致。热闹的元夕，喧嚣的城市，美丽的女子，却都不如心上人的回眸一笑。在辛弃疾的笔下,这"蓦然回首"的情致竟如此深婉。

故事到了这个时候便算戛然而止了,但人们的想象从未中断。在宋代,理学已经逐渐兴盛,对于道德的约束也逐渐增强。人们在日常生活中很难真的解放自己,无论是纯粹的感情,还是本能的欲望。而元宵节,为人们提供了一次狂欢的机会。青年男女在元宵夜的灯火通明中相遇,能够一见钟情者便私订终身,或可一夜风流,特殊情况下礼数也不予追究。

这似乎与如今的情人节提倡的"恋人团聚"有所不同。在古代,这一天拈花惹草、遭遇激情的人不在少数,收入宋元话本的《张生彩鸾灯传》就是这类的典型。据说张生长得清秀标致,在元夜碰到了意中人,两个人情投意合,一见钟情,打算第二天私奔。结果因为交通堵塞人潮汹涌,他们被逛街的人流挤散,张生以为小姐落水身亡,回家后闷闷不乐,渐渐抑郁生了病。也有说打算和他私奔的原是某富贵人家的姨太太,还有说欧阳修的《生查子》写的也是这个故事。无论如何,小说虽不可考,但这流淌在生活里的民俗令人情深难忘。

同样是元宵节,同样是鱼龙舞,在词人们的眼里却有着不同的滋味。在北宋词人的眼里,昔日元宵节中热闹的汴京,是大家理想中的游乐园,而对于南宋词人来说,汴京的繁华云烟过眼,终成一梦,风流扫地后,回忆是一种梦想,也是一段忧伤。曾经的风流扫地成空,如今的怀念只能多添凄凉。"故乡何处是?忘了除非醉。""天涯海角悲凉地,记得当年全盛时。"世俗生活的风流与温柔,沧桑国破的裂变与疼痛,一时之间都纠缠在南宋词人的心头。

在这元宵节的背后,南宋词人对汴京的留恋、追思与暗想,都被淋漓尽致地留在宋代的文学中。连李清照这样的女子,也能够拈出尘世的哀愁。当年的汴京,"香车宝马,谢他酒朋诗侣",而那中州盛日,沦落到南宋,已经"如今憔悴,风鬟雾鬓,怕见夜间出去"。

这里当然有李清照不愿出门招惹闲言碎语的原因，但在她背后，连同她一起憔悴的还有宋代元宵夜流散的风流。所以，在追慕前尘的时候，北宋汴京的元夜常常成为后世艳羡的目标。

　　作为著名的爱国词人，辛弃疾当然知道元宵节的情深愁重。辛弃疾成为一代大家，自然有其常人所不能及之处。南宋词人写元夕，大多有一定的套路和结构，即上阕回忆往日繁华，反衬如今凄凉；下阕深感今不如昔，无限惆怅。辛弃疾在《青玉案》的上阕写尽了元夕的灿烂、喧闹与歌舞升平，而下阕并没有沿袭陈规俗套，却于片段言语中描写了自己的爱情，令人读后屡屡回头，不知是否能于灯火阑珊处找到自己的意中人。

　　辛弃疾匹马戎装，一生都在渴望收复失地，却不幸生在一个羸弱的朝廷。他的一腔热血无处泼洒，除了恣意词坛，还能如何呢？自古以来，文人总有把君王比喻成香草美人的喜好，又是追逐，又是爱慕，辛弃疾能够写出如此佳篇，不知是否也同样情动于衷。

　　然而，作为喜欢诗词的人，恐怕还是希望辛弃疾的这首词的确是写给某位绝代佳人的。毕竟，英雄与美人的故事总是可以引起人们的颇多想象。正如这首《青玉案》，若干年后，在中华大地，不但风采依旧，还提供了令美人们神魂颠倒的品牌——花千树、百度、千百度。

一碗汤圆一段情

那年冬天一连下了几场雪,天气格外寒冷。东方朔去御花园帮汉武帝折梅花,恰好碰到有宫女要投井。东方朔急忙拉住宫女,询问其原因。原来,这女子自小入宫,一入宫门深似海,从此再也见不到父母和妹妹。"每逢佳节倍思亲",每年一到春节,就更加思念宫外的生活,想念一家人团聚的欢乐时光。但现在,不但不能在父母身边尽孝,连见面都不能了,做人还有什么乐趣。东方朔听后,见姑娘泪眼婆娑,非常同情,马上安慰说:"你不用担心,这件事包在我身上,我会设法从中周旋。"

第二天,东方朔摆摊占卜,老百姓蜂拥而至,每个人占卜求来的都是"正月十六火焚身"的签语。那个时候,没有天气预报,也不讲究破除迷信,所以,大家得到此签后,街谈巷议,长安城很快陷入恐慌中。这事儿很快就传到了汉武帝的耳朵里,又听说百姓们得了神谕(其实都是东方朔在"暗箱操作")。东方朔给皇帝解释,火神喜欢吃汤圆,宫里的元宵姑娘做汤圆很好,让她做好了供奉火神。招呼百姓们一起张灯,灯火通明,亮如白昼,可瞒过玉皇。到了正月十五,长安城熙来攘往,到处张灯结彩,元宵的父母也进城赏灯,恰好和元宵重逢。汉武帝一看,此法果然奏效,于是全国推行,赏灯吃汤圆也就成了习俗,流传至今。

在经济条件越好的时候,朝廷对这个节日越发重视。及至唐朝,已经成为全民性的狂欢节,宋朝则不但把张灯的三天延长到五天,还大放烟火,民间艺人有各种杂耍表演,更有载歌载舞的少女,异彩纷呈,令人目不暇接。《东京梦华录》中记载:每逢灯节的时候,开封御街上,彩灯万盏、焰火纷呈,如灯山花海,金碧辉煌,锦绣生香。"大街小巷,茶坊酒肆灯烛齐燃,锣鼓声声,鞭炮齐鸣,百里灯火不绝。"

在古代夜生活常常受到严重压迫的时候,能有如此灯火通明的夜晚,可以全民狂欢,实在令人们兴奋不已。于是,也就有了欧阳修、辛弃疾等人的艳遇。但艳遇毕竟可遇而不可求,能够侥幸碰到喜欢的人,自然可以留一段风流韵事,但碰不到也无伤大雅,这火树银花的时候,随处能撞见愉快的场面,尽情地欣赏狂欢的人群。

贵客钩帘看御街,市中珍品一时来。
帘前花架无行路,不得金钱不肯回。

诗中所提的御街是宋朝都城开封府中段的一条街道,在宋朝,也是著名的商业街。据史料记载:北宋的御街,前后长达十余里,宽二百步,是供皇帝御驾进出、彰显尊严和气派的主要街道。如今的御街主要经营开封特产,古玩字画,各具特色,进入御街有推开历史天窗的感觉,仍然可以依稀体会到当年宋都的繁华与热闹。

回头再看姜白石的这首《咏元宵》,应该是元宵夜出游,行至御街所作。坐在轿中隔着帘布看御街,各种珍品一应俱全(珍品,也指元宵),此处应指各种节日食品种类齐全。轿子走到这里已经过不去了,前面卖花的架子拦在那里,不卖给你花绝不肯走。这里讲的当然不是现代社会的一些强买强卖,而是有一种卖花的风情在里面。诗人在乎的也不是水泄不通的交通拥堵现象,而是繁华闹市给人的梦幻感觉。这份喧闹的背后,是家人团聚的欢乐,也是诗人最看重的感情。

> 元宵争看采莲船，宝马香车拾坠钿。
> 风雨夜深人散尽，孤灯犹唤卖汤圆。

这是姜白石的另一首《咏元宵》。诗的前两句仍然是对上元夜繁华的回味，"宝马香车"可见热闹非凡，而风雨过后的深夜，人群渐渐散去，唯有摊贩前的那盏灯依然亮着，而且仍然在高喊"卖汤圆"。更深露重，观灯后散尽的人群都各自团圆去了，接踵摩肩的喧闹不过是为元宵姑娘和家人的团聚寻找一个借口。在中国，各地节日可以有许多不同的习俗，但主题是一样的，那便是团圆。而汤圆，无论从形态，还是从风俗故事的起源看，都是一段讲述团圆的故事，所以人们喜欢用吃汤圆来代指合家团圆。

在医疗事业并不发达的古代，很多放在今天打几针就能治好的小病，却可能要了古人的命。加上完全靠天吃饭，收成不好的时候，更是遍地饿殍。如果赶上几场战争，便是死伤无数。综合这些因素来看，古人比现代人面临的死亡概率要大得多，因此，古人更重视与家人的团聚。所以，元宵姑娘并没有因为宫里吃得好、穿得好就忘记自己在宫外受苦的父母。承欢膝下、合家团圆，终究是中国人解不开的心结。

当然，除了和家人团聚外，人们还会和家人赏月游灯。

> 肥水东流无尽期，当初不合种相思。梦中未比丹青见，暗里忽惊山鸟啼。
> 春未绿，鬓先丝，人间别久不成悲。谁教岁岁红莲夜，两处沉吟各自知。

这首《鹧鸪天》仍然是姜白石所作，这是写在元夕的有所思。

春天的绿色还没有到，双鬓的白发已经先染成了丝。"人间久别不成悲"看似劝慰自己和他人，实则将浓厚的感情包藏在深沉的话语中。沧海桑田，入骨的相思已经不能再伤害自己，心灵仿佛生了老茧一样的麻木，历尽坎坷却佯装无事的痛苦，令人不忍卒读。"红莲"指灯节的花灯，"红莲夜"自然便是元宵灯节。"谁教岁岁红莲夜"一句似乎在抱怨年年元夕，可只有读到"两处沉吟"，才知情深义重，唯恐团圆之夜更添愁绪。

相传，这首词是姜夔二十几岁的时候，在合肥结识某女郎时所作。但分手后，他依然对女子怀念不已。"肥水东流"既暗示了悠悠远去的岁月，也像是姜夔漫长无尽的相思。年年团圆夜，听山鸟幽怨地哀啼。每逢佳节倍思亲，就在元夕的夜里，姜夔梦到了自己昔日的情人，不知道这个时候她正卧于谁的身边，在哪一个枕榻边与人取暖。爱情虽然已经远去，但曾经的爱被深深地想起。

其实，在元夕夜梦到恋人并不奇怪，因为元宵节就是中国古代的情人节。这一天，无论多远，人们都希望团圆。亲人也好，情人也罢，大家端起一碗热腾腾的汤圆，彼此倾诉着共同的思念。想念是这碗汤圆亘古不变的话题。

第七章
是爱，是情，是愁苦，
世间最苦是相思

薄薄酒，胜黄汤；粗布衫，胜无裳；丑妻贱妾胜空房。男欢女爱，春花秋月，人世间的爱情都躲不过一场相逢。因为有爱，遍尝人间所有的愁苦，都只为换回我们今生的幸福、来世的重逢。

一树梨花压海棠

张先是北宋时期的著名词人,与柳永齐名,擅长小令,偶尔也作慢词。此意含蓄,常常以男欢女爱为题材,情味深婉,构思精巧。因写过"心中事,眼中泪,意中人"的名句,被人称为"张三中"。后又因常常列举自己平生得意之句:"云破月来花弄影""娇柔懒起,帘幕卷花影""柳径无人,堕絮飞无影",后又将最后一句改为"柔柳摇摇,坠轻絮无影",且三句皆有"影"字,世人称为"张三影"。虽为三影,但最为著名的还是那首《天仙子》:

《水调》数声持酒听,午醉醒来愁未醒。送春春去几时回?临晚镜,伤流景,往事后期空记省。
沙上并禽池上暝,云破月来花弄影。重重帘幕密遮灯,风不定,人初静,明日落红应满径。

这首词不但是张三影的代表作,也是北宋词坛的惊世名篇。上阕写张先那天在家听歌吃酒,结果举杯消愁愁更愁,闷闷地睡了一个美容觉,起来后酒是醒了,闲愁还是闷在心里无处消散,于是,引出了更多的伤感。送春,送的只是四季的交替,而春去,去的是大好的青春年华。感伤流年,原来正是因为迢迢往事被清晰地记住,其情意之绵绵，铺叙之委婉，可谓极尽惆怅动人之能事。

下阕转而为天色渐晚，水禽并眠在池边休息，暮色低垂，渐覆大地。忽然一阵晚风，吹开了云层，露出了朦胧的月光。在这月色渐浓的时候，园中小花也渐渐抖动，月光斑驳，花影婆娑，在光阴的流逝中忽然瞥见那一缕春意盎然的微光，令张先的情思不免异常矛盾。转身回到屋中，拉上重重帷幕，风更大了，世界终于安静下来了。这样的风，明天又会吹得落花满院吧！

一句"云破月来花弄影"，犹如流年中的一簇火花，在哀愁中透露出片刻舒展的芬芳。所以，王国维先生在《人间词话》中评论遣词造句时说，一个"弄"字意境全出。既有生动的描写，也有拟人的手法，天上地下月色花影，在瞬间有了灵性，令人心生怜爱。所以，张先常常以此句为荣，对"张三影"的称呼更是十分受用。文人多喜雅趣，有三两个小绰号不足为怪，但像宋代文坛这样，对此毫无芥蒂的并不多。"山抹微云秦学士，露花倒影柳屯田"，词中故事渐渐被传为一段段文史佳话。当然，张先的趣事中，最为人津津乐道的莫过于"老夫少妻"的风流。

张先耄耋之年，仍然十分风流，80岁的时候竟然娶了一个18岁的美女为妾。苏轼和朋友们得知后，前去拜访，并赞叹张前辈得了这样好的一个娘子，不知道有何体会。张先十分高兴，出口成章："我年八十卿十八，卿是红颜我白发。与卿颠倒本同庚，只隔中间一花甲。"正所谓，看热闹的不怕事大。苏轼听后，连声叫好，当即和诗一首："十八新娘八十郎，苍苍白发对红妆。鸳鸯被里成双夜，一枝梨花压海棠。"苏轼这首诗摆明了是在调侃张先"老牛吃嫩草"，好在张先为人虽风流，却也豁达，不以为耻，还哈哈大笑。

更令人瞠目结舌的是，张先后来竟然以85岁高龄再次纳妾，震惊整个北宋文坛。苏大学士再次赠诗曰："诗人老去莺莺在，公子归来燕燕忙。"言外之意：老张你这年龄很快就要见上帝了，等你老死的时候，小媳妇照样嫁正当年少的公子哥儿，总不能让人家年轻轻就守寡吧！张先这人说也奇怪，不但不生气，好像还和了一首诗，跟东坡说，"我也就是找个做伴的。"风流是一回事，但这良好而又平和的心态，实在值得后人学习。

张三影的诗词，流传下来的不仅仅是他的佳句"云破月来花弄影"，还有东坡送给他的名句"一树梨花压海棠"。这句诗，以梨花比喻苍苍白发，以海棠比喻少女红颜，写得惟妙惟肖，楚楚动人，既有欺凌的架势，也有娇羞的柔美，深得后世推崇。千年以后，中国译者用这句著名的诗词，翻译了纳博科夫的经典小说《LOITA》(洛丽塔)，取名为《一树梨花压海棠》，用以指忘年恋、乱伦恋及恋童癖。这种高难度的翻译，能够夺得形神兼备的效果，应该也算是张先为中国文学史贡献的一点绵薄之力了。

张先一生富贵通达，琴棋书画，诗酒文章，生活的重心大抵都是爱情。他不但坚持自己的风流，并始终坚决支持别人快活。这样说并不是毫无根据的。相传，大宰相晏殊做京兆尹的时候，张先就在他的手下做通判。晏殊非常欣赏张先的才华，所以每每置酒招之，必令一名侍妾陪酒，还命她当场演唱张三影的词曲。这不仅是对张先的肯定，也暗示了对侍女的宠爱。日子久了，大老婆怒了，便差人把侍女撵走了。她走了以后，晏殊终日闷闷不乐，觉得生活实在缺乏情趣。

突然有一天，张三影来晏殊这里做客，填了一首《碧牡丹·晏同叔出姬》，以侍女的口吻写自己如今的心情。晏殊令官妓当场演唱，唱到结尾"望极蓝桥，但暮云千里。几重山，几重水"时，晏殊面色凄凉，深情悲切，不禁感叹"人生行乐耳，何自苦如此"，随即命人拿钱赎回了侍女。可见，张三影以风流之心推己及人，将一首情词唱到了晏殊的心里。他以情动情，令晏殊幡然醒悟，勇敢地追求自己的爱情，可谓功德无量。只是不知道，那晏殊夫人是否恨死了张三影。

说了张三影的糗事一箩筐，好像他只会风流一样，其实不然。

他的词上承花间,下启苏轼,是宋词发展中的重要一环。陈廷焯在《白雨斋词话》中评价为:"张子野词,古今一大转移也。"他的词作蕴意凝练,情感饱满,"才不大而情有余",是婉约言情类的高手。《千秋岁》便是个中翘楚:

数声鶗鴂,又报芳菲歇。惜春更把残红折。雨轻风色暴,梅子青时节。永丰柳,无人尽日飞花雪。
莫把幺弦拨,怨极弦能说。天不老,情难绝。心似双丝网,中有千千结。夜过也,东窗未白凝残月。

这首小词上下阕语意贯通,表达了爱情受阻的幽怨和坚定不移的决心。"天不老,情难绝",既化用了李贺的"天若有情天亦老",又别出心裁,肯定了天不会老、深情也不会断绝。其中"心似双丝网,中有千千结"更是发挥了谐音的妙用,"丝"恰好暗示了"思",寸寸相思,结成紧密的网,任谁也破坏不了。后代作家琼瑶女士化用这句词,写了一本言情小说《心有千千结》,迷倒无数少男少女。可见,张三影虽已作古,但其风流依然千古流传、万世不绝!

张三影一生官运不算通达,但还算顺当。他官位不高,一直做郎中,但能够坚持到退休,也算善始善终。衣食丰足,风花雪月,填自己的词,泡自己的妞,人生还有什么比这更快活的呢!

凤钗钩沉,往事如风

在安徽省怀宁县的小镇上,焦仲卿夫妇殉情的墓地经过后人的修缮,已经成了凭吊的风景。那个曾经引得无数文人墨客赞叹不已的爱情故事就诞生于此。如今,孔雀东南飞影视基地已经在小镇落成,爱情让这个小城名扬四方。《孔雀东南飞》是中国文学史上脍炙人口的乐府诗,也是中国古代叙事诗中最长的一部,和《木兰诗》并称为"乐府双璧",和唐代韦庄的《秦妇吟》并称"乐府三绝"。然而,能够打动人心的并不是这些煊赫的头衔,而是"孔雀东南飞,五里一徘徊"中凄婉缠绵的爱情。

这是一个古老而又深刻的话题,由于婆媳关系不和,焦仲卿的娘亲总是看不上儿媳妇刘兰芝。刁蛮婆婆总是想方设法让焦仲卿休妻。仲卿虽然不愿意,但在古代中国,"顺即是孝",婆媳关系一旦破裂,基本只能遵母命休妻。刘兰芝刚毅果决地回了娘家,哥哥爱慕虚荣,屡次三番劝说其改嫁,均无果而终。最后,兰芝终于还是和《伤逝》里的子君一样,敌不住封建的唾沫,改嫁了。结婚的前一天,焦仲卿赶来道喜,夫妻情深不渝,见面后相拥而泣,发誓"永远和你在一起"。当晚,刘兰芝投河自尽,第二天早上,焦仲卿吊死在树上。

在古代社会,婆婆强行拆散夫妻的例子不在少数。《红楼梦》

里凤姐最经典的计谋便是宝玉大婚之夜的"调包"。像八字不合、面相克夫、性情开放等,诸如此类的借口不胜枚举,任何一种原因都可以让婆婆责令儿子休妻。而读书人的"忠孝"观念根深蒂固,陆游就是其中的典型。

陆游和表妹唐婉两小无猜,青梅竹马。成人后,按照封建社会的习俗,亲上加亲,结为夫妻。陆游是词坛老大,唐婉也是小有名气的才女,两人在一起恩爱无比。但陆游的母亲非常不喜欢唐婉,具体情况有很多种说法。一说陆游的母亲在娘家的时候和嫂子(唐婉的妈妈)不和,所以看不上这个侄女;一说是这个封建主义老婆婆不喜欢唐婉的开朗;还有一说是唐婉和陆游结婚两年没有孩子,陆妈妈为了后继有人,便责令陆游休了表妹。陆游不愿意,在别的地方置了一处房产,照样和唐婉开心地生活。但纸里包不住火,陆妈妈知道了以后,勒令陆游和唐婉断绝关系,当头一棒打散了这对鸳鸯。

陆游后来遵母命娶了一个温柔恭顺的女子为妻,很快生了个大胖小子。唐婉后来也嫁给了皇族后裔赵士程,和李清照后来的悲惨再婚相比,唐婉是幸运的。赵士程应该是那个时代最为称职的模范丈夫了。他温柔敦厚,同情唐婉的遭遇,并用自己的柔情来温暖唐婉受伤的心。赵唐二人也开始在平凡的生活中萌发新的爱情。不料,在一次外出游玩中,唐婉夫妇恰遇陆游夫妇。唐婉给表哥敬酒,大家稍坐叙旧,估计都说了很多珍惜生活之类的劝慰之语,结果唐婉正欲离开,陆游忽然心潮澎湃,提笔在沈园填下了一首《钗头凤》:

红酥手,黄縢酒,满城春色宫墙柳。东风恶,欢情薄,一怀愁绪,几年离索。错,错,错!
春如旧,人空瘦,泪痕红浥鲛绡透。桃花落,闲池阁,山盟虽在,锦书难托。莫,莫,莫!

陆游和唐婉相爱的时候，陆游将传家之宝凤钗送给表妹作为定情信物，而写这样一首《钗头凤》，词牌与经历暗合，也证明了陆游的深情。望着表妹红润的玉手，接过她递来的温酒，这满城醉人的春色和柳条，勾起多少往事。分别几年来，惆怅满怀，如今桃花依旧凋落，当年的誓言还在耳边回响，而今连书信都没有半封。面对曾经的爱情，陆游脱口而出的"错，错，错"与"莫，莫，莫"，似乎在怀疑什么，又似乎在否定并拒绝接受现实。这样的陆游让唐婉伤心，也令唐婉心碎。唐婉看到这首词后，感慨万千，提笔和了一首《钗头凤》：

　　世情薄，人情恶，雨送黄昏花易落。晓风干，泪痕残，欲笺心事，独语斜阑。难！难！难！
　　人成各，今非昨，病魂常似秋千索。角声寒，夜阑珊，怕人寻问，咽泪装欢。瞒，瞒，瞒！

唐婉感慨人情薄如凉水，雨打落花的黄昏时刻常常以泪洗面，想要诉说这无尽的心事却实在非常艰难。今天的你我，已经不能再重复昨天的故事，虽然情深依旧，却要对别人强颜欢笑。"难"与"瞒"暗示了唐婉虽然衣食无忧，但心中的凄苦不比陆游少半分。两首《钗头凤》都是爱情绝唱，放在一起来读，更能品出陆游和唐婉的爱情百味。

有多少浪漫的爱情，就有多少关于爱情的结局。贾宝玉虽然娶了薛宝钗，但潇湘馆的青竹依然历历在目；焦仲卿刘兰芝双双殉情，终于完成了生死与共的誓言；梁山伯与祝英台化成飞舞的蝴蝶……所有那些曾经被拆散的爱情到最后都变得十分凄美。韩国催泪天后崔智友曾经演过一部电视剧，名为《天国的阶梯》。在通往天国的路上，朝霞满天，相爱的人们都可以在天国找到彼此，那是一个充满幸福和爱情的天堂。如果天下的恋人都知道有那样一座天堂，不知还会不会愿意苦守人间,待黑发变白。

从"两小无猜、白头到老"的爱情理想到婚后幸福甜蜜的生活,到被迫分手强迫自己遗忘,再到最后的不期而遇,爱情的起伏犹如波涛翻滚在胸,不断撞击着彼此的心灵。身为封建社会的弱质女流,唐婉终于忍受不住爱情的水深火热,填下《钗头凤·世情薄》后郁郁寡欢,不久便驾鹤西去了。

而此时的陆游,被宋孝宗赏识,赐同进士出身,仕途通达。除了勤于政绩之外,便是忙于文学副业,填了许多感慨国事兴衰、关心百姓疾苦的词。将近半个世纪后,陆游年过花甲,来到沈园,唐婉当年的影子犹如满园花草,萦绕在其心间。怕逢春,一如春来满是愁。陆游害怕进入沈园,怕惊鸿一瞥就可以洞穿曾经的誓言。唐婉香消玉殒,而园中草木依旧,越是怕接近却越是想靠近。于是,每每来此处,必要提笔成文,先后写了四首梦游沈园的怀旧诗。

八十岁的那年春天,他再次暂居沈园,往事迢迢扑面而来,陆游忽觉神清气爽,饱含深情地写下了最后一首沈园情诗:

沈家园里花如锦,半是当年识放翁;
也信美人终作土,不堪幽梦太匆匆。

不久后,陆游溘然长逝。从此,沈园莺飞草长,都与陆游和唐婉无关,但他们填下的两首《钗头凤》被视为爱情绝唱,千古传诵。有人说,唐婉的离开,让陆游不得不将自己的精力放在事业上,没有美人相伴,便只好纵情于大好河山。所有这些传说都只是后人的猜测,大概,这也是陆游和唐婉当年所始料未及的吧。

爱情是生命的一条曲线

四川眉州青神县的岷江河畔,一片青翠俊秀的山峰连绵在云海间,其中一山名为中岩,名声在外。此山中有一汪清泉,水波清澈见底,而池中的游鱼更是颇具灵性,只要临池拍手,这些鱼儿便如同听到召唤一般蜂拥而至,令人赞叹。

相传当年北宋进士王方在此地与友人相聚,见到此景时爱不胜收,便命人为这池清泉取名,众人挠头深思时,一少年已经挥毫而就,写下了"唤鱼池"三个大字。笔法遒劲,取义深刻,王方对面前这个少年顿生几分赏识。

这个少年便是苏轼。因为年少才俊,苏轼被王方选为乘龙快婿,将自己年仅十六岁的爱女王弗嫁与苏轼。才子佳人,珠联璧合,也算得上是一段人间佳话了。

据史料记载,王弗为人"敏而静",知书达理,秀外慧中。在与苏轼婚后的生活中,王弗总能在一些生活琐事上从旁点拨,对苏轼给予提醒,无论是待人接物,还是诗词赏析,苏轼都能从王弗那里得到不同的惊喜。

苏轼为人豁达、不拘小节,在与客人交往时常会因无心之失而将人得罪,这时的王弗便凝立屏风之后,将苏轼之过谨记,然后婉言相告,言辞凿凿,令苏轼不得不心悦诚服,贤妻如宝,苏轼所得的更是宝中至宝。

王弗就如同那"唤鱼池"中的游鱼,在苏轼需要的时候悄然而至。中国现代文人沈从文在念及妻子张兆和的好时,曾感言道:"我一辈子走过许多地方的路,行过许多地方的桥,看过许多次数的云,喝过许多种类的酒,却只爱过一个正当最好年龄的人。"

在正当最好的时节,苏轼遇到了他生命中正当最好的人。可是,红颜如花,流年似水,人生最难躲开的是命运的无常。

"天涯流落思无穷!既相逢,却匆匆。"虽然拥有了绚烂的开始,却没能够走到最后,王弗的病逝将二人十一年的幸福终结。苏轼不知,命运的隐秘之处正在于它的无可预见,当王弗温润如水的模样似乎还在眼前清晰可见的时候,世事却已"相逢一醉是前缘"了。

生命是一条不断延伸的曲线,在王弗去世的第四年里,苏轼续弦,娶了王弗的堂妹王闰之,也是一个温顺贤良女子,有着和王弗相似的眉眼,偶尔的恍惚中,苏轼似乎又能看到曾经的幕幕往事。

女人和男人之间的爱情,古今大抵相同,就像一片脆弱的花田,开出一次妩媚的花朵后便会荒芜,然而苏轼宁愿将荒芜保留,藏在心海,别人不会懂得在他心底那片最深的海里蕴藏了怎样的情感,王闰之也无法懂得。

不过,她虽不懂,却包容。

王弗十周年祭日,苏轼梦魂相扰,夜半惊醒,他惶惶四顾,王弗对镜梳妆的样子,已经随着梦醒被四周的黑暗吞掉,伸手一拭,双鬓已被眼泪浸湿,苏轼难掩心中沉痛,下床题词:

十年生死两茫茫。不思量,自难忘。千里孤坟,无处话凄凉。纵使相逢应不识,尘满面,鬓如霜。

夜来幽梦忽还乡。小轩窗，正梳妆。相顾无言，有泪千行。料得年年肠断处，明月夜，短松冈。

——《江城子·记梦》

王弗化作思念，淌进了苏轼的血液里，就如同金子一样熠熠生辉，无比璀璨。苏轼深情一片的样子被身后的王闰之看在眼里，是谁说："男人生命最初的那个女子，必定如烟花般绚丽，只是大多，注定凋零？""如果可以，我情愿选择凋零，那样至少能活进你心里，而不是现在这样，看着你守着过去的碎片，却始终无能为力。"王闰之翻一个身假寐，她感觉到了苏轼在她身旁躺下的气息，同时也听到了自己眼泪落下的声音，清脆得令人疼痛。

苏轼渐渐觉出了王闰之的好，这个女子简单知足，惜福长乐。苏轼的官运并不亨通，尤其是中年之后更显颠沛流离，几次的罢黜令他平添几分尴尬，但是王闰之，那个看起来较弱无骨的女子，却决绝地陪伴着他走过了那一段又一段的荆棘之路，且无怨无悔。

她整整守在苏轼身边二十五年，一个女人一生能有几个二十五年？苏轼几升几降，她始终不离不弃，苏轼好不容易从旧梦中走出来，伸手想要抓住眼前的光阴时，她却悄然离去。王闰之的早逝令苏轼在遍地落英中，看到了岁月的沧桑残酷。

"事到头都是梦，休休，明日黄花蝶也愁。"此时的苏轼已过不惑，人生过半，还有什么参不透的呢？

对于王弗，苏轼爱得深切，爱得纯粹，他永远记得王弗梳妆的样子，记得王弗嫣然一笑的回眸。

对于王闰之，想来苏轼应该也是爱的，只是迟了那么一点点，在他还没来得及将自己封裹多年的爱解封，还没来得及牵起她的手告诉她自己的爱时，已是"此生此夜不长好，明月明年何处看"。

爱妻的亡故对苏轼的打击是巨大的,之后的日子里,苏轼没有再娶,只是由一名叫作王朝云的侍女陪在身边,或许,经历过大爱大悲,苏轼已经没有再爱的力气了,步入暮年的他,只希望"竹杖芒鞋轻胜马,谁怕?一蓑烟雨任平生",不过可惜,王朝云也是红颜薄命,早于苏轼离开人间。

老泪纵横,繁华落尽,尘世之苦,最莫过于生死离别之痛,苏轼这一生,苦乐相依,将人间的大悲大喜都品尝到了。对于爱情,苏轼是坦然的,他爱过,也失去过,人活一世,有谁能比他对失而复得、得而复失的苦楚感受得更深切呢?她们在苏轼的心里互不相扰,各有各的位置,这些只要爱情的女人渐行渐远,在生命的渡口无法挽留,只是过客而已,苏轼一生以情为重,所以他对她们每一个都是情深意切的。

但人事终要走远,这些依然远去的情感在苏轼心里凋零,然后在尘土中重新绽放,在他的笔尖酿成佳作,如若没有这些苦,只怕也就没有了他日后的词。

世人都道苏轼的诗词姿态横生、行云流水,但有几人真正看到了苏轼词中的情真意切?北宋在苏轼的人生后期已经步入烟雨深处、雨雾迷蒙中,苏轼知道,他和这个朝代,将彼此失去。

果不其然,苏轼六十六岁时,在天下大赦,回朝廷赴任的途中病逝,年年岁岁,朝朝暮暮,死亡有时候未必不是一种新的开始。

"唤鱼池"的水依旧清澈流转,如同时光,又是一个春意满枝头、满眼韶华的时节,那些逝去的人、过去的事都已看不到踪影。一生会遇到许多人,爱的、不爱的,生死由命,情爱在天,以凡心度尘世,是苏轼的人生之道。

他留不住王弗,他留不住任何人,包括他自己,但他对每一个爱的人都很真切,爱到最后心里枯竭,依然无悔此情。林语堂说:"由尘世的标准来说，苏轼的一生相当坎坷不平，但他的生命是豁达的，心灵是自由的。"

　　的确如此，爱之深，思之切，品《江城子》，读尽世间万般相思。

车如流水马如龙，花月正春风

盛夏的阳光，令人眩晕，宋祁在清晨，太阳还未完全升起的时候便走进了宫门。进宫的小路因为历史的久远而显得日渐陈旧，沿着暗红色的宫墙慢慢走着，宋祁能感觉到暑气从地面蒸腾而起，扑在他脸上的是阵阵热浪。空气里充满了青草温存而又馨香的气味，吸进鼻孔，进入肺部能令人充满幸福感。

天看起来不是很高，有一点灰蒙蒙的色彩，像是灰白老照片的底片那样，模糊不清。看来兴许会下一场暴雨吧？宋祁将已经汗湿的官服松一松，继续前行，早朝的时间快到了，他作为工部员外郎，是不能迟到的。

有时，命运奇异之光会突然绽放。一列官轿的迎面而来令宋祁停下脚步，他俯首而立，这是礼仪，也是规矩。那时的人不像现在，可以大摇大摆无视任何条例，宋祁只希望官轿可以快些通过，好让他赶得上早朝。

待官轿通过，他正准备转身离去之时，却被一声娇嗔留住了步伐："啊，这不就是宋公子吗？"宋祁抬头不期然地一望，便看到了官轿后边逶迤而行的佳人。

有的美令人赏心悦目，有的美令人情难自禁，还有的美雍容华贵、典雅大方，可有一种美是恰到好处、无可挑剔的。

"关关雎鸠,在河之洲,窈窕淑女,君子好逑。"古风盎然的《诗经》时代,可以让相悦的男女相互表露情怀,而在宋朝,在这里,在这座宫墙之下,宋祁却只能遏制自己心中已经燃起的火焰,用淡然的态度回应女子那一眼深望。

在那个男尊女卑,封建拘谨的年代,一见钟情就像手指上陡然出现的一道伤口,有着隐隐的疼痛,还有着淡淡的蠢蠢欲动。宋祁木讷地望着宫女离去的背影,心中暗涌出阵阵春潮,男人在与倾城女子相遇时,总是笨拙得如同刚会走路的婴孩,待他回过神来,轿子早已不见了踪迹,佳人也无芳踪可寻。

宋祁一霎的情感在另一霎又荡然无存,郁闷的他回到住所后便题词一首,以纪念这次后会无期的相遇。

画毂雕鞍狭路逢,一声肠断绣帘中。身无彩凤双飞翼,心有灵犀一点通。

金作屋,玉为笼,车如流水马如龙。刘郎已恨蓬山远,更隔蓬山几万重。

宋祁一生写词无数,却只有这首用情至深,本是想祭奠还没来得及开始便已经结束的感情,没想到一首无心之词却令他实现夙愿。这首词辗转之后竟然落入了皇帝之手,宋仁宗在读到这首词后大笑道:"哪里会'更隔蓬山几万重'呢?"于是,他命人在宫中将那名宫女找到,送入了宋祁的家中,就此成全了才子一番相思,也铸就了古今一段佳话。

这便是《鹧鸪天》这首词的由来典故,不论真假与否,也不论宋祁与那位宫女二人日后是否能携手游湖、相伴相偎到白头,只需想到那灵犀一点心意相通,穿越了二人之间远隔的山水万重,就足以令人欣慰了。

时至今日,斑驳的宫墙更显斑驳,山长水远,世间如有轮回之事,这二人是否还会来到此处,再续旧日缘分呢?时光不会为千年前的情爱停滞,所以,这二人有没有白头携手又如何?只要那时的情够真、意够切,便足矣。

宋祁因为一首《鹧鸪天》,赢得暖玉温香抱满怀,而成名之作《木兰花》,为他赢得了"红杏尚书"的雅称。

东城渐觉风光好,縠皱波纹迎客棹。绿杨烟外晓云轻,红杏枝头春意闹。

浮生长恨欢娱少,肯爱千金轻一笑?为君持酒劝斜阳,且向花间留晚照。

一个"闹"字令全词意境全出,写景抒情颇具特色,将那春之美景铺展开来,东城的无限好风光也就此展开。从春波绿水被风吹出粼粼波纹开始,到杨柳初露枝芽,远观如同烟雾一般笼罩上空,轻如浮云。

由此可见宋尚书的词中功夫不一般,游走间便将风光道出,而着重点在一个"闹"字上。王国维在他的《人间词话》中称赞宋祁的这一句"红杏枝头春意闹",一"闹"字而境界全出。的确如此,除了这"闹"字,只怕其他词用在这里都会词不达意,宋祁也赢不来那"红杏尚书"的美名。

"浮生长恨欢娱少,肯爱千金轻一笑?"一句清谈笑语,道出人生一世苦多乐少,甚至为了博得红颜一笑,千金掷出也在所不惜。只怕最初在宫墙那里偶遇佳人时,宋祁也是如此想的。

为了能够将晚照留于花间,令佳人那一瞬间的回眸定格脑海,他恨不得倾其所有。不要因为这样就误以为宋祁流连美色、无所作为,他只是感叹人生苦短、相见恨晚而已,这样看来,《木兰花》似乎是谈风景,又好似在谈风月。如果说一首《鹧鸪天》成就了一段才子佳人的美谈,那这首《木兰花》更是彰显了才子神韵,令其名传千古。然而名垂青史，宋祁无法在当下获得释怀。

宋祁虽然在朝为官，仕途坦荡，万事不缺，但他并不快乐，就好像一个落魄文人一般，他总是郁郁寡欢。"远梦无端欢又散，泪落胭脂，界破蜂黄浅。整了翠鬟匀了面，芳心一寸情何限。"这是宋祁的词，也是宋祁的心，在那片远梦中，妇人感情伤怀，泪眼迷蒙，不知该情何以堪，想必对宋祁而言也是如此，欢聚无端，离散也无端。大晏也曾感言："一曲新词酒一杯，夕阳西下几时回？"遣词造句虽不相同，但是所言之物是相似的，都希望将最初的相遇延续千年，否则一旦错过，西下的夕阳几时才能回转呢？

金庸先生在他的名作《神雕侠侣》中有过这样一段描写，杨过在初见小龙女时便为之心头一叹，世间竟然还有如此脱俗出尘的女子。这初见时的一心动便为故事之后的发展做了铺垫，凡事皆在一念之间定乾坤。之后杨过与小龙女爱得生死不渝、感天动地，只怕也是缘于那最初的相见。

时间像是一条河流，静静流淌，但是那彼岸的花朵，你永远无法摘得。因为生命会悄然枯竭，岁月将安然流逝，若有来世的话，定要携手重来，只要一间茅屋，安居湖边，看日升日落，品世间四季，这就是一生的期盼，也是"浮生长恨欢娱少"的期盼。

宋祁心中作何感想后人已不得而知，但词如心声，从他所填的词中也可窥出其心中所想的七八分，大概也不过是想要将与佳人初见时的光景一分一秒都抓在手心里，任凭"更隔蓬山几万重"，任它"且向花间留晚照"，只要当时盛开如花，绽放如莲。

人生一世，草木一秋，繁花似锦的一生到头来终究是冷梦一场。词如人生，人生如词，千年之后的一名贵族男子神情萧瑟地写下传世名句："人生若只如初见，何事秋风悲画扇。等闲变却故人心，却道故人心易变。"

由此可见，世间情感多数不过是南柯一梦，在相见之后，经历离别之断肠苦楚，然后便安静归于时间深处，一切不过是慈悲一场。

世间最苦，便是相思

> 裁春衫寻芳。记金刀素手，同在晴窗。几度因风残絮，照花斜阳。谁念我，今无裳？自少年、消磨疏狂。但听雨挑灯，敧床病酒，多梦睡时妆。飞花去，良宵长。有丝阑旧曲，金谱新腔。最恨湘云人散，楚兰魂伤。身是客、愁为乡。算玉箫、犹逢韦郎。近寒食人家，相思未忘苹藻香。
>
> ——《寿楼春》

这是史达祖为纪念他的亡妻所填的一首词，据记载，史达祖的妻子生前与他感情甚笃，二人举案齐眉，仿佛一对神仙眷侣。可惜世人总是看不到生命拐点处的结果，就在认为生活还一如既往时，世事早已经历了几个轮回，掌控人生航向的风帆已经将他们带去了他们想也想不到的方向。

《汉乐府》的诗歌中有眷侣们最开始的誓言："山无陵，江水为竭，冬雷阵阵，夏雨雪，天地合，乃敢与君绝。""这誓言我始终铭记于心，而你，是否早已忘记，不然，你为何要决绝而去，到那我永远无法找到的远方，看我在人世独自孤苦地蹒跚于漫漫长路之上，要多久，我才可以再次见到你？"

史达祖的《寿楼春》直抒胸臆，将自己对妻子念念不忘的深挚情感通过回忆的形式真切地表达出来。想当初时值冬末春初的季节，在那莺啼燕语、万物复苏的时候，总要去"载春衫寻芳"，而妻子在那时也总要为自己裁制几件新衣服。"记金刀素手，同在晴窗"。便是史达祖回忆的起点。

如今夜深人静之时，每每看着窗前，似乎还可以看到贤淑的妻子坐在那里为自己细心地缝制衣衫，床头前微弱的烛火闪动着，模糊中依稀能辨别出妻子娇俏的容颜和温婉的笑容。

虽是极为平常的家庭日常生活的剪影，但一想到这些总觉得妻子似乎从未离开过，这些年来依然在这间简陋的屋子里为自己缝缝补补，与自己相濡以沫，感觉只要一伸手就可以触碰到妻子温润如玉的面庞，能轻抚她的双手告诉她，自己从未忘记誓言，每时每刻都与她相知相爱。

但是，"几度因风残絮，照花斜阳。谁念我，今无裳"，一切都只能是幻影而已。"和你在一起的时候，我总以为时间还多，时光还长，只要我愿意，随时都可以握着你的手对你说因为有你的陪伴，这世界才如此美好。但感情终究难以逃脱宿命的沙漏，今夕何夕，我已不知该去何处倾诉衷肠。在仓皇的人世中，那些曾经瞬间就可以完成的举动成了一辈子永远无法弥补的缺憾，我以为直到洪荒之年、天地相合之时，我才会与你分开，却没有想到就在这青天白日、花好月圆之际，与你殊途难归。当初许诺要一起共赴白首的人，而今何在？我对你的思念只有化作心头的一滴热泪，用我心口的温度湿润着它，因为我怕时光太过炽热的温度和太过快速的进度会让它干涸，那样的话，我会无比难过。"相爱到最后所能留下的，是否只能是这些一吹即散，落进天涯的细微回忆，微弱得好似虚无，让人有时想来都觉得生疏得很。

到底还是当初太过年少轻狂，如今消磨疏狂之后才知晓一个"悔"字该如何书写。史达祖也是生于宋末动乱时节，生性豁达的他一生坎坷多难，际遇不佳，事业上的不顺利让他将寄托放在了情感上，可是妻子的逝世更令他深感世事无常、命途多舛。为何偏偏是自己一而再、再而三地遭逢不幸？

这首词是史达祖在受到韩侂胄重用，担任了中书省堂吏后填的，想到之前自己遭逢挫折总有妻子陪在身边，如今时来运转，妻子却已不在左右了，人生之事十之八九阴差阳错，令人哭笑不得。福无双至，祸不单行，老天爷对于惜福爱福之人总是那么吝啬，倒是苦难会特别给予。

"做冷欺花，将烟困柳，千里偷催春暮。"史达祖在升职不久后便因为一次政治内讧而丢官卸职，连性命都是捡回来的。从此以后，他更是心灰意冷，整日躲进旧时回忆之中，以酒为伴，不肯面对现实，甚至还会躲进烟花柳巷，思念亡故之妻，每每念及她对自己的温柔体贴，贤淑细致，便潸然泪下。但是感情终于还是抵不住时间的魔法，在一分一秒的催化下，史达祖脑海中总出现的妻子的那张情真意切的脸庞渐渐被取代了。

初次遇见她时，便是在青楼之中，明眸皓齿的她恰值女儿家最好的年纪，虽身处风尘却毫无风尘女子的媚俗，反倒是一身清爽，就像春天田地里新长出来的麦芽甜味，馨香甘甜，史达祖应当是爱上了这名女子，不然他不会长久流连于此，就算是对世事不满，对妻子思念，都不如重新爱上一名女子而让他留在此地具有说服力。每当我们爱上一个人的时候，就会以为对方就是陪伴自己到天涯海角，看尽细水长流，共度余生的那一半。

想来这名女子应是极为聪慧可人的，能被才子赏识必定有其过人和出众之处，轻歌曼舞，身姿曼妙，蕙质兰心，这些优点想来她都会具备的，不然如何能于青楼那种地方而不沦落呢？

而且对于史达祖来说，这女子应当是被他当知己看待的，士为知己者死，女为悦己者容。古人说的话很有道理。史达祖虽将女子当作知己对待，但应该还未想过要为女子而死，女子却恪守古训，花颜凋零，一缕香魂飘散于他的心头。

彼时,两情相悦的情景还历历在目,如今却又只剩下了他形单影只,沉痛悲凉之际,他提笔填词写下了《三姝媚》:

> 烟光摇缥瓦。望晴檐多风,柳花如洒。锦瑟横床,想泪痕尘影,凤弦常下。倦出犀帷,频梦见、王孙骄马。讳道相思,偷理绡裙,自惊腰衩。
>
> 惆怅南楼遥夜,记翠箔张灯,枕肩歌罢。又入铜驼,遍旧家门巷,首询声价。可惜东风,将恨与、闲花俱谢。记取崔徽模样,归来暗写。

这是一首悼念亡妓的艳词,在那个年代男人写艳词是为人所不齿的,然而史达祖并不在乎,他要写,要写尽心中的悲恸,为何命运总是不愿垂青于他?他所爱之人总要与他生死两相分离。

"烟光摇缥瓦。望晴檐多风,柳花如洒。"昔日的美好似乎还在风中摇曳,伊人独居小楼顾影自怜的样子还在眼前晃动,往事重现,将史达祖的内心冻结成冰,连同回忆一起尘封,如果相思总有苦痛,那就从此做个无情之人,游弋于情感之间,但再也不涉足那摄人心魂的游戏。

冯煦在《蒿庵论词》中写道:"言欲层深,语欲浑成。"说的便是史达祖这首词的特点,虽是一首思念、悼亡之词,整首词却没有大的情感波动,完全不似他对自己妻子所写的悼词一样有着大起大落的悲恸,倒不是史达祖情薄,可以理解为在"曾经沧海难为水"之后,便真的是"除去巫山不是云"了。

这两个女子在史达祖的心中是无法分出伯仲的,谈不上谁真的替代了谁,谁可以替代谁,她们各自拥有各自的位置,相安无事地被史达祖在漫长无尽的时光洪流中,安静地思念着。纵使天荒地老,他对她们也不会淡忘一分一毫的。

十年心事夜船灯

吴文英,号梦窗,《宋史》无传,一生未第,游幕终生,以布衣出入侯门。所交之友遍布天下,而他自己也是游历大江南北,四海为家,闲云野鹤。这样一个男子不但生性自由,而且才高八斗,是宋代词作质量与数量都居于上乘的人。想来应该是迎风而立,桀骜不驯的,却在他的一首《定风波》中读出了别样的情愫:

密约偷香蹋青,小车随马过南屏,回首东风销鬓影。
重省,十年心事夜船灯。
离骨渐尘桥下水,到头难灭景中情。两岸落花残酒醒。
烟冷,人家垂柳未清明。

人生境遇是多种多样的,吴文英行至杭州时偶遇了一个贵族家的歌姬,二人一见钟情,便在那如花如梦的西湖边上私订了终身,每日耳鬓厮磨,只想着将柔情都投放在彼此身上,可惜他们一为才子,一为歌姬,地位不同,便注定了这场爱情以悲剧收场。

二人每每离别之时内心都有锥心之痛,总觉得是场永别,而再次相见时又会觉得这是天大的恩赐,如此这般,歌姬柔弱的内心如何承受得住,于是在一次分别之后,歌姬终于在内心巨大的压力下含恨而终,临死前也未能见到情郎一面。当吴文英再次赶来与歌姬相会时,得到的却是爱人长逝不醒的噩耗,甚是悲伤。许多年过去了,他始终无法将这段无疾而终的感情释怀,便在又一次游西湖时,填下了这首词,以缅怀这名和他有过一段恩爱的女子。

开篇以"密约偷香"点题,表明他们之间的这段感情是为封建礼法所不容的,也正因如此,歌姬才忧愤而死。吴文英在十年之后重新回味这段感情,只说人世沧桑变幻,世事无常总是常人难以掌控的。"十年心事夜船灯",萦绕在吴文英心头的是长久的悔恨和煎熬,他不明白为何相爱也会有错,如果歌姬依然活在人世,如今只怕已经出落成回眸一笑百媚生的女子了吧,要是能令时光倒流,他愿意用自己的一生去赔付,只为换回此女子的嫣然一笑。

"到头难灭景中情。两岸落花残酒醒。烟冷,人家垂柳未清明。""也许待到下一个清明雨纷飞的时节,我会再次回来,回忆我们曾经共度的时光。"吴文英也算是有情有义之人,事隔十年依然不能忘怀,但是爱无法挽留,命运更是不可更改,只有忘记才是宽恕,对自己,还有对爱人,都是一种放逐的幸福。

在王家卫的电影中总能看到摇曳不定的画面,电影中的男女主人公神色淡然,穿梭于各个场景中,他们看似漠然,其实关系紧密,看似亲密,明朝醒来却又仿佛形同陌路。这就是王家卫为现代人所拟定的哲学。他要通过他的电影告诉人们:不要违抗命运,因为那是无济于事的,它太过于强大,大到可以翻手为云、覆手为雨。

显然,吴文英对此观点也是认同的,他一生只喜欢追逐于自然之中,不与人争夺,不与命运抗争,在他看来,顺其自然,该来的定会来,该走的也自然不会留。然而命运并未因他的豁达而对他放开残酷的手,对待多情之人最残忍的无非是令他情难自禁。吴文英一生游历南北,阅人无数,所留下的情种自然不在少数,除去家里的妻妾,关于他风流在外的韵事也是多被人们所乐道的。

茸茸狸帽遮梅额，金蝉罗翦胡衫窄。乘肩争看小腰身，倦态强随闲鼓笛。

　　问称家住城东陌，欲买千金应不惜。归来困顿嚲春眠，犹梦婆娑斜趁拍。

　　这首《玉楼春》便是他在临安时，为京城里的年少舞女所作。当时正逢佳节或者庆典，街头巷尾人来人往，好不热闹，舞女们身着彩衣，穿街过市为游客和市民们演出。他并不从正面描写，而只是通过描写那些少年郎争先恐后地询问舞女们家住何处、年芳几何，便可凸显出舞女们的豆蔻年华，如花容颜。

　　可以想象在那片江南温润之地，词人站立于人群之后，看着舞女们曼妙的舞姿和那些少年争相抢献殷勤的样子，如此可爱的一幕，千年之后想起依然令人莞尔。浪漫的气息在空气里弥散，好像三月间忽然飘落的桃花雪，阵阵清寒中透着芳香，那是一扇让人想关都关不住的门。

　　吴文英却害怕这样的浪漫，他已经过了杨柳青青的年纪，爱情会随着年龄的增长而逐渐变得平淡，琼瑶在她的言情剧中为多情的男主人公设计了这样一句台词："多情容易痴情难，留情容易守情难。"大有为自己的风流开脱之意。而吴文英从来只是"有情花影阑干，莺声门径，解留我、霎时凝伫"。

　　他游遍山水，只怕也是为了寄情于山水而非人，那些他爱过和爱过他的人，他一一记在心里，但是情债难背，所以他索性离开，就当作是忘记了吧，心有时太小，实在放不下太多东西，而山河浩荡，有什么事是容不了的呢？吴文英是真的想要独自与山水寄情，在畅游中将前尘旧爱都看淡吧！

　　可是谈何容易呢？在他做客龟溪，于寒食节游历一个废园时，他恍然间醒悟，原来那些以为淡忘的往事依然历历在目，那些以为逝去的情感还深深地扎根在内心深处,那是伴随一生而无法除去的记忆。

> 采幽香,巡古苑,竹冷翠微路。斗草溪根,沙印小莲步。自怜两鬓清霜,一年寒食,又身在、云山深处。
>
> 昼闲度。因甚天也悭春,轻阴便成雨。绿暗长亭,归梦趁风絮。有情花影阑干,莺声门径,解留我、霎时凝伫。

这首《祝英台近》是吴文英离开废园后所填的词,在那个荒芜清冷的园子里,他独自一人度过寒食节,想来废园曾经也是一个繁华绚丽的园子,有着蜿蜒铺伸的青石小路,有着花团锦簇的花园一角,还有清清流水,小桥楼阁,如今这一切都已烟消云散、不见影踪,只有从那依稀的痕迹中,才能看出往日的面貌来。

景如人生,当初那个繁华之地,如今这个衰竭之所,在时空的流转中谁都无法逃脱夙命的安置,正值寒食节,词人在他乡做客,又正好于废园中游走,一时之间不觉触动了愁思,而且又想到自己已是人老体迈,和当年的年富力强比起来真是恍如隔世。吴文英那时已经人到晚年,他来废园也算是旧地重游,却没想到物是人非,这次游历非但没能回味旧日美景,反而牵出了情思,各种思绪纠缠在一起,真可谓是百感交集了。

唐代诗人杜甫在诗中写道:"国破山河在,……恨别鸟惊心。"那种国家不在的情感与词人此时所感有着异曲同工之处。在词人的眼中,废园里旧时的一幕一幕就像电影回放一般,在自己脑海中重现,还有他早年遇见过的人,爱过的、恨过的人,全都赫然鲜明地呈现出来,原来,记忆会在霎时间变得如此鲜活。

但是,终究还是要离开的,吴文英在凝站许久之后黯然而去,废园在他身后成了逐渐模糊的背景,还有那些美好、不美好的回忆也一同模糊了。

第八章
流水，青山，我自在，
为官不成隐田园

　　只有宋朝的文人可以做到：入则为官，享受红尘乐趣；出则为仙，退守山野田园。儒与道互为消长，彼此映衬。山连水，水接山，山水间，功名利禄如浮云过眼。流水青山，文字生活，谁都可以如此潇洒、自在、快活！

作为名士的隐士

宋朝文人的待遇是无比宽松的，即便犯了错，顶多也就是贬谪或流放，很少处以重罚，更谈不上死罪。所以，才有屡跌屡起、越挫越勇的人，前赴后继地拥戴这个软弱的朝廷。北宋初年，江山稍固，大一统的局面令无数读书人心向往之，"学而优则仕"的美好前途，似乎也为年轻人铺就了一条星光大道。可是，在大家决定一展宏图大志的时候，突然有人说要隐居，就如商量好了的一场聚会，有个人中途变卦不去了，少不得人们的非议和揣测。

中国古代的隐居其实分很多种。黄庭坚、苏轼等属于"以官为隐"，宦海沉浮，聪明的人，早把世事看破。虽身在官场，但心里羡慕闲云野鹤，已然"上朝为官，下朝是仙"。第二类属于"以隐为官"，这种人多半胸怀大志，天下事了然于心，但苦于时机不成熟，所以只好隐居。有才华的人能够低调隐居，名气常常会越来越大，后被明君发现，请之出山入仕，从此平步青云。王安石、诸葛亮皆属此类典范。还有一类就是"以隐为隐"，就如林逋一样，任你千呼万唤，他就是不入官场，甚至连城市的大门都不肯进，怎一个倔强了得。

林逋是北宋初年著名隐士，目下无尘、孤高自许，隐居在西湖边的孤山，二十年不入城、不入仕。他终身未婚无子，植梅养鹤，人称梅妻鹤子。提到林逋，人们首先想到的自然是他的诗，"占尽风情向小园，众芳摇落独暄妍。疏影横斜水清浅，暗香浮动月黄昏"。一首小诗，田园之乐，暗夜之情，跃然纸上，满溢的遐思和仰望在后人的心头层层荡漾，隐居的清雅和高逸，也如夜半歌声，缥缈而至。因为这首《山园小梅》实在声名太响，所以，人们往往忽略了林逋的词。林逋一生存词三首，《长相思》便是其一：

吴山青，越山青。两岸青山相送迎，谁知离别情？
君泪盈，妾泪盈。罗带同心结未成，江水潮已平。

这首《长相思》虽然写的是离愁别绪，但笔调清新流美，上阕写景，"吴山青，越山青"，两个叠字的运用，既体现出民歌复沓的形式，又描绘出江南的青色美景。一句"谁知离别情"，似乎是对亘古青山的怨怒，也像是对情人的嗔怪，以景衬情，别有韵味。下阕由景入情，"君泪盈，妾泪盈"，忽将离别之痛转到眼前，泪眼婆娑，哽咽无言。同心未成潮已平，自是人生长恨水长东。

吴、越为春秋时期古国之名，在今江浙一带。这里自古以来明山秀水，风光无限，而锦山秀水，也阅尽人世悲欢。林逋长期隐居西湖江畔，孤傲的情怀，向来为人称道。人们一直以为"和靖先生"妻梅子鹤，清心寡欲，不食人间烟火，一定是爱情的绝缘体。不曾料想，原来林先生对人间真爱也如此深情款款。后人无数次揣测，是不是因为受了什么外力的干扰，林逋的爱情不能如愿，才隐居孤山，与动植物为伴？

无论如何解读，历史只有一个结局，他是清高的隐士，无子，未婚。似乎中国古代的隐士总是很难真正归隐，即便退守深山，也还是会招来无数艳羡。名士梅尧臣就曾经踏雪寻山，拜访林逋，北宋名臣范仲淹也是林逋的一个好友。可见，林逋虽隐，但对于庙堂与江湖之事，也是了然于心。三两旧友，于风雪之日围炉话谈，江山如此多娇,才情如此俊秀,饮酒取暖,谈笑风生,纵然隐避孤山,亦不乏生活情趣,足见林逋的隐居只为避世而非厌世。

避世,乃避红尘琐事;厌世,多为心灰意冷。陶渊明说,"羁鸟恋旧林,池鱼思故渊"。而王维一生前后隐居四次,有人说他"亦官亦隐",有人说他"弃官而隐",后事尽可由人评说,但他终究没有林逋快活。宋初之际江山甫定,书生们意气风发,正是指点江山、豪情万丈之时,加上宋代对文人的宽厚和尊重,再者经常有几个朋友互相走动,可见林逋的隐居生活还是比较滋润的。所以,古人隐居者虽多,但能丝毫不被政治风波所牵扯,隐得如此功德圆满、自在洒脱的并不多见。

也正是因为这份优雅和从容,林逋的才华得到了充分发挥。除了《长相思》外,还有一首《点绛唇》,写得也是气韵生动:

金谷年华,乱生春色谁为主?余花落处,满地和烟雨。

又是离歌,一阕长亭暮。王孙去,萋萋无数,南北东西路。

中国常有"萋萋芳草喻离愁"的文学传统,如"青青河畔草,绵绵思远道","又送王孙去,萋萋满别情",无处不生的春草,犹如人们无处不在的深情,别意缠绵,难舍难分,然而林逋的这首《点绛唇》于众多咏物诗词中脱颖而出。残园、乱春、烟雨、落花、离情、日暮,在阡陌交通的小路上不断蔓延,全词无一草字,却字字令人联想到芳草萋萋,写景抒情浑然一体,被奉为咏物词的佳作。王国维更是称赞为"咏春草三绝调"之一(另两首分别为梅尧臣的《苏幕遮》和欧阳修的《少年游》)。

古人咏春咏草多为感怀伤世,以屈原为首的文人骚客,也多以香草美人自喻,含蓄地表达自己对君主的忠贞、迷恋,以及愿意为江山社稷肝脑涂地的决心,所以,中国人咏物常常是托物言志,鲜有真诚、纯粹的咏物之作。唯此,林逋的词写进了自己的离愁别恨,又无关时局的波澜,在眼界和境界上自然与别家不同。故而,历来颇得盛赞。

从林逋的隐居情况来看,宋初虽偶有征战,但生活还算安逸,用现在的话来说,就是比较休闲。假如生逢乱世,逃命尚且来不及,哪里还有闲情逸致来隐居。于美丽的西湖边,看梅花怒放,听野鹤长鸣,林逋过上了传统文人最向往的隐居生活。他超脱凡尘俗世,为文人的躬耕自守、恬退隐居树立了最初的范本。而他的词作《长相思》,语言清新流畅,深深地浓缩了吴越青山绿水的万种风情,如一朵凝香含露的小花,意境优雅,在唐宋词苑中傲然绽放,为宋词带来了一股清香。

唐、五代浓艳香软的词风,经过岁月的沉淀,到宋初已渐渐转为雅淡清远,寇准、梅尧臣等都喜欢和林逋这样的隐士相唱和,洒脱之中带着无名的惆怅。作为名士的隐士,林逋从内在气质到外在生活方式,都流露出对个性的自觉追求。而这追求也慢慢内化为一种精神,植根在宋代词人的心中,影响了一批清高孤傲、卓尔不群的词人。林逋存词仅三首,《点绛唇》为咏物一绝,《长相思》为闺情佳作,而隐居生活又为后人提供了精神支撑和现实范本。故而,谈及宋词,始终越他不过。

放开才是世间正道

靖康元年,宋朝遭逢劫难,金兵铁蹄踏进中原,攻陷了汴京,宋室南渡,在江南烟雨中拉开了南宋羸弱的序章。

在金庸的《射雕英雄传》中开篇就有这样一个情节:两个刚刚出世的孩子被起名为郭靖和杨康,意为要他们长大记住"靖康之难"这一耻辱,以待有朝一日能光复江山,驱除外族。故事慷慨激昂、引人入胜,虽然是假,但是也令许多金庸迷着实随着主人公的遭遇起伏捏了一把汗。

朱敦儒真正经历了那场劫难,在北宋灭亡之后,他在战乱中背井离乡,离开生养他多年的故土洛阳,随着逃难的乡亲四处漂泊,过着居无定所的生活,满目疮痍的现状令他大受打击,梦想落在地上摔得粉碎,那四处飞散的碎片生生地将他的心窝划出道道伤痕,那是丢失家园的痛楚,是清平岁月一去不返的痛楚。

故国当年得意,射麋上苑,走马长楸。对匆匆佳气,赤县神州。好景何曾虚过,胜友是处相留。向伊川雪夜,洛浦花朝,占断狂游。

胡尘卷地,南走炎荒,曳裾强学应刘。空漫说、蟠蟠龙卧,谁取封侯。塞雁年年北去,蛮江日日西流。此生老矣,除非春梦,重到东周。

这首《雨中花》便是朱敦儒在这次剧变之后填的,格调低沉悲怆,立意哀伤苍凉。人说如果过奈何桥不喝下那碗孟婆汤,便会在来世记得前尘往事的苦,此话虽不可考究,但如若今生就有一碗可以忘记万般尘事的孟婆汤,朱敦儒定会一饮而尽,毕竟世事太过凄凉。

还记得那年往昔,意气风发,家国兴盛,本以为长盛不衰的王朝一瞬间突然倒塌,一片废墟瓦砾中旧梦难寻。好景不常在,好花终会凋零,理想被颠覆,一切都已成枉然。

在词的上阕,朱敦儒将旧日里的故国景色描写得淋漓尽致,就在盛况狂游到巅峰的时候,他突然笔锋逆转,就此打住,在戛然而止中将如今所遭遇的苦难一一呈现出来,大起大落的对比令整首词更显悲壮,更可从中看出词人风格的与众不同。

遭逢劫难之后,朱敦儒一直过着隐逸的生活,虽然期间朝廷对他有过起用,但可惜时间都十分之短,所以,朱敦儒的一生可以说是大隐隐于市,一直过着市井生活,他的大多数作品也都反映了闲适的平民生活。

插天翠柳,被何人、推上一轮明月?照我藤床凉似水,飞入瑶台琼阙。雾冷笙箫,风轻环佩,玉锁无人掣。闲云收尽,海光天影相接。

谁信有药长生,素娥新炼就,飞霜凝雪。打碎珊瑚,争似着、仙桂扶疏横绝。洗尽凡心,满身清露,冷浸萧萧发。明朝尘世,记取休向人说。

朱敦儒一直被人称赞"天资旷逸,神仙风致",这首《念奴娇》词更是将他的特点体现出来,首句便出语不凡,"插天翠柳,被何人、推上一轮明月",用奇思幻想将这首词推向了一个想象的高度。

想来，隐居于市井之中的朱敦儒应该是常常赏月之人，因为他懂得月夜里的寂寞如水，冰凉彻骨，仙子孤独寄居于月宫之中，正如他自己悄然隐逸于民间一样，都是心怀高傲之人，但都只能蛰伏于此，他们在相互遥望之时，回顾天空，当"闲云收尽"，只怕会是在海光天影之中产生茫茫眩晕，在亦真亦幻之中，仿佛能看到往昔繁花似锦的景象。

当然，"洗尽凡心，满身清露，冷浸萧萧发"。一切不过是清梦一场，月光虽美，却终会被明日的朝阳所遮掩，一夜过去，世间再回归平常，就像万事都没有发生过一样，在星辰交替的轮回中，可以看到朱敦儒对尘事的深深厌倦，和他作为一个隐士的沉沉感慨。

身隐并不代表心隐，就好像三国时期的诸葛孔明，虽然蛰伏乡野之间，却心怀天下，所以日后遇到刘备，才能成就一番伟业。可惜历史从不重复，朱敦儒虽有其心，却生不逢时，他没有遇到如同刘备一样的恩主，这令他感到心力衰竭。

在"靖康之难"十四年之后，他沉痛地填下了《临江仙》这首词，从词中看出，当日的剧变所带给他的阴影还未能消散，那个时代的悲剧令他沉痛哀悼。

  直自凤凰城破后，擘钗破镜分飞。天涯海角信音稀。梦回辽海北，魂断玉关西。
  月解重圆星解聚，如何不见人归？今春还听杜鹃啼。年年看塞雁，一十四番回。

开门见山便由汴京被攻陷写起，深感往昔一去不复返的伤痛，任何时代的词人都会将作品的内容烙上时代的印记，不管有意，还是无意，这都是一种潜意识的不自觉行为，而朱敦儒将北宋被历史抛弃的悲惨现实深深地融入这首《临江仙》中，沉痛地唱出了一曲时代哀歌。借词抒情，想要将一切的人生悲欢离合、喜怒哀乐都洗去，可是人心究竟能有多久的保鲜期谁也不知道。曾经沉甸甸压在心头的执着之情能在岁月的洗涤中持续多久呢？大概不会长于一生吧！

朱敦儒后期的隐居生活所作的词多是平平淡淡的，没有很大的情绪波动，也不见早日的愤怒和凄凉，只是在那一句句真切诉说的词句背后，仿佛还能隐隐看到当日那个"梦回辽海北，魂断玉关西"的朱敦儒。

不是背叛当日为自己所许下的誓言，而是在风吹雨打的一地荼蘼中再也看不到旧日时光的旖旎流转，既然已经忘了，不如放手任时光将那些前尘旧事带去历史深处吧，毕竟"流水滔滔无住处，飞光忽忽西沉。世间谁是百年人"。

  笑一场颠倒梦，元来恰似浮云。尘劳何事最相亲。今朝忙到夜，过腊又逢春。
  流水滔滔无住处，飞光忽忽西沉。世间谁是百年人。个中须著眼，认取自家身。

这首《临江仙》是他在历经沧海桑田变换之后，看破红尘的士大夫心态，在浮云流水中，朱敦儒终于从深沉的沦落感中挣脱出来，用写意的手笔将曾经让他感到令春秋黯淡的丧国之痛淡然道出。这是悟，也是道。

朱敦儒的词，《念奴娇》中的最后一句，"明朝尘世，记取休向人说"。千回百转，最终得来这样的意境，当初啼血悲歌，感天恨地，也换不来往事重演，执着是虚妄，而今梦魂依旧往，只是已不再同于往日了。有时，放开便是道。

溪回路转，田园乡间别样情

古人云："人生有四大喜事，久旱逢甘露，他乡遇故知，洞房花烛夜，金榜题名时。"仔细想想，古人所说并非虚言，因为这四大喜事的确可以让人一生无憾，不过人生向来喜忧参半，"寡妇携儿泣，将军被敌擒，失恩公主面，下第举人心"。这些得意与失意的事情构成了世间百态，在千年前的宋王朝也是如此，人们大多也不过是有了这样或那样的人生历练，在众生相里，兜兜转转，大抵如此。

南宋实在是一个折磨人的朝代，边境没有一刻的安宁，虽然无数的爱国人士立志要报效国家，为国家抛头颅、洒热血，但对于苟且偷安在江南一隅的南宋统治者们来说，这样做无疑是加速他们的灭亡，所以，任凭这些爱国者奔走出力，也无法使南宋脱离那悬崖下的深渊。

辛弃疾是不幸的，他所处的南宋，正处于"夜半狂歌悲风起，听铮铮，阵马瞻间铁。南共北，正分裂"的局面之下，虽然辛弃疾以复国大业为己任，毅然投身抗金起义的队伍之中，然而天公不作美，在他入仕途二十余年的时间里，不但夙愿难了，还不断尝到被打击与陷害的痛楚。作为一个爱国词人，辛弃疾有着许多的爱国诗词，他所填之词都有一番铁骨铮铮的刚硬情怀，所表现出的感情更是愤慨难抑。但也正是这样的情感，令辛弃疾成为一个悲剧性的英雄人物，国不成国，家不成家。在投降派的排挤中，被罢官卸职的辛弃疾万般无奈之下回到江西上饶，隐居于田园之中。

虽然在思想和行动上，辛弃疾都全力支持南宋北伐，但可惜他生不逢时，命运并不愿意给他这样的机会，世俗的追求没有让他达成所愿，所以，为了在精神上寻得一丝安慰，他一头扎进了田园的风光景色中，不愿抬头。因为抬头，就会看到满目疮痍的世界而万般痛心。

明月别枝惊鹊，清风半夜鸣蝉。稻花香里说丰年，听取蛙声一片。

七八个星天外，两三点雨山前。旧时茅店社林边，路转溪头忽现。

——《西江月》夜行黄沙道中

这是辛弃疾中年时期经过黄沙道时所填的一首田园词，这首词以婉约清新的风格表现出了与辛弃疾以往慷慨激昂情绪不同的淡泊潇洒的一面，可见世事如同一个大染缸，在其中浸泡愈久，人生所感悟之酸甜苦辣便愈加精彩纷呈。在早年的壮志难酬之后，逐渐觉出人生命运多舛的辛弃疾领悟到人世间的另一番滋味。通过夜行的具体感受，将农村的幽美夏夜景色生动描绘出来，笔触活泼，令人读后有亲身体验般的幸福之感。

这首词的前半部分读后，会让人从寂静中体会出别样的热闹，可见词人用心良苦，将农田间的入耳声皆记录词中，虽然用的都是惯用之词，但相互结合之后，便有了动静结合的妙用。后半部分笔锋突转，开始写雨，气氛与情愫都和前半部分有极大的反差，也可以看出辛弃疾的心情转变由此开始，从平静到跌宕，再从起伏到淡定，这首词将辛弃疾的心路历程一览无遗地呈现出来了。

词人之不幸，在于报国无门；词人之大不幸，在于有冤难诉。辛弃疾虽然退隐于田园之间，远离了官场是非之地的喧扰，但他一刻也没有忘记自己的国家正惨遭沦陷。在那片清新淳朴的田园风光中，有感于报国之志不能实现的辛弃疾，虽然大量填写了以农村生活为题材的作品，但从他所作的田园诗词中可以看出，他表面是在写田园风光，实际上是在抒发情怀。

就好像这首词一样，虽然辛弃疾在欣赏田园景色时怡然自得，但他也在景色的变幻中想到了人生的无常。他投身军旅之后，在很长一段时间里都没有明白梦想与现实之间究竟有多远，直到一天，他突然明白，原来梦境和现实早就融于他的心间，只是他一直不知道罢了。如果说辛弃疾一生都致力于报国，那么他真是一个不幸的人，可后来他远离尘嚣，来到了这片"世外桃源"。这个不幸的人怀揣着被现实打击得伤痕累累的美好愿望，黯然离开那个曾经他以为会是让他光彩绽放的舞台，回到最初的原点。他在与世无争的田园中，看到了溪上青青草，尝试着将自己融入农家乐趣里，他将所能见到的一切美好景象都填进词中。在一首《鹊桥仙》中，辛弃疾将自己的生活状态一五一十地呈现出来："松冈避暑，茅檐避雨，闲去闲来几度？"词以这样一句开篇，重点在一个"闲"字上，这正是"世外桃源"，神仙过的日子。

松冈避暑，茅檐避雨，闲去闲来几度？醉扶孤石看飞泉，又却是前回醒处。

东家娶妇，西家归女，灯火门前笑语。酿成千顷稻花香，夜夜费一天风露。

醉看飞泉，笑语门前，一闲一醉，正是辛弃疾避乱世外的生活重点，闲情逸致，可见辛弃疾对于眼下的生活也是颇为满意的，毕竟奋斗半生，能有今日的平静日子，也是得来不易的。辛弃疾作为一名爱国之士得不到时局的认可和重用，站于时局之外，他是孤独和悲愤的，但对于他这样一个心比天高的人来说，自然风光无疑是最好的疗伤之药，在他貌似闲话家常的田园诗词背后，所藏匿的正是他真正想要追寻的生活踪迹。

陌上柔桑破嫩芽，东邻蚕种已生些。平岗细草鸣黄犊，斜日寒林点暮鸦。

山远近，路横斜，青旗沽酒有人家。城中桃李愁风雨，春在溪头荠菜花。

——《鹧鸪天·陌上柔桑破嫩芽》

辛弃疾所写的田园诗，无一不反映农村生活的悠闲、幸福。他的田园诗远离了忧愁，远离了战争，只有一派难得的祥和宁静呈现在人们面前。或许这正是他的田园诗难能可贵之处，宋人范开《稼轩词序》评曰："公一世之豪，以气节自负，以功业自许。"

人瞬间老去，记忆有的消退，有的铭刻，在辛弃疾的内心深处，生命自有其存在的意义和价值，然而人生中最快乐的事情，不过就是最后的这田园时光，在山水间任时间流淌，之所以活到最后，只是因为那些清淡的光景留住了词人恋恋不舍的眼眸。

人在旅途，匆匆而行

以词为媒介，所能看到的已不仅仅是词人的心酸、悲苦，抑或幸福、欢愉的人生旅程，还有那个在千百年前缓缓铺展开来的时代，上片写尽别离，将人世间一些未能所及之事在下阕的声声感慨中，有了延续千年的可能。

恨君不似江楼月，南北东西。南北东西，只有相随无别离。
恨君却似江楼月，暂满还亏。暂满还亏，待得团圆是几时。

——《采桑子》

"相见时难别亦难，东风无力百花残。"唐朝的李商隐用流光溢彩的动人文笔为后人写下了一句悲情万分的离别诗句，而宋朝的吕本中在民歌的反复咏叹形式中写下了一个丈夫对爱人的深深思念。真情被用白描的笔触画出时，有着风吹落花般的柔情。

这首词是写别离之情的，词人吕本中出身官宦之家，自小聪颖，但成年后因仕途不顺，宦海沉浮多年，养成了我行我素的性格，常漂泊江湖南北，以四处游走的方式来缓解内心对世事的不满。

这首《采桑子》便是他身在异地,思念家中爱妻,一时有所感悟所做的小词,词中将离愁别恨写得尽善尽美,虽然语句平常无奇,但是词意深处,别有一番味道。吕本中善于拿捏分寸,他的词没有锋芒,看起来如同一把厚实迟钝的铜剑,不明就里的人稍不注意,便会被剑锋伤到。要知道最好的宝剑都是看似黯淡无光,其实内里锋芒无比的,吕本中便有这样的铸剑本领,他的每一首词都是一把宝剑,只有懂得的人,才能看出好来。

"恨君不似江月楼",上阕以比喻打头,"恨君却似江楼月",下阕再以比喻承接,二者只有一字之差,虽然重叠但并不重复,这是民歌的主要表达形式之一,吕本中运用得得心应手,就如同陈如江说的那样:"吕本中的词有着流动明畅,清丽自然的气息,词风格与韦庄之疏放为近,呈现出清新的民歌风味,是对小令的开拓。"

吕本中在《采桑子》中的妙手偶得、神来之笔并不是偶然的,民歌是源远流长的中国文化,早在西周开始,为了表达纯洁质朴的感情,人们便将其汇编成歌谣,通过口语的形式代代相传。吕本中从民歌中看到的正是他苦于无法抒发出来的炽热情感,所以,他对民歌形式的借鉴可谓是用心良苦。

在《诗经》那个古风盎然、情感奔放的时代,人们将爱恨情仇、离别愁怨婉转唱出,那个时候人们的情感是自由的。而在受到理学束缚的宋朝,人们所能表达的除了君子之交淡如水的情感,便是借景抒情的含蓄之意。

但吕本中偏偏要打破世俗,将心底犹如岩浆般奔腾的热情表达出来,"要相忘,不能忘",这是他对已然逝去的美好感情的大胆吊唁,"对人不是忆姚黄,实是旧时风味老难忘",而这同样是他对欲罢不能的感情的一种直白描述。毫无雕琢的痕迹,吕本中将清新自然的古风带到了宋词中来,既自然流露,又不矫揉造作,民歌的精髓在吕本中的运用中再次焕发出熠熠的光彩。

其实吟诗读词,就像是站在花团锦簇的樱花树下,在微风拂来,将那小小花瓣吹得漫天飘飞时,你抬眼一望,正好一片淡淡的红落入你的眼帘,那片馨香可以久远流传,是你从繁华中拾取而来的记忆。

吕本中是个怎样的男子,心性如何,相貌如何,现如今都不能论证,唯独他的词流传至今,让后人知道世界上有那样一种情感,可以灿如桃花,也可以淡如流水。

> 驿路侵斜月,溪桥度晓霜。短篱残菊一枝黄,正是乱山深处、过重阳。
> 旅枕元无梦,寒更每自长。只言江左好风光,不道中原归思、转凄凉。
>
> ——《南歌子》

这是吕本中抒写旅途风景和感受的小令,在那个动乱时代出门远行的男子,心中必定装满了凄凉,无论是为生计,还是为功名,他背井离乡,独自一人,即便是见到再美的风景,只怕也是黯然神伤,见景伤情吧。

"只言江左好风光,不道中原归思、转凄凉。"就算这里风光再绮丽,他也只能从满世界的繁华中看到一地荼蘼,小桥流水,残菊淡黄,如同记忆中突然亮起的灯火,在柔软无边的天涯显得触目惊心。

离别之时,想到的总是来日方长、后会有期,然而至今归期几何,尚且不知,未来对于一个旅人来说实在是场虚妄。"佳节之日,你是否可以看到我满衣襟的泪水,打湿的不只是衣衫,还有浓浓的相思。"

吕本中善写悲歌,他的词里有说不出的寂寞和难耐,也有道不完的深情和哀思,读在眼里,刺在心里。如果说吕本中巧借民歌的形式将词写得别出心裁,令人读后如余音绕梁而三日未绝,那这首《踏莎行》则更是写得迷离恍惚,含蓄隽永,既具备了民歌的风貌,又融合了宋词的典雅,可谓是他词作中的上乘之作。

  雪似梅花,梅花似雪。似和不似都奇绝。恼人风味阿谁知,请君问取南楼月。
  记得旧时,探梅时节。老来旧事无人说。为谁沉醉为谁醒,到今犹恨轻离别。

  借梅怀人,虽然这首词意境不深,但是别有一番风味,清艳绝伦,像是一位冰清玉洁的少女在春风吹拂的垂柳下独坐,令人赏心悦目,却又黯然神伤。吕本中的风范由此可见一斑,令人心生敬佩。上阕用梅花和雪花相互映衬,梅花似雪,雪似梅花,但其实梅非雪,雪非梅,二者互为背景,互为依托,一种浑然天成的意境油然而生。

  虽然以花比雪在诗词中多有用到,例如周密在他所填的《清平乐》中说"欲梅欲雪天时",还有王安石的诗中也说"遥知不是雪,为有暗香来",这些都是以花喻雪的诗词大作,然而在吕本中的笔下,梅花和雪不但相得益彰,而且更显迷离之态,此篇算得上是写雪写梅中的佳作。

  而到下阕时,词人笔锋一转,写景转为抒情,将忧思之情脱出,王夫之在《姜斋诗话》中写道:"以乐景写哀,以哀景写乐,一倍增其哀乐。"而吕本中是以此下手,更是添加了几分凄凄婉转之意。吕本中借雪抒情,将一腔情思娓娓道来,读这首词有时光流转的悠远之感,美妙之余更添感动,虽然暗含悲切迷离之音,但是就如同夜莺歌唱,虽然声声啼血,却是宛如天籁,令人欲罢不能。

  真是唱不尽的天上佳话,说不完的人间词话,谁也无法得知生命的另一端隐藏着什么,所以才有了这么多的心酸故事,诚如吕本中自己悟到的那样"为谁醉倒为谁醒,到今犹恨轻离别"。

与世无争尽享"农家乐"

读范成大的诗,有一种刚刚喝过蜂蜜柚子茶的感觉,满腹温甜,口留余香,沁人心脾。放下手中书卷,眼帘一合,眼前便能浮现出水涨船高,春风浮动杨柳岸的田园景象,不斑斓,也不高洁,但就好像每日朝夕相伴的景物重现眼前一样,在感动之余,还能感受到一种烂漫之情。

范成大以田园种类的词最为杰出,之所以成就最大,是因为情感最为平稳。早年的范成大家境贫寒却很自强,从一个苦孩子生生考了功名,在朝廷中谋得了职位。他很努力,将自己的每一份工作都尽量做到最好。

可是,身处南宋末期令他身不由己,很多时候我们以为只要自己足够努力便能改变一切,其实不然,范成大无论怎么努力也没能改变他想要改变的事情,他在出使金国时,誓不辱国,差点儿遭到杀害,几次命悬一线,也从没放弃过努力,可是,依然没能改变历史的发展轨迹。

在范成大的眼中,他所见到的并不是一个富强安定的国家,而是四处饥荒、孱弱的民族,那个时候的范成大是愤怒的,他将自己的愤懑激昂地表达出来,可是最终他还是眼睁睁地看着山河日下、繁华不再。

面对这样的结果,他无能为力,那时他的情绪定如起伏的海浪,无法平息,心绪的不能宁静使得范成大的前半生屡受挫败。虽然他仕途得志,一路做到了参知政事,但是高官厚禄不能弥补内心的悸痛,终于在58岁的时候,他因被人弹劾而心灰意冷,借口养病,告老还乡，而在决定退隐的那个瞬间，他才恍然看透了这些世事。

退隐石湖之后，他每日种田养蚕，竟在那琐碎的农活中参透了之前一直无法参透的人生，至此心绪日渐平稳，而所作之词也日渐彰显大家风范。杨万里在《石湖居士诗集序》中评价范成大的诗词成就时认为他："大篇决流，短章敛芒；缛而不酿，缩而不俭。清新妩媚，奄有鲍谢；奔逸隽伟，穷追太白。求其支字之陈陈，一唱之呜呜，不可得世。"但其实心之安稳，才情方可彰显十分。物由心生，这是被认为十分唯心主义的说法，其实仔细想来，也不尽然，人们常说用心去看世界，方能看得更远，有时候，心放开了，境界自然而然也就放开了。

读范成大的词一定要点滴不漏，老老实实地看下来，他的词不像苏轼等人的一开口便有着令人惊艳的晕眩，也不是凄艳动人，会令人深深迷醉其中而无法自拔。范成大的词只能细细品，就好像喝一杯刚刚冲泡好的碧螺春，在嗅着杯口袅袅而升的茶香中，一小口一小口地啜下，这样喝到杯底，便能喝出整杯茶的精髓来，那是可以深入灵魂中绽放出千年不败的洁白花朵，虽不妖娆，却足够深远。

"梅子金黄杏子肥，麦花雪白菜花稀。日长篱落无人过，唯有蜻蜓蛱蝶飞。"这是范成大归隐田园后所作的诗，在这首诗中有着十分明亮欢快的色彩，此时的范成大眼中只有如同金子般灿烂的梅子，还有如雪洁白的菜花，这些植物在春风中肆意地生长，范成大也感染其中，生命的张力不可小觑，就连那小小的蜻蜓蝴蝶也在篱笆旁边翩翩起舞，它们与世事无争，只在短暂的春光中享受那稍纵即逝的快乐。

人世的短暂不也正如这春光一样吗？稍纵即逝，还未来得及细想便只剩暮年了，范成大在他垂暮之年悟出了真理，就像释迦牟尼在菩提树下的突然顿悟一般，他觉得灵台一片清明。

还是清净自在些的好，只有在这里才能决定自己的命运，家国天下虽大，却在那一瞬间令他感到万分遥远，恍如隔世，而在这片小小的田园里，看着身边可爱灵动的昆虫和静静生长的植物，范成大觉得满足。

纯粹的快乐总是短暂的，所以，范成大在他人生的最后时光里极尽所能，就是要将这难得的快乐延续。也正是在这期间，范成大将他所感悟到的一切都写进了诗词中，其中一首《蝶恋花》便是典型之作。

  春涨一篙添水面。芳草鹅儿，绿满微风岸。画舫夷犹湾百转，横塘塔近依前远。
  江国多寒农事晚。村北村南，谷雨才耕遍。秀麦连冈桑叶贱，看看尝面收新茧。

  词中所写正是他生活之处的田园风光，开篇一句"春涨一篙添水面。芳草鹅儿，绿满微风岸"，将景色的美写到了极致，胡兰成在他的书中开篇便写道："桃花难画，因要画得它静。"

  而范成大写景将景色写入了静致的精髓里，春水芳草，微风拂面，和谐的画面里透出了生命熠熠的活力，范成大是以"清新妩丽"而又"奔逸俊伟"的诗风驰名于世的，他的词也同样兼具这两种特色。因为心思敏锐，范成大总能将山石清泉写出灵气，将升斗细民的悲欢赋予生命。在范成大的词中，无论是写景，还是写人，都能体现出一种别致细腻的感情来，可以说范成大将他的词注入了生命的精华，每每读他的词，就好像是与范成大本人的一场对话，那是穿越时空的交流。

  胡兰成在提及到儿时的农家生活时，也同样说过："春事烂漫到难收难管，依然简静。"这样一句话，意思是乡下田间的春天，是会肆无忌惮地蔓延，令人满眼春色，却并不繁复。

  这在范成大的田园词中也有所体现，他整首词都可以用来渲染田园的风光，却并不让人觉得厌烦，反而会生出盎然的兴趣，视野随着词人的描述而逐渐开阔起来，"江国多寒农事晚。村北村南，谷雨才耕遍"，一片水乡风光跃然纸上，传出了些许的浓郁而又甜美的农家生活气息。

  读者在范成大的词中心醉神怡，而范成大在他清丽的水乡春景中怡然自得，历史的画卷慢慢舒展，人生一蹉跎，便是垂垂老矣，两鬓斑白的范成大屹立田间，看山望水，远方落日余晖暖暖，播撒人间。

第九章
理趣，哲思，深感悟，宋诗竟也不逊唐诗

　　唐诗是中国文学史的一座高峰，如大唐牡丹般娇艳、富贵、丰腴。宋诗也同样别具一格，以理趣、哲思、人生的感悟而独辟蹊径，走出了一条轻松翠柏的大道。如橄榄入口，初觉生涩，却回味无穷。

幸福，就是醉倒在旖旎的春色中

在历史的轮回中，每一个朝代都有自己的生命。治乱兴衰是它的基调，离合悲欢是它的线索，春夏秋冬是它不变的段落。春去秋来本是自然常态，却常常因为文人墨客笔底的风流，而沾染不同的色调，让春天的浪漫、秋天的悲凉，都披上了神秘的衣裳。曹雪芹说《红楼梦》中的元春、迎春、探春、惜春，名字清丽脱俗，个个如鲜花怒放，带来春天的气息，可其中却暗含"原应叹息"的悲伤。这样的春天，任谁也高兴不起来，果然如此，姐妹们死的死、散的散，一片伤春的残破景象。这似乎也与家族的落寞、社会的衰败有着休戚与共的关系。所以，人们常说在中国文学里"一切景语皆情语"，不管是秋冬，还是春夏，只要是四季循环往复，总脱不了这景色背后的深情。

故而，刘禹锡可以在盛唐高歌"自古逢秋悲寂寥，我言秋日胜春朝"，这虽然与刘禹锡个人的气魄和襟怀有关，但也同样与大唐恢宏的气度、壮志凌云的豪情相关。一时代有一时代的文学，便说的是这个道理。秋天在唐朝虽然繁华落尽，但瑟瑟秋风，必然换来凛冽寒气，肃杀的氛围非他朝可比。如果说唐朝的宽容与大气令诗人们常以秋为美，那宋朝的婉约和细腻则以春为最爱，恰如二八少女，袅娜行走于江南微雨之中，回眸处，媚态丛生。

> 胜日寻芳泗水滨,无边光景一时新。
> 等闲识得东风面,万紫千红总是春。
>
> ——朱熹《春日》

在一片湖光山色中,春天是最好识别的,姹紫嫣红、阳光明媚。当然,也有解释说,朱熹从未北上,更不可能到过泗水,"寻芳"乃暗指追寻圣贤之道,而"万紫千红"如孔学的遍地开花。当然,不管诗意如何解读,终究是一首生机勃勃、万物复苏的春之序曲。天光云影共徘徊,自然是一幅不可多得的赏春图。同样喜欢春天的还有宋代著名诗人杨万里。

> 毕竟西湖六月中,风光不与四时同。
> 接天莲叶无穷碧,映日荷花别样红。
>
> ——杨万里《晓出净慈寺送林子方》

西湖的六月,毕竟与其他时间不同。那接天的莲叶一片碧绿,莲叶中盛开的荷花在阳光的照射下显出别样的娇红。接天莲叶,笔法波澜壮阔,而映日荷花也显出几分甜美,于恢宏之中点染出绚烂和生动,于无边辽阔中捕捉出情趣与风韵。这似乎是宋代诗词的特色,也仿佛是宋朝的精神气质与时代风貌的体现。

很多人说,宋词木就没有什么豪放派,所谓的豪放,都不过是婉约延伸出来的舒展。虽然能够绽开得绚烂一些,但终究不过是一朵开在世俗中的花,任凭如何风华绝代,也脱不了旖旎和香软,而这冷韵含香,又正如空谷幽兰,摇曳出醉人的芬芳。由古至今,沉在西湖里的诗篇不胜枚举,却唯独杨万里的这首诗显出不同的笔法和情调,与别人不同,写出了西湖的别样风貌。

自古以来,文人墨客皆喜欢在西湖上做文章,因为西湖不但景美,而且情美。"上有天堂,下有苏杭",在这鱼米之乡,配以湖边绵绵细雨,在乌篷船里喝一壶香茶,与三两旧友促膝长谈;又或抵足而眠,卧于阳光缠绵的湖面,可消十年旧梦。如能再偶遇苏杭美女,更有一段悄然情事留于掌心,实在是人生一大快事!很多时候,与其说是西湖的美景令中国的文人陶醉,不如说中国的文人愿意深深地沉浸在西湖的春天里,连苏轼也不免对西湖动情:

水光潋滟晴方好,山色空蒙雨亦奇。
欲把西湖比西子,浓妆淡抹总相宜。
——苏轼《饮湖上初晴后雨》

水光潋滟,山色朦胧,在这晴空朗照下居然飘起细雨。水映日光,日照水波,波光荡漾,雨气弥漫,缠绕在这湖光山色中,从水到山,令苏轼想到了人。把西湖喻为西子,无论淡妆浓抹,都一样光彩照人。这个比喻生动贴切、明白晓畅,将西湖的风采与西施的美完美地结合在了一起,形神气韵相得益彰。令人在留恋西湖的时候,感叹西施的美丽,更赞叹苏轼的才华。今古之人,湖中之景,景中之人,都高度融为一体。

在一般人的眼中,苏轼是只会歌咏"大江东去浪淘尽""西北望,射天狼"之风流人物,他写出如此清丽、脱俗的小诗,实在令人惊叹。但仔细想来,宋代最为流行的文学形式是词,而词因其语言、韵脚等方面多有限制,显得格局和气度都不如诗歌那般大气,反倒是情感的婉转、跳跃显得比诗歌要灵活多变。而诗词方面的这种差异也影响了宋代词人写诗的笔法,尤其是在描写风光的诗作上,体现得更为明显,总体来说,灵动有余而浑厚不足。

但有时候优势和劣势是互相转化的,宋代文人写作诗词,虽旷达不足,却极有情致。也因为这份情致,便有了"怪黄莺成对,怨粉蝶儿成双"的细腻与精巧,也是别的朝代所不可匹敌的优势。比如杨万里，面对接天莲叶的景色自是豪情万千，而面对一段小路也同样挥洒出一番田园趣味。

> 懊恼春光欲断肠，来时长缓去时忙；
> 落红满路无人惜，踏作花泥透脚香。
>
> ——杨万里《小溪至新田》

"赏春"与"伤春"在岁月和文学的长河中，有着悠久的历史。因为春色旖旎，所以不忍离去，赏春和伤春便成为私底下互换的一组主题。杨万里的小诗就是从恼春开始写的。这美丽的春光，来的时候那么悠长，千呼万唤始出来，走的时候却如此匆匆，满园的落红被行人踏在脚下，无人怜惜这消逝的春色。按照一般诗人的理解，这落红碾作尘土，自然是心生幽怨，十分悲戚。不料，结尾处忽然笔锋一转，将"花泥透脚香"搬到了诗歌的殿堂。仿佛那些凌乱的花瓣已经从脚趾间纷纷涌出，在这小溪边、田埂上，踩出了春天的一串芬芳。犹如行走尘埃，忽然踩出一朵花来，不禁令人心生惊喜，而这惊喜正是宋朝的春天。

万紫千红、映日荷花、西湖西子、脚踏香泥，这些生活的情趣和欢乐，只有在宋代诗词中才能得到深深的体味。在被宏大话语不断囊括的唐朝，被苍凉尘沙不断漫卷的汉代，绝少有人能够细心观察周遭的生活，品读春天的美丽与娇小。唯有宋代的文人们，才有这份婉约、细腻，也只有他们才能独得这份快乐和情调。

一生追求只为更上层楼

生在不同的时代、国度、民族，甚至地区，在生活习俗、宗教信仰上都有很大的不同，人们的生活也就有千差万别。这就像在一棵枝繁叶茂的大树上，却找不到完全相同的两片树叶一样。可是，每一片树叶都要需要阳光、水分和温度，就像每一个人，都要经历四季的转换，生命的离合悲欢一样。虽然经历未必可以复制，但对生命的感悟十分相近：比如"花开易见落难寻""相见时难别亦难"，这些诗句都凝结着诗人们对生活的感悟，包含着对人生智慧的惊喜、期待和振奋。

横看成岭侧成峰，远近高低各不同。
不识庐山真面目，只缘身在此山中。
——《题西林壁》

这首诗是苏轼由黄州被贬汝州时经过庐山所作。瑰丽的山水激发了苏轼的豪情，也引发了他的哲思。从正面看，庐山连绵起伏，山岭相接。从侧面看，庐山挺拔秀丽，山峰高耸入云，气贯长虹。从远、近、高、低等各种角度看庐山，都可以看出庐山的不同风貌。人们没办法看清庐山的真面目，只是因为自己身在庐山之中。

身在庐山之中，连绵的山峦，峭拔的山岭，错落的丘壑，能够细细地看清一草一木，却很难看见庐山的全貌，这有点像盲人摸象，人们只能就自己看到的局部来歌颂美景，却不知道山外有山，水外有水，庐山之外，更有庐山之景。"人在其中，当局者迷"的道理就这样在横看竖看之后，清晰地呈现出来。

仁者见仁，智者见智。其实，无论怎样看到的庐山，都是庐山的真面目，却又都不是庐山的全景。人生常常如身在庐山，虽然苦苦追寻，却似乎永远只能拽住冰山一角，而不能观其全貌。从游览庐山的美景出发，乘哲思之小船，抵达智慧的港湾，在当局者迷的岸边搁浅，寓意深刻，令人百读不厌。

在宋代以前，诗歌的功能都是言志和言情，并没有把哲理融入诗歌之中。但到了宋朝，文、理、趣皆可入诗，于是多了苏轼等人的言理诗。苏轼认为诗歌应该"出新意于法度之中，寄妙理于豪放之外"，语言浅显易懂，道理深远悠扬。而他的《题西林壁》正是言理诗的翘楚，清新洒脱，明白晓畅，由景物至事理，于平淡无味中凸现人生真知灼见。这一风格在宋代许多诗人的诗作中都得到了验证。

飞来峰上千寻塔，闻说鸡鸣见日升。
不畏浮云遮望眼，自缘身在最高层。

——王安石《登飞来峰》

明山秀水之中，不但凝结了自然的鬼斧神工，也包含着生活在这土地上的人们的深情。登高怀古，胸中涌起国家兴衰成败、个人宏图大展的激情。这是中国式文人的传统，也是中国诗歌的一大特色。但这一次，人们都猜错了。

王安石登上飞来峰，迈上千寻塔，放眼望去，大好河山尽收眼底。这千寻塔矗立在飞来峰上，天亮鸡鸣的时候就可以看到远方海边的日出。所谓耸入云霄，说的就是这个道理吧。眼前已经没有了任何遮蔽，视野之开阔，胸襟之阔达，绝非平地之时所能想见。在这高处不胜寒之地，王安石笔锋一转，忽然发出这样的感慨，"不再害怕有任何浮云能够遮挡视线，主要是因为我已经站在了最高的地方"。这句看似登高远眺的评价，实则蕴含了人生许多的哲思。

李白说："总为浮云能蔽日，长安不见使人愁。"王安石在《登飞来峰》中反其道而用之，借自己格局的广大、气度的开阔，反而讲出"不畏浮云"的豪言壮语。王安石曾位居宰相，不顾他人反对，坚决执行新法，也算是这一气魄的一种体现。

其实，不只是登山，人生境界又何尝不是如此。"会当凌绝顶，一览众山小。"很多时候，随着思想的逐渐成熟，人们常常感叹当年的青涩与无知，蓦然回首，才发觉当年那么多无法参透的道理，并不是过程如何不能忍受，而是自己的心性没能够达到超脱的高度。所以，想要不被飘荡的白云遮蔽，就需要不断提高人生的境界和修为。这不仅是对自己的勉励，也是对后人的一种激发。"欲穷千里目，更上一层楼。"只有不断提升心灵的境界，才有可能不被世俗的功名利禄所侵染，保持高洁的心态、超越的风姿。

宋代诗人常常将自己的人生体悟融于诗歌中，借眼前之景、景中之物，生发出人生的哲思，沿着写诗的小径，缓缓走向人生智慧的大路。在这条通往哲思的路上，一次次的感悟犹如春天的桃花，扑面而来的是缕缕香气，握在手里的是段段诗行。

> 人生到处知何似，应以飞鸿踏雪泥。
> 泥上偶然留指爪，鸿飞哪复计东西。
> ——苏东坡《和子由渑池怀旧》

人在尘世间行走，从这里到那里，从那里又回到这里，就像飞来飞去的鸿鹄，在雪地上落脚又飞去，只有那偶然留在雪地上的爪印,深深浅浅地泄露了行踪。但是,这一切都是偶然的事,飞鸿的去留本来也不计较东西。"雪泥鸿爪"正是由此诗而来。苏轼从飞鸿一连串偶然的脚印中,思考出人生和命运的不可知,这感慨与追寻不禁令人沉思。

苏轼一生宦海沉浮,新旧党派之争令他的仕途屡遭坎坷,所以他在诗中写道:"人皆养子望聪明,我被聪明误一生;惟愿孩儿愚且鲁,无灾无难到公卿。"表面上是为孩子写诗,实际上是讽刺权贵,发发自己的牢骚。所幸的是,苏轼有一种阔达的襟怀,能够把这些磨难都当成人生的一种历练和财富,也就一次次在人生的低谷中积攒了宝贵的精神力量。所以,他能够参透人生无常,却从未放弃过努力。他深深地打捞起生命无常的叹息,却又乐观积极地生活。正如飞鸿的来去,即便不考虑南北东西,但偶然间的爪印,也同样无比珍贵。这或许是苏轼一生的原则,也是他最为耐人寻味的地方。

在中国传统文人的生活准则中,"知其不可为而为之"乃是一种很高的境界。这既需要通达彻悟的智慧,也需要乐观放怀的态度。就如有位学者曾说的那样:"一个能够站在悲观主义的废墟上,仍然微笑着面对人生的人,他的乐观才会显得不廉价,从而变得更有分量。"这似乎也正是苏轼、王安石等人一生屡跌屡起的真实写照。

诗歌犹如一扇天窗,诗人们常常借此探寻世界的奇妙,也由此反思自我,光照内心。能够穿透人生的无常,借由诗歌的小路,采撷智慧的芬芳,才能在繁华落尽之后,一语天成,凭借浅显的文字,梳理崭新的理想。

其实,人生到底像什么并不重要,重要的是无论怎样的境遇,都应该以昂扬、振奋、积极的精神去面对,唯其如此,才能领略千姿百态的人生,品出宋诗理趣的况味。

思辨人间各短长，行事相辅亦相成

很多人喜欢把唐代叫作"诗唐"，因为唐朝是诗歌的海洋，诗歌的巅峰，它的成就只能被后世仰望却无法超越。所以，在唐诗之后，宋诗、清诗虽然也都有自己的成就，却常常被唐诗的光芒遮挡。只知唐诗之丰腴、圆满，却不知道宋诗的理趣、思辨、风骨都非唐诗所能及。

学者缪钺对唐宋诗歌的异同曾经有过精彩的评论："唐诗以韵胜，故浑雅而贵蕴藉空灵；宋诗以意胜，故精能而贵深析透辟。唐诗之美在情辞，故丰腴；宋诗之美在气骨，故瘦劲。唐诗如芍药海棠，华茂繁采；宋诗如寒梅秋菊，幽韵冷香。读唐诗如啖荔枝，一颗入口则甘芳盈颊；读宋诗如食橄榄，初觉生涩，而回味隽永。"

唐宋诗之争，历来被看作是为宋诗抱不平的典型。但实际上，只要用心品读，就会发现宋诗的确有许多不同于唐诗的特色，比如对人生理趣的探讨，对事理哲学性的思辨等。很多在其他朝代需要用论文来大篇幅讨论的观点，在宋代诗歌中只需要三言两语，就可以把生活中的很多哲理剖析得很清楚，其中最著名的便是苏轼的《琴诗》：

若言琴上有琴声，放在匣中何不鸣？
若言声在指头上，何不于君指上听？

要说琴上可以发出琴声，为什么放在琴盒里的琴却没有任何声音呢？如果说声音是从人的手指上发出来的，为什么听琴的时候不直接从手指上听呢？这首诗看似犹如大学士在学小学生辩论，可实际上映衬出了深刻的人生哲理。

一架古琴，放在琴匣之中，没有"宫商角徵羽"，不能够自己流出优美的旋律。一双巧手，只是举在空中，没有"哆来咪发唆"，也无法凭空奏出奇妙的乐章。琴常有，指头也人人都有，但必须互相依靠才能奏出和谐的乐章。只有二者相辅相成，互相配合，心思周到且技术高超，才能合力创造出乐曲。单凭任何一方，无论是多名贵的琴，多娴熟的技法，都没办法奏出美妙的音乐。这不但是艺术主体与客体关系的问题，也是一场包含玄机的事与理的探讨。

古人对"琴"有很深的理解，认为琴不仅可以弹奏出乐曲，而且可以直抵人的心灵，其中最有代表性的就是"孔子学琴"的故事。孔子跟从师襄子学琴，一首曲子弹了十几天。师襄子说："可以继续学习了。"用现在的话说，老师认为你这首曲子已经及格了，可以学习下一首了。孔子说："我只是能弹得出这曲子，但还不知道其中的韵律和结构。"过了一段时间，师襄子再问，孔子说，韵律是掌握了，但是志趣还不怎么了解。再后来，又说未了解其心志。直到有一天，孔子弹奏时若有所思，怡然高望，目光深远。于是，对师襄子说，他胸怀天下，志存高远，这个人应该就是文王。师襄子听后，连忙起身拜倒，"我的老师也认为这是《文王操》"。这个故事虽然有孔子善学的精神在里面，但也体现了中国大儒一脉相承的艺术精神。

孔子在这普通的琴声之中，听出了韵律、节奏，也因为精深投入而领略了文王的胸怀、胆识，甚至连文王的状貌、情态、志趣都可以揣测出来，这就是所谓的知音。中国人对于琴中的知音历来有许多故事，其中有一条恒定不变的就是琴声也是一种心声。嵇康在刑场上弹奏的《广陵散》从此成为绝响，也是这个道理。并不是《广陵散》如何珍贵，而是嵇康所代表的魏晋风骨，令琴声有了特别的价值。只要了解中国古人对琴赋予的各种含义，便能够容易领会苏轼的《琴诗》。

苏轼的这首诗，看似说琴，实则是在说人生。人生的境遇犹如他所喜欢的佛法，既需要客观条件的具备，也需要主观争取，二者的有利契合，才能相辅相成，奏响人生的完美乐章。只有协调好琴与指、情与理、理与趣、趣与义等的关系，才能获得人生智慧的精进。换句话说，独木难成林，天下没有完美的人和物，事物之间是互相依赖的。"尺有所短，寸有所长"，也是这个道理。卢梅坡的《雪梅》正是此种真意的代表：

梅雪争春未肯降，骚人阁笔费评章。
梅须逊雪三分白，雪却输梅一段香。

卢梅坡是南宋诗人，自号"梅坡"，生卒年不详。我们大概只能从宋代诗词中窥见其罕见的身影，但是文人的情趣，透过他笔下的"梅和雪"映衬出来。古往今来，许多诗人都喜欢把梅和雪放在一起吟咏，因为雪和梅都是报春的使者，是四季轮回，万物复苏，春满人间的征兆。可是，历来人们只见梅花的高傲、雪花的圣洁，却没人把它们放在一起。倒是卢梅坡，这个爱雪也爱梅的人，有这份闲情雅致评断它们的高下。

梅花和雪花都为了争春之先、占春之色而不肯互相谦让，诗人只好破费心思来评价它们。公平地说，梅花虽然逊色雪花的洁白晶莹，但雪花也输给梅花一段清香。这种写法，看似"各打五十大板"，没说出各自的优劣，实际上却巧妙地烘托出诗人的高明：梅逊雪白，雪输梅香。世间万事万物都各有所长，也各有所短，只有取人之长、补己之短，扬长避短，发挥各自的妙处，才能将情趣和理趣融合在其中。这与苏轼"琴"与"指"的关系恰有异曲同工之妙，骨子里都透着各有所长的道理。

  琴有琴弦，但没有撩拨的手指也不能听其音；指有技法，但没有古琴的配合也无法独自成音。琴与指互相依赖，相辅相成，而梅与雪亦如是。世间若无雪花的洁白，便少了清雅；若无梅花的清香，又缺了神韵。梅与雪都是春天的象征，少了哪一个，春之色都会暗淡无光。从寻常事物中参透理趣、哲思，并提炼出人类永恒的哲理，这是苏轼和卢梅坡的高明，也是宋诗思辨的特色。每个人都有自己的短处和长处，只有互相成全，才能共同成就辉煌。或许，这便是宋代诗人留给后代的启示吧。

山河破碎，一块烙在心底的伤疤

1281年，文天祥在人间度过的最后一个除夕夜，没有了"人生自古谁无死"的慷慨，也失去了"天地有正气"的豪迈，一个英雄的悲歌就此谢幕。留在人间的，只有想念亲人的深情，期盼团聚的梦想，还有岁月一掷如梭的寂寥与怅惘。英雄气，儿女情，忽然触碰到人类心灵最温柔的角落，将军百战死，原来都不过是为了解甲归田的时候可以安居乐业。就在这样一个除夕夜，南宋诗人文天祥写下了这首《除夜》：

乾坤空落落，岁月去堂堂。末路惊风雨，穷边饱雪霜。
命随年欲尽，身与世俱亡。无复屠苏梦，挑灯夜未央。

在这样一个欢闹与喜庆的夜晚，文天祥想到了自己的亲人。这一生，为了建功立业，为了统一中原，无数次打拼，却无数次失败，风餐露宿从未流过一滴眼泪，但是如今，国家已经灭亡，还何谈自己的家庭与幸福？辛苦一生，终究是两手空空，既不能保国也无法保家。在这样貌似平和的诗句中，掩藏着文天祥悲苦、落寞、孤独的心。"笔落惊风雨,诗成泣鬼神。"曾经的热血男儿在人生的最后时刻,想到的是家的温暖。但是国已不在,何以为家?久经沙场的将军在生命即将结束时,不再显示自己的铮铮铁骨,而是暴露了自己最柔软的疼痛——没有国、没有家的普通人的伤感,也正是这一点寻常人的情义,扣动了无数人的心弦。

或许,这里融合了人们对南宋的怜悯和同情:它始终在逃避战争,但战争总来找它。它总是在振作,立志奋发图强,却无力回天,屡屡惨败。它总是在挣扎,但最终还是倒在异族坚硬的铁蹄下。

> 小桃无主自开花,烟草茫茫带晚鸦。
> 几处败垣围故井,向来一一是人家。

这是南宋著名诗人戴复古的传世名作《淮村兵后》。在断壁残垣的破败景象中,戴复古抒发了自己感时伤世的情怀。桃花从来不知道人间的悲欢,每到春来,灿烂依旧,但是这早春的阳光似乎更添凄凉,毕竟已经没有人间的桃花源了。茫茫的烟草,只有飞来飞去的乌鸦在聒噪。"废池乔木,犹厌言兵。"所有的生活都在这里荡然无存。曾经,残垣枯井的前生,也是一户户幸福生活的家庭。

在中国古代社会,井是生活的象征。人们依靠井水洗衣、洗米,在井边劳作、生活。"凡有井水处,必能歌柳词",是说人人都知道柳七郎的词,而如今,那些曾经在井边嬉闹的二八少女,再也没有闲情逸致唱"晓风残月"了。破败的南宋,逃亡尚且来不及,哪里还有时间风花雪月呢?同样是一口井,曾经的繁华已经尘埃落定,只有岁月的枯枝败叶躺在井边,见证人世的沧桑变化以及王朝的治世与无能。山河破碎,始终是烙印在宋朝人心中的一块伤疤,逢阴雨连绵,便会隐隐作痛。扒开那些历史的杂草,在这些破败的枯井背后,曾经婉转清丽的宋词,如今都化作王朝衰落的呼喊与回声。

更有甚者,不但对此痛不欲生,甚至死不瞑目。不用说,这个人就是陆游。陆游生在北宋末年,出生的第二年,金兵就占领了北宋的都城;第三年,金兵俘虏了宋朝的皇帝,北宋灭亡。正因生在这样一个流离乱世,陆游从小就立志收复山河。可惜他一生报国,屡屡遭到主和派的打击,到了晚年终于被迫隐居。但他的爱国情怀不能简单地随之雪藏,孤村风雨浇不灭他的真诚。"僵卧孤村不自哀,尚思为国戍轮台。夜阑卧听风吹雨,铁马冰河入梦来。"虽然循着这样的悲哀与绝望,远离了金戈铁马的生活,但他依然壮心不改,甚至临终还惦记着统一大业的实现。

死去元知万事空,但悲不见九州同。
王师北定中原日,家祭无忘告乃翁。
——陆游《示儿》

俗话说,"人之将死,其言也善",当一个人行将就木的时候,往往会流露出最宝贵的真情。尤其是陆游的这句"死去元知万事空",天地苍茫,人空空地来,空空地去,尘世间的一切都是空。但是陆游的心里仍然有放不下的事业,这便是没能够看见祖国的统一。这是一首写给儿子的诗,他交代了自己平生未能实现的理想,并期待儿子可以有所作为,且千叮万嘱:"等到王师北定的日子,记得去我的坟头告诉我这个消息。"

没有人能够知道陆游的儿子听到这首诗的时候,有何感想。当一个朝廷朝不保夕,统治者只愿意偏安江南的时候,再多的仁人志士,再多的壮志凌云,也只不过是浮华大宋的一场皮影戏,上演着人世的悲欢离合、朝廷的调兵遣将,但绝对不要当真。可是,当一个人不久于人世，作为他的亲人，又如何狠心戳穿他最后的幻想呢？

　　陆游的儿子应该会含泪应允吧，一如今天的人们含泪品读陆游这留在人间最后的期待。能够让自己的子民至死不忘报国之志，不知道是大宋的耻辱，还是荣幸？也许，痛苦的是后人，只有在翻阅教科书的时候，人们才会顿足捶胸地抱怨，假如当时怎样，历史便会怎样，但历史不会改变。生在那个羸弱的时代，就注定了挨打、受欺负的命运，注定了不断卑微地退却，把自己的领土、子民，连同大宋的血脉一次次割让，直到鲜血洒尽，大宋灭亡。陆游、戴复古、文天祥他们都能够料到这一天的到来，只是他们不愿意相信。诗人的洞察力和预见性常常令人惊讶，而他们也提早经历着抑郁和忧伤。在国破家亡的阴影下，不只是披甲戎装的男儿，连女子也常常感到义愤填膺。

　　　　生当作人杰，死亦为鬼雄。
　　　　至今思项羽，不肯过江东。
　　　　　　　　　　——李清照《夏日绝句》

　　李清照说，生的时候是人中的豪杰，死了的话也是鬼魂里的英雄。人们至今都在思念项羽，就因为他不肯过江。当年，项羽逃到乌江，乌江亭长劝他火速渡江，重整旗鼓，他日再图霸业。但是，项羽觉得自己兵败，无颜见江东父老，回身应战，杀敌数百，刎颈自尽。项羽的凛然正气和南宋朝廷的苟且偷生，一明一暗，一古一今，可谓高下立见。

　　作为一名女子，能够有如此气节和风范，飒爽英姿，不失女侠的风范！只可惜，从李清照、陆游，到戴复古、文天祥，宋朝的社稷江山并没有因为他们的哀号而千秋永固，相反，江河日下，逐渐被剽悍的北方少数民族一点点占据。在宋朝的天空下，这些诗人经历了不同的时代,但他们同样遭遇过颠沛流离,所以懂得什么是民不聊生。漫天尘沙,可以掩埋历史的堆堆白骨,却无法弥合国土沦丧时,刻在诗人们心头的累累伤疤。

第十章
坎坷，蹉跎，生华发，人生八九不如意

通往罗马的道路有很多，通往自己梦想的道路却常常只有一条。所有的蠢蠢欲动、英明神武，人们都愿意铺洒在这灿烂的光荣之旅。可毕竟人生不如意十之八九，在无法直达目标的时候，只能用沿途的美景来抚慰内心的狂躁了。坎坎坷坷的人生，蹉跎仓促间，早生华发。

前路漫漫，断肠人在天涯

古龙的武侠作品多部被搬上荧屏，其中一部《圆月弯刀》在20世纪90年代上映时，因为有当红小生古天乐出演男一号而风靡一时。其中古天乐饰演的丁鹏一角每每在月圆之夜，神色萧然地吟诵着"十年生死两茫茫，不思量，自难忘"时，绝大多数的女粉丝都会为之倾倒。而今十数年过去，这部戏在逐渐被人淡忘之时，其中的词却依然被人们时常提起。这正是苏轼所填的《江城子》。

苏轼一向都被后人赞誉为词文创作豪放派的领军人物，在风华绝代的宋朝，苏轼绝对算是文坛翘楚。在苏轼的作品中，不论是诗词还是散文，都蕴含着磅礴大气的气息在其中，令人读后荡气回肠，不绝于耳。然而就是这样一位文化造诣颇高，曾被柏杨盛赞为"中国文学史上最杰出的明星，也是中国文学史上一位十项全能"的人，却写下了如下这样的诗篇：

人皆养子望聪明，我被聪明误一生。
惟愿孩儿愚且鲁，无灾无难到公卿。

众人养子无不希望自己的孩子可以出人头地、聪明伶俐，苏轼却偏偏反其道而行之，希望自己的孩子愚钝蠢笨。俗话说，女子无才便是德,难道男子无才也是福不成?苏轼能做出这样的论断,完全是依据着亲身的经历而做的。虽然苏轼本人才高八斗,为万世所敬仰,但也正是这八斗高才,害得他一生波折不断,其中的酸涩苦楚,是外人难以明了的。聪明的苏轼还因为给王安石改诗歌,落得个贬职发配的下场。

这样的人生,让他还如何希望自己的孩子聪明如他呢?话虽如此,苏轼的才情却无法刻意地掩去。在仕途不顺的日子里,苏轼依然有填写诗词的嗜好,虽然这些诗词大多豪气干云,但也不乏一些感伤之情夹杂其中,这些情愫是不能为常人所道的,所以他就将之融入创作中。

  缺月挂疏桐,漏断人初静。谁见幽人独往来,缥缈孤鸿影。
  惊起却回头,有恨无人省。拣尽寒枝不肯栖,寂寞沙洲冷。

这首《卜算子·缺月挂疏桐》是苏轼被贬之后所填。众所周知,苏轼为人刚直,直言不讳,多次得罪当朝权贵。因为"乌台诗案",苏轼被贬为黄州团练副使。那一次的政治跌宕是他政治生涯上一个不小的低潮,但也正是现实生活中的不如意,令苏轼有了创作的灵感,他将对现实生活的不满及对未来和理想的期望写入他的诗词中,那段时间是他创作的高潮期。

心有所思,笔有所动,苏轼的这首词将他当时所受的不公正待遇和委屈统统诉诸笔下。但仔细品读这首词可以发现,苏轼所表达的这种愤慨并不是慷慨激昂,或是抑郁不能自已的,而是有一种淡淡的忧愁徘徊在字里行间。

苏轼作词,不专体格,跳脱声韵,一改之前花间之风韵,犹承诗篇之雅意,他完全改变了"词为艳科"的状况。苏轼的词作,不仅仅是写离别之路、男女相思之意，更多的是放眼社会现实，将雄浑之风贯穿始终，抑扬顿挫地将词风开创到了一个新高潮上。但苏轼的悲情之词也是他词作的一大闪光之处，他所感伤的并不是靡靡之音，而是在理性的大框架之下，跳脱出自怨自艾这个狭隘范畴的感情，情愫的基调奠定在深厚的精神基础上。苏轼淡然处之，虽然也有哀伤，却是适可而止、点到为止，词首不甚着意，却描画出惨淡的背景。

作为一个从小就接受着封建正规的儒家教育，立志要抱负国家的士大夫，在政治上不断的失意自然会引起苏轼情绪上的宣泄和不满，而在苏轼发泄不满的词作中，却未见一丝一毫的浮躁，他以孤鸿自比，抒郁郁不得之志。词中写道，残月当头，而所能看见的仅仅是头顶寥寥无几的枯叶，在万籁俱寂中，词人感到孤独万分，这便是苏轼词中所营造的感伤情怀，更多的是一种缥缈于天地之间的只可意会，不可言传的境界。

"乌台诗案"虽然毁掉了苏轼的官运，却成就了他在诗词上的造诣。本来苏轼少年成名，一直风光无限，他的词在整体风格上也是飘洒自如的，充满了豪情壮志，自从那一次经历之后，他的豪情不再，虽然之后的仕途有起有伏，但毕竟已经回不到当初的时光了。经过是是非非之后，苏轼的心性已经改变，对自然和人生的感悟也发生了彻底的变化。苏轼虽然是一介书生，却不是顾影自怜的无用书生，在感慨之后，他将笔锋一转，"惊起却回头，有恨无人省。拣尽寒枝不肯栖，寂寞沙洲冷"，写出了自己的豁达胸襟。这个世上没有什么事情是能令他心灰意冷的，再多的苦难对于他来说都只是浮沉一梦而已，就好像他在另一首词作中写的那样："世事一场大梦，人生几度秋凉。"

人生几度春夏秋冬，都只是一场梦而已，正是因为苏轼词中的跳脱之感，令读者在惆怅之余又能缓解悲伤。苏轼学佛参禅，这或许也是他可以超脱、旷达的原因之一。佛家的清修令他走出了人世间那个悲苦、凄凉的景象，这个变化和转变是微妙到不可言说的。

正如书市上一直风行的一本童话《小王子》，其中的小王子虽然孤独寂寞，令人同情和叹惋，但他自身所拥有的坚强和不屈服的品质也令人们为之振奋。一种看似矛盾的品性在一个人身上体现出来，这个人便不再是可怜的。正如苏轼，虽然他的词中饱含对坎坷不平人生路的悲切之情，但也通过词中所感，领悟到：人生如梦，又何必计较那么多呢？

话虽如此，苏轼在认清了一切现实之后，仍填下了诸如《念奴娇》这样的词，来缅怀自己的人生。

> 大江东去，浪淘尽。千古风流人物。故垒西边，人道是，三国周郎赤壁。乱石穿空，惊涛拍岸，卷起千堆雪。江山如画，一时多少豪杰！
>
> 遥想公瑾当年，小乔初嫁了，雄姿英发，羽扇纶巾，谈笑间，樯橹灰飞烟灭。故国神游，多情应笑我，早生华发。人生如梦，一樽还酹江月。

填这首词时，苏轼正值不惑之年。男人四十应当是事业的黄金期，苏轼却因为不公正的社会而被流放，只能在闲暇之时凄然北望，遥想故人。苏轼看似在游山玩水，但其实表现的是对自己现况的一种豁达。经历得越多，便越会学着放开，虽然心中凄然，但是一点也不影响苏轼豁达的人生观点。

苏轼的词作中有一种他所固有的情感模式，便是从伤感到感悟，然后再到放达，这便是苏轼历经一生磨难而终没能被打垮的秘诀之所在。苏轼早已能做到泰山压顶而面不改色了，虽然内心抑郁难以排遣，但这种伤感并未占据苏轼生活的大部分，他总是能以自嘲或者更好的方式来缓解这样的压力。苏轼的世界是丰富多彩的，在他的世界里有我们所熟悉的官场生活、市井百态，也有我们一直陌生的情愫许许、孤寂哀怨，这些元素将苏轼的国度缓缓呈现在后世的面前，如此真切、如此生动，让后人眼前晃动的皆是苏轼多情洒脱的形象。

　　苏轼的情怀是感而不伤，伤而不痛，痛而不哭，苦而不灭的。苏轼的词文所营造出的那个陌生而又熟悉的国度，一切都是真实到可以触摸的，包括忧伤，只是那份情愫薄如蝉翼，一碰即碎。

平生怀愿,老尽少年心

> 瑶草一何碧,春入武陵溪。溪上桃花无数,花上有黄鹂。我欲穿花寻路,直入白云深处,浩气展虹霓。只恐花深里,红露湿人衣。
>
> 坐玉石,敲玉枕,拂金徽。谪仙何处,无人伴我白螺杯。我为灵芝仙草,不为朱唇丹脸,长啸亦何为。醉舞下山去,明月逐人归。
>
> ——《水调歌头》

北宋为武将所建,这个朝代的骨子里有着一种天生的英武侠气,那是一种很不安分的因素,穿梭在人的血液当中,可催化出蠢蠢欲动的勇气和令自己都无法控制的举动。这是一个注定了要在金戈铁马中崛起的时代,也是要在硝烟弥漫中裸夫的时代。

黄庭坚生于北宋,字鲁直,自号山谷道人。他天资聪颖、才华横溢,是真正的少年才子,在当时颇具盛名,与秦观、张耒、晁补之并称为"苏门四学士",常在一起诗词往来,游山玩水。但这样安逸的生活并不是他想要的,在他的内心深处有着自己想要追寻的方向,而这方向是他苦寻不得的。所以,在他的词中才会有这么多的感慨:"谪仙何处,无人伴我白螺杯。……醉舞下山去,明月逐人归。"

这世间有太多东西不能尽如人意，包括自己所要走的道路。黄庭坚自负其才，却始终感到无所适从，知音难觅，他向往有一个如同陶渊明笔下的"桃花源"，让他在那里找到自己理想中的王国。但是如同大多数年轻人一样，阅历尚浅的黄庭坚哪里知晓那个被陶渊明臆造出来的"桃花源"虽美，但终究是子虚乌有的。如果有那样不入凡尘的地方，陶老头还何苦在东南山下种着菊花感叹世间之事？只怕早就躲进武陵，逍遥自乐了吧。

理想与现实最大的差距便是距离感。现实虽近，近在咫尺，却让人乏味；理想虽美，可惜远在天涯，难以触碰。不然黄庭坚也不会感伤："人间仙境虽好，却花深露重，难以久留。"

古往今来的文人骚客都在追寻这样的人间仙境，然而结果都是败兴而归，就连文豪苏轼也感慨："我欲乘风归去，又恐琼楼玉宇，高处不胜寒。"这就是理想，它高高悬挂在与月亮同等的高度上，俯视着所有对它望而兴叹的人。李白苦叹："自古圣贤皆寂寞，唯有饮者留其名。"李太白自比圣贤，这是黄庭坚所不敢比的，他能做的只有仿效太白，在诗词风流、饮酒微醉中才能偶然触碰到心中的理想。自古才子，多是寂寞心。

台湾有一个声音如同孩童般清澈的女歌手唱过一首《旅行的意义》，歌词很长，歌中反反复复提到一些地方，还有想要说明却始终未能说明的旅行的意义。旅行从来都被当作是一种排解烦忧、开阔视野的活动，即使是在古代，古人对这项活动的热情也丝毫不亚于今人。黄庭坚更是于青山绿水之间游弋，不只看风景，还在风景中看世事。

一次，他来到江南的江州府游玩，那里是繁华之地，十分热闹。当地人听闻才子黄庭坚来到此地，都想见识一下他的才学，便纷纷邀请他游览当地的名胜古迹之地，也在寻找机会想要试探他的才华。本来只是想游山玩水的黄庭坚没有想到就在这山水之间便被人命了题，出了一道"烟水亭，吸水烟，烟从水起"这样的上联要他对出下联，而黄庭坚一道下联"风浪井，搏浪风，风自浪兴"顿时赢得了赞誉。

才子就是才子，只需稍动心思，无论是诗词还是对联，都可应对得天衣无缝。众人的赞叹声不绝于耳，黄庭坚只是眼望烟水亭四周浩渺的湖水，如果自身的才学只是用来吟诗作对、附庸风雅的话，那倒不如做一个不识大字的农夫，反倒更显轻松自在。黄庭坚之困恼也是古代知识分子的通病，他们学富五车，想要为国出力，在朝堂之上慷慨激昂，将自己报国的见解陈述一二，可是自古以来又有几人能真正得到重用？政治与文学永远是两不相通的。

虽然在仕途上，黄庭坚并不是最受冷落的，但也不是很受重用的，这种不温不火的对待正是令他内心不安的最根本缘由。当一个人变得可有可无时，心脏便会被空虚一点点地填满，岁月深长，那点滴积攒下来的空虚会逐渐扩散。

黄庭坚晚年的时候，填过一首《西江月》，是以一副对联起笔，打开天地的：

断送一生惟有，破除万事无过。远山横黛蘸秋波。不饮旁人笑我。

花病等闲瘦弱，春愁没处遮拦。杯行到手莫留残。不道月斜人散。

词中所表达的便是这种心境，男子都想要以事业为重，开创属于自己的天地，尤其是在北宋那个时代。赵匡胤以武将出身，赢得天下江山，男儿一生鼎立于天地间，要的正是这样的豪气干云。黄庭坚虽然身为文人，却也始终心怀家国天下，希望能够一展开天辟地的雄心壮志。

可惜黄庭坚有才无运，先不说他夙愿未能实现，就连生存现状也是每况愈下。花甲之年的时候，他又遭逢贬职，被远派宜州，远离了江南之地。那时已经年老体迈,即使想以远行来排遣怨气也是有心无力了,所以,晚年的黄庭坚更是体会到了寂寞徘徊之心态。本以为会孤老终生、天涯沦落时,一封江南来信又让他欣喜不已,原来故地还有人在惦念他。轻展信笺,江南春色仿佛跃然纸上,那旧日的风韵再度回归眼前。

  天涯也有江南信,梅破知春近。夜阑风细得香迟,不道晓来开遍向南枝。
  玉台弄粉花应妒,飘到眉心住。平生个里愿怀深,去国十年老尽少年心。

这是一首格调清新的短词,南朝陆凯寄赠范晔梅花一枝并附有诗一首:"折花逢驿使,寄与陇头人。东南无所有,聊赠一枝春。"由此之后,梅花便成了江南春信、故乡消息的象征。

黄庭坚以写梅开始,自是表示他难掩心中的惊喜之情,溢于言表,便用典故含蓄将心中所感记于纸上。虽然没有描写落花流水,没有感叹伤春情怀,但只是从春而写,便已使寂寞之情跃然纸上了,对往日的回忆如潮水般涌出。

想起年轻的自己,曾踏访各地,虽不算得志,但总是心怀理想,而对比如今,已是垂垂老矣,雄风不在。就像春天的影踪一般,人生的年华也是稍纵即逝,无处可寻觅,比起一去无迹的岁月来,除了在这里咏叹芳菲情思,看着飞鸟盘旋离去,人世间还有什么事情值得自己再去做的呢?

几十年的政客身份,几十年的词人生涯,还有这几十年来行走于山水之间的日子,早已不知所终,就像秋去冬来、冬走春至一样,花开花谢,少年时的情怀早就散落天涯,而今所有的只是落寞心境。在春风再起之时,一名老朽独占春色,阳光在他身后投射出斜长的影子,如同用手轻轻荡开的水纹。

这一生，为谁辛苦为谁忙

宋孝宗淳熙三年（1176年）的冬至时分，姜夔因事路过扬州，那时的南宋已是千疮百孔，在外族铁蹄的践踏下体无完肤了。而扬州本是座清如霜水的城市，水墨淡彩地氤氲出一座如梦似幻的灵秀之地，却在战争的洗劫之后萧条异常。追忆起昔日的繁华，再看今朝的荒凉，姜夔发出叹咏，填下了一首《扬州慢》，从此千古传唱。

淮左名都，竹西佳处，解鞍少驻初程。过春风十里，尽荠麦青青。自胡马窥江去后，废池乔木，犹厌言兵。渐黄昏，清角吹寒，都在空城。

杜郎俊赏，算而今、重到须惊。纵豆蔻词工，青楼梦好，难赋深情。二十四桥仍在，波心荡、冷月无声。念桥边红药，年年知为谁生。

词为伤情而作，令人感怀。当过去的一切已作风流云散去的时候，面对今日的萧条该做如何反应呢？姜夔看到桥边绽放正艳的芍药花，鲜艳欲滴，那刺目的红色就像是这个朝代淡灰色主色调上不协调的一笔，突兀在那里，时刻提醒人们，花开依旧，人事全无，待到明年这个时分，再来看花的人又会是谁，而这里又是何种景象？

王国维曾说姜夔的作品"格调虽高,终虽隔一层",批评他的诗词"有格而无情"。而每当读到"青楼梦好,难赋深情"之时,这首《扬州慢》真是要将我的心生生地搅痛,如此沁人心脾的悲情,何故会被认为无情呢?其实诗词赏析本就全看赏析者自己的口味而定,姜夔之词不但有情,还是有情之大义在其中。

翻翻史料可以看到,姜夔一生以布衣开始,以布衣结束。但实际上,他并不是一个真的淡雅到如此不看重功名的人,毕竟在那个时代,能够考中榜首不只是光宗耀祖、光耀门楣的事,还可以解决温饱、解决工作问题。否则,一介文人,手不能提,肩不能挑,除了谋个官职,还能做什么呢?

但是,上帝为你开启一道门,定会为你关上一扇窗,因为上天是公平对待每一个人的。所以,老天给了姜夔无与伦比的才情,让他的才华倾倒众生,令日月无光,却又让他难遇伯乐,知音甚少,事实残酷的一面令他一切的才能都变得毫无意义可言。

姜夔是自负的,同时他也是不自信的。他不确定自己在这个世界上究竟能处于何种地位,他的才情并不被人们所需要,他一生都在哀叹:"嗟呼!四海之内,知己者不为少矣,而未有能振之于窭困无聊之地者。"

这是姜夔与其他出世词人的不同,别人是有心出世,看淡了名利场,而他无心出世,却一直未能走上仕途。有时候人生就是这样可笑,被你惜如珍宝、梦寐以求的东西在别人看来却如同糟粕,可随手丢弃。

对于功名的求而不得,也就注定了姜夔一生依附权贵的命运,想要到达一定的高度,自己有心无力,便只能借助他人的能力。可是文人的清高和孤傲,姜夔一样也不缺,他虽然有心成就名利,却做不到小人势利,所以,他一生贫病交加、孤苦无依也是早早就注定了的。

君子最后的气节自他体内迸发出来,决绝地开枝散叶,这是他坚守在人性的最后阵地。姜夔一直没能获得坦荡仕途,而这种决绝的姿态竟然也令他成了烈士,独守着壮烈之美凄凄度日。

燕雁无心，太湖西畔随云去。数峰清苦，商略黄昏雨。
第四桥边，拟共天随住。今何许？凭栏怀古，残柳参差舞。

  这首《点绛唇》是姜夔词中为数不多的大气象作品，包容自然、人生和时代历程，使他与整个时代的融合浑然一体。上阕所写，是姜夔俯仰天地的感受，首句"燕雁无心，太湖西畔随云去"写出了自己的心性就如同天地间翱翔的大雁一般，自由无依，随着太湖湖畔的流云四处云游，随云开云散，无心之举。

  姜夔对自己漂泊江湖做了这样一个解释，他说自己游走江湖是随心而动。然而，究竟是无心之为，还是身不由己呢？下阕的词境，写出了姜夔对古今历史的观点："第四桥边，拟共天随住。今何许？"姜夔自由的心性想来是不甘寂寞的，看过了太多的世事纷飞，他也只能凭栏怀古，在柳絮纷飞的时候聊以自慰。

  姜夔作为男子，若要以成败来评断他，可以说除了诗词上的成就，他的一生失败极了。他杰出的才华并未给他带来好运，而他又偏偏不肯老实地承认事实的残酷，还非要打肿脸充胖子地自嘲道："越只青山，吴惟芳草，万古皆沉灭。"就像童话中那只吃不到葡萄却说葡萄酸的狐狸一样，姜夔每每谈及事业，就要说类似于"谙世味，楚人弓，莫忡忡"这样的话来为自己开脱。算了吧，既然在一条蒿草丛生的道路上看不到希望，又何必执着不放呢？

  佛家有云曰："回头是岸。"这并不是仅仅劝阻那些犯下罪孽的人，对于在尘世大海之中苦苦挣扎的人也同样适用。在人间游荡了一生，依然无法找到一个自己想要的落脚点，与其在大海之中力竭身亡，不如及早抽身，尚可保全性命。姜夔却注定了是一个无怨无悔的人，他偏偏要在看不到前路的方向上前行，也许对他来说，只要追寻，便意味着意义。对于姜夔这样的人，已是不知该如何评定。他写得一手好词，却生不逢时，或者说是难遇伯乐，就像他所咏叹的那样,自己就像是桥边年年绽放鲜艳的芍药花,年年开,却不知是为谁而开。

这样的姜夔在令人扼腕的同时,也令人叹息。性情如此倔强的人对待爱情又是何种态度呢?对于姜夔的爱情,世人多有猜测。相传姜夔三十岁的时候,在湖南结识了千岩老人萧德藻。萧极爱其才,认为"四十年作诗始得此友",于是妻之以侄女。

而姜夔对这名女子并无多少爱恋,从他生前不断游走大江南北,与妻子之间的聚少离多可以看出,他对这名女子并没有多少感情。或许是因为感激千岩老人的提携,他才娶那名女子为妻,或许是别的原因,总之,姜夔对他的妻子全无情意,以至于他这样一位大词人,竟然鲜有诗词写到夫妻之情。

然而姜夔对原配无意,却另有意中之人。他与一名合肥女子的爱情故事便令无数人羡慕。该女子与姜夔有过一段不可磨灭的恋情,这令姜夔回忆一生,然而女子却是青楼中人,沦落风尘,这又为这个爱情故事添上了一抹悲剧色彩,注定他与这名女子是无法厮守终生的。之后二人为何分离已不得而知,但是姜夔对这名女子的爱恋之深已经到了难以自拔的地步,他专门为此填过一首词,来凭吊他这段有始无终的感情。

好花不与殢香人,浪粼粼。又恐春风归去绿成荫,玉钿何处寻?

木兰双桨梦中云,小横陈。漫向孤山山下觅盈盈,翠禽啼一春。

——《鬲溪梅令》丙辰冬,自无锡归,作此寓意。

人间的事就是这样难说,在一年春草重生的时候,他们永远分离。缘起缘灭,这本就是一个诉也诉不完的故事,从此天涯与海角,年年月月,谁在为谁绽放,谁在为谁等待。

天地男儿的军旅梦

每个男人的心中都有一个军旅梦，在他们的内心深处总为自己留有一片海阔天空、金戈铁马、侠肝义胆的天地，这是男人的梦，也是男人的魂。刘克庄也不例外。虽然在诗词上颇有造诣，但他似乎并不满意自己词人的身份，在他的许多作品中可以看到，他将自己塑造成为忠肝义胆、义薄云天的英雄。生于乱世，刘克庄的词和同时代其他词人比起来多了一些悲壮与激昂。

南宋末年的荒乱是无法想象的，对于刘克庄来说，这个风云际会的年代应该是他施展抱负的好时机，可是事与愿违，南宋皇帝并不愿与人抗衡，只想安守江南一隅，过着自欺欺人的生活。

刘克庄是悲愤的，怀才不遇、报国无门是每一个胸怀天下的男人都无法忍受的痛苦。然而现实就是如此，愤懑之情无法抒发，便只得填于词中，如果这个世界还有一方属于自己的天地，那么就是在这词作之中。

何处相逢？登宝钗楼，访铜雀台。唤厨人斫就，东溟鲸脍；圉人呈罢，西极龙媒。天下英雄，使君与操，馀子谁堪共酒杯？车千乘，载燕南赵北，剑客奇才。

饮酣画鼓如雷，谁信被晨鸡轻唤回。叹年光过尽，功名未立；书生老去，机会方来。使李将军，遇高皇帝，万户侯何足道哉？披衣起，但凄凉感旧，慷慨生哀。

——《沁园春·梦孚若》

以怀念朋友的梦境作为起笔，将自己的心弦波动抒写出来，刘克庄在这首词中写尽了内心的不满之情。词的上片是写梦境，一场与朋友相逢的美梦，梦中登高望远，意气风发，二人如三国群英一般豪情万丈，在铜雀台直抒胸臆，好不痛快。然而梦毕竟是虚无缥缈的，现实在梦醒时分变得格外残酷，看着年华逝去，可是功名未立，机会就这样在日日的虚度中流失，待到最后两鬓斑白的时候，还是一无所成。

想要为国效力，这样的愿望并不是难以实现的，但是在刘克庄看来，这就好像是一个奢望，所以在奢求无果之后，他只能暗淡离场。如果国家已经不再需要他，那么，他便悄然走开，这样好过留下无事可做的尴尬。

一卷《阴符》，二石硬弓，百斤宝刀。更玉花马总喷，鸣鞭电抹；乌丝阑尾，醉墨龙跳。牛角书生，虬须豪客，谈笑皆堪折简招。依稀记，曾请缨系粤，草檄征辽。

当年目视云霄，谁信道、凄凉今折腰。怅燕然未勒，南归草草；长安不见，北望迢迢。老去胸中，有些磊块，歌罢犹须著酒浇。休休也，但帽边鬓改，镜里颜凋。

——《沁园春·答九华叶贤良》

在这首词中，刘克庄将自己描写成为一个精通兵法、文韬武略的将才。据史料记载，他并不是在吹牛，年少时刘克庄的确熟读兵法，如他在词中所写的那样"一卷《阴符》，二石硬弓，百斤宝刀"。上阕中，词人从广交好友和习武建功立业等方面入手，塑造了词人作品中的人物，而这人物正是他对自己的白描。在刘克庄看来，只有做到词中所写的那样，人生才是最为饱满的。

然而就如同梦境中的一般，词中的描述始终太过于单薄，在下阕中，他便道出了事实苍凉。作为南宋后期的爱国人士，刘克庄一直是遗世独立、桀骜不驯的，也正是如此，他在朝为官时，总因为拒绝同流合污而遭到弹劾，屡屡被罢官。政治生涯的崎岖坎坷更令刘克庄看到了报国无门，于是他也只能效仿前人，将郁郁不得志的愁闷心情排解到山水和诗词之中，毕竟那里有着一丝可以自由呼吸的空气。

> *赤日黄埃，梦不到清溪翠麓。空健羡、君家别墅，几株幽独。骨冷肌清偏要月，天寒日暮尤宜竹。想主人杖履绕千回，山南北。*
>
> *宁委涧，嫌金屋；宁映水，羞银烛。叹出群风韵，背时装束。竟爱东邻姬傅粉，谁怜空谷人如玉？笑林逋何逊漫为诗，无人读。*
>
> ——《满江红·题范尉梅谷》

梅花是古人赞誉的对象，千百年来始终如一，众芳摇落，唯它独放枝头，风韵脱俗，清香淡雅，所以梅花便成了刘克庄的最爱。《论词随笔》中提到："咏物之作，在借物以寓性情。"刘克庄的这首词并非独独描写梅花，而是讲述一名爱梅之人的举动以彰显自己对梅的喜爱。

既不刻意，也不单调，整首词恰到好处地将心境与叙事结合在了一起，刘克庄的词，处处可见奇神秀骨。就如同梅花一样，这首词的内在也代表了刘克庄自己的风骨，傲然风雪之中，孑然独立。

有着怎样的胸襟与气度，便有着怎样的诗词风范，刘克庄那豪迈的气概是那个萎靡时代的一株奇葩，傲然独立，与众不同。即便是不谈家国愁恨和天下兴亡，在刘克庄的词中，还是永远能嗅到那一触即着的火药味。那是他掩藏在心底的爱恨情仇，虽然他想要像梅花一样自顾自地在万千世界中管好自己的气节就可以了，但他内心深处还是有着不可触碰的软肋，不能碰，一碰便会激起万丈的浪花。

刘克庄在后期的词作中较之前期有了许多的淡定,以下这首《贺新郎》可以算是其中的一首佳作。借着登上高楼放眼天际的时机,通过开阔的空间展示自己一如既往的开阔心胸,那里本来是可以装得下整个江山的,如今却是空空荡荡、一无所有,荒芜得长满了杂草,掩埋掉了所有的神伤。

　　湛湛长空照,更那堪、斜风细雨,乱愁如织。老眼平生空四海,赖有高楼百尺。看浩荡、千崖秋色。白发书生神州泪,尽凄凉、不向牛山滴。追往事,去无迹。
　　少年自负凌笔。到而今、春华落尽,满怀萧瑟。常恨世人新意少,爱说南朝狂客,把破帽年年拈出。若对黄花孤负酒,怕黄花也笑人岑寂。鸿北去,日西匿。

整首词奇峰突起,分量十足,内容充实,感情丰沛,用夸张和细腻的笔法将烦乱不堪的愁绪紧密衔接。词中充满了低沉回转的情调,"白发书生神州泪,尽凄凉、不向牛山滴。追往事,去无迹"。同时又用磅礴的笔势将情景很好地交融在了一起,令这首词起伏跌宕、错落有致,可算是当时词坛的一株奇葩。

有此情才有此感,时事造就英雄,但刘克庄只是在宋词中做了一世的英雄梦。人生自古缺憾之事就十有八九,生于南宋是刘克庄的幸运,也是他的悲哀,所幸的是那个朝代的风云变幻成就了他词坛上不可撼动的地位,可悲的是那个朝代的风云变幻令他终生低迷,英雄无出头之日。幸与不幸皆是一念之间,或许诚如他所填之词,一切都是天注定,何处相逢不生哀,皆是雨洗风吹了。

　　片片蝶衣轻,点点猩红小。道是天公不惜花,百种千般巧。
　　朝见树头繁,暮见枝头少。道是天公果惜花,雨洗风吹了。

——《卜算子》

少年游,羁旅天涯客

长安古道马迟迟,高柳乱蝉嘶。夕阳岛外,秋风原上,目断四天垂。

归去一云无踪迹,何处是前期?狎兴生疏,酒徒萧索,不似去年时。

——《少年游》

宋词中最广为人知的描写送别之情的当属柳永在《雨霖铃》中的那一句"执手相看泪眼,竟无语凝噎"。柳三变的词,旖旎繁华,乱人眼球,但又于"倚红偎翠""浅斟低唱"之中道出浮世悲歌、情真意切、悲欢离合。这个人生际遇无常、繁复跌宕的男人,将词作为他的寄托之物,所填词之多、内容之广泛,乃至宋朝的叶梦得在《避暑录话》中记载道:"柳永为举子时,多游狭邪,善为歌辞。教坊乐工每得新腔,必求永为辞,始行于世,于是声传一时。余仕丹徒,尝见一西夏归朝官云:'凡有井水处,即能歌柳词。'"

而柳永所抒写的有关羁旅行役之情的宋词更是举不胜举,占据他所填之词的相当一部分。或许在他心中,自己从来就是一个飘无定所,随世事所浮沉的人。这首短小的《少年游》写尽了柳永的心事,诉说了他一生的心境,上阕是而今现状的目断四天垂,四处无望的老朽之状,下阕是少年不再,青春流逝后的萧瑟之情。

因为仕途上的不甚得意,柳永的词总是让忧伤在读者的内心翻涌,而欲罢不能,这篇愁肠满怀的词惹下后人许多眼泪。虽然柳永年岁不高而逝,在世期间也是混迹青楼,与众多女子纠缠不清,"且恁偎红倚翠,风流事、平生畅",虽然没有功名,却是享尽齐人之福。不知道这样一个人,是如何将自己放逐天涯,归为羁旅之客的呢?

众人皆说柳永一生是悲苦无依的,空有满腹才华,却得不到施展抱负的机会,虽然名扬天下,却只得到了一个"奉旨填词"的任务,理想被生生地折断在了青楼的胭脂红粉里。醉眼蒙眬时,他的内心是不是早已在荒芜的世事中,长满了漫漫无边的蒿草,风吹草动,令其痛彻心扉?

柳永填的这首《少年游》怀有一种"失志"的悲哀。柳永以慢词闻名,他这首词也有慢词的影子在其中,不过这首小令是柳永晚年之作。叶嘉莹认为这首词表达了柳永"秋士易感"的失志之悲,所描写的秋天景色中,柳永不再描写莺莺燕燕,也不再高远飞扬,而是着笔于一份低沉萧瑟之感情中。受到创伤的无奈与辛酸,人生一路之苦与悲在词中展露无遗,令人读后愁肠满怀。

的确,人事到了如此地步,还有什么话好说呢?柳永,他一生心无归属,在胭脂丛中流连不返,这是他为自己做出的选择。比起天涯的寂寞来,烟火之地的繁华更容易掩藏他内心的单薄。他从未远走天涯,他与这个世界咫尺相对,却默默无语。是谁摒弃了谁,是谁失去了谁?

柳永在《少年游》中,通过平仄不苟的韵律,将他年少张狂、年老不得志的抑郁之情抒发得淋漓尽致。在他的词中,托物言志,开篇一句"长安古道马迟迟",通过对长安的引入来写出人生的欲望追求。

古代的长安多为历代王朝的首都之所在,所以通往那里的古道多是繁荣的,长安古道被借喻为是人们对利禄的追求和争夺。柳永在这之后接上"马迟迟",能形成强烈的对比,令人感慨世事沧桑,桑田变化。在早年的一切已经烟消云散的时候，今朝真的是可以笑对往昔了。"长安古道马迟迟"一句意蕴深远，玩味深刻，既表现出了词人对争逐之事早已灰心淡薄，又表现出了一种对今古沧桑的若有所思的感慨。

在柳永的生命中，想来应该是离别多于相聚。自身的居无定所，妓人的来来去去，他们本都是属于被遗忘的人，躲在一个看似嘈杂的角落里放肆说笑，因为他们都是遵循自己灵魂所指引的道路，所以拒绝了任何一种被世俗驯服的可能。

孤独并不是柳永成为这个人世过客的全部理由，只是因为找不到合适的理由留下，所以他一直有着一颗漂泊的心，至死方休。

参差烟树霸陵桥，风物尽前朝。衰杨古柳，几经攀折，憔悴楚宫腰。

夕阳闲淡秋光老，离思满蘅皋。一曲阳关，断肠声尽，独自凭兰桡。

——《少年游》

《少年游》这个词牌本就是大抵抒发羁旅之情的，而柳永更是可以借题发挥，将他内心所压抑的种种感伤情怀借此宣泄。这是一首描写送别的词篇，所描述的大抵为柳永自己的一段经历，在落日的阳关下，十分干净恬静，却又充满伤情。

古时候，那个万千世界对于人们来说是多么庞大而令人心生恐惧，人们在其面前渺小无知，因此对于每一场离别，大家都是郑重而且悲伤的，因为这就意味着茫茫前路，遥未可知。柳永通过一些巧妙的布置，将词作设置在一个安静萧瑟的大环境之中，通过"参差烟树""衰杨古柳"和"夕阳闲淡"这样的场景以及"几经攀折"这样的动作，来表现对友人离去的不舍和依依惜别的细微心理状态，将友情上升到了一定的高度，而且通过含蓄婉约的手法将那个时期的美好描写出来。词人借伤柳以伤离别，一改之前的古人"乐景写哀情"的做法，以此情此景皆哀的手法，来凸显人间离恨之深。

虽然在最后一句词人用了夸张的手法，将离愁之苦修饰得过于庞大，但最后独自凭兰桡，将一切情感都收住，将万物静止在那一刻，余味不尽。羁旅的感慨与对往昔的伤感惆怅相互渲染，悲秋离愁浑然一体。柳永写词的功力，由此可见一斑。

多年之后，柳永一脸沧桑，唯一不变的只有他在词中所留下的静谧和沉静。这是一个一生都置身于离别之中的男子，看多了灯红酒绿之地的无情笑颜，见惯了尘世间的分分合合，柳永真的明白世间无处不别离，只是他不说不语，将那万种离别、千种愁怀蕴含词意深处，懂他的人，泪眼蒙眬；不懂的人，一笑而过。

世间但求一知己足矣，以词示人，正是柳永的心性所致。羁旅之情的词作，柳永还有一首，品质上佳，值得一读。

> 对潇潇暮雨洒江天，一番洗清秋。渐霜风凄紧，关河冷落，残照当楼。是处红衰翠减，苒苒物华休。惟有长江水，无语东流。
>
> 不忍登高临远，望故乡渺邈，归思难收。叹年来踪迹，何事苦淹留。想佳人、妆楼颙望，误几回、天际识归舟。争知我、倚阑干处，正恁凝愁。
>
> ——《八声甘州》

"天际识归舟。争知我、倚阑干处，正恁凝愁。"其实话到此处，已不用多说了，人生如梦一场，谁又不是一个奔走而过的红尘过客呢？既然风雨之后幡然顿悟，在回忆起往昔的种种时，再看今日的一切，便有了词中的所感所悟。行走一生漫漫长路，作为生命的过客，就当是一场如梦初醒的羁旅罢了，天涯之路，还在前方遥未可知的地方。

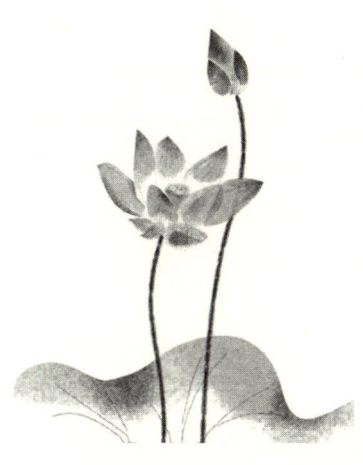

第十一章
佛佛，道道，念来生，
参禅悟道不能少

宋朝的文人喜欢参禅、悟道，有的还愿意自己上山采药。但凡对今生、对来生有好处的事情，全部要囊括在心里，落实在行动中。佛佛、道道，尘世俗缘还望仙人指路……

春赏百花秋观月：尽享年华

随着2008年一部军旅题材大戏《士兵突击》的热播，戏中许多演员深得观众的喜爱，而他们在戏中的口头禅也多被人们所引用和借鉴，例如戏中吴哲常说的"平常心，平常心"则成为现在许多人安慰他人的口头禅。其实吴哲这句话的意境古已有之，而且还被阐述得更为详尽。想来编剧在创作这一情节的时候，未必知道宋朝的无门慧开禅师，但这位高僧的确对"平常心"有他自己的一番论道。

春有百花秋有月，夏有冷风冬有雪，若无闲事挂心头，便是人间好时节；善似青松恶似花，看看眼前不如它；有朝一日遭霜打，只见青松不见花；面上无嗔是供养，口里无嗔出妙香；心中无嗔无价宝，不断不灭是真常；佛在灵山莫远求，灵山只在汝心头；人人有个灵山塔，好向灵山塔下修；佛在世时我沉沦，佛灭度后我出生；忏悔此生多业障，不见如来金色身；手把青身插满田，低头便见水中天；心底清净方为道，退步原来是向前；千锤百炼出深山，烈火梵烧莫等闲；粉身碎骨都无怨，留得青白在人间；三十三天天外天，九霄云外有神仙；神仙本是凡人做，只怕凡人心不坚。

——《春歌》

这首诗歌是无门慧开禅师创作的，这首偈子，表达了"平常心是道"的境界，与《士兵突击》中吴哲所言有着异曲同工之妙。"若无闲事挂心头，便是人间好时节。"在慧开禅师看来，如果心中了无牵挂，没有了凡尘俗世的干扰，那么一年四季，不论何时何地，都是好天气。这是佛性变化莫测所悟出的道理。能够悟道的人能在一笑之间幡然顿悟，而悟不出道的人，则是挠破头皮也想不出所以然来。

其实不论是所谓的平常心，还是无闲事挂心头，都是说起来容易做起来难的事情。这是一种自我境界的提升，表明当下才是最重要的，无须到未来遥不可及的地方去追寻。但是这种境界容易理解，却不容易做到。在无门慧开禅师的语录中有过这样的一条："赵州纵饶悟去，更参三十年始得。"就是说赵州虽然明白禅师的意思，也同意这样做，但他整整花了三十年的时间，才做到了和禅师一样的境界，达到了知行合一、理事圆融的境界。真正的美好并不能够被强行地留存到记忆中去的，这种情感只能在突如其来的那一瞬间被人们所领略，之后便是心思如漠漠烟云，荡荡而散去。

"三十三天天外天，九霄云外有神仙；神仙本是凡人做，只怕凡心不坚。"每次读完这首慧开禅师所作的偈子，都会觉得禅师遗世独立于风中，站于山顶猎猎的风中遥望世间万物，那飘飘而落的柳絮将他的双眼染上洁白的颜色，任何的烦忧和困扰在慧开禅师的心里，都只如同那柳絮一般，轻轻飘来，又翩跹落去，毫无留恋与遗憾。

人世间的倾轧与世态看得太多，就明白了人生还是淡然些好。其实平常心也是一种人们在日常的生活工作中经常会产生的心态，对于周遭事情和环境的一种态度，可以说是一种老庄思想，"不争，不抢，不贪，不虐"，这严格说起来也算是一种为人处世之道，是一种淡泊的心境。慧开禅师能达到此种境界也是经过不断的修行和磨炼才得来的。

关于慧开禅师的生平也并不多见，可以考究的也就是无门慧开禅师俗家姓梁，是南宋的杭州钱塘人。他生于宋孝宗淳熙十年，死于宋理宗景定元年，终年七十八岁，可以说是福寿双全而终。在禅师参禅入佛之后，他常四处讲经，为人们解惑，并且在1246年的时候，奉了宋理宗的旨意开创了让国仁王寺，在这座寺庙之中，他完成了流传于后世的《无门关》。

其实在慧开禅师最开始剃度出家时，他并没有这样高深的智慧。在慧开禅师刚开始寻师访道之时，他一直没有成为大师的机会，一直到他在平江府（江苏省）万寿寺参礼，遇见了黄龙派下的月林师观禅师。月林师观禅师教慧开以参悟"无"字话头，这是慧开禅师顿悟佛法最艰难的时候，他每日对这"无"字苦苦思索，但始终没有结果，他没有参透任何玄机，依然找不到可以参悟的道路方向之所在。但慧开并没有放弃，他在佛前发誓，如果参不透这个"无"字的玄机，他就宁可不睡觉、不吃饭。就这样，慧开禅师在坚持不懈了好多年之后，终于开悟，从而踏上成为一代宗师的路程。

庄子说过："不刻意而高，无仁义而修，无功名而治，无江海而闲，不导引而寿。无不忘也，无不有也，澹然无极而众美从之。此天地之道，圣人之德也。"而慧开禅师在开悟之后也明白了这个道理，执着于一件事情有时候并不见得是正确的，虽然他执着地追寻了佛理很多年，希望能顿悟"无"字中的禅机，但他真的悟出佛理时才明白，其实一切皆是虚妄，就如同"无"字本身一样，根本毫无意义。所以，他认为人生应当有所忘记、有所释怀、有所放弃，这样才能够完美。禅师与庄子相似，庄子认为百里奚之所以能将国家治理得当，那是因为他在养牛的时候能忘记身份的贵贱，之后在他当上宰相之时，才不会被眼前的利禄所蒙蔽，能够依然头脑清醒地治理国家，而且对于人生，他无所畏惧死亡，所以才能笑对生活。这一切皆是源于忘记的真理，而忘记则是"无"字的最终解释。

其实也可以说，这是平常心的另一种解释，在慧开禅师的阐述之下，便有了这样一首《春歌》的唱起。其中所讲到的种种情景，皆是世人为之苦恼的，但在慧开禅师看来，不论是四季的风云变幻，还是景物的更替循环，都没什么大不了的。慧开禅师的心性也为当时的宋理宗带来过福音。在一次久旱不雨的情形下，宋理宗请禅师请雨，禅师却只是淡然回答说："寂然不动，感而后通。"之后不久果然天降大雨。且不论究竟是禅师感动上苍，还是其他原因，单就那一份淡然便是值得后世敬仰的。

慧开禅师的《无门关》一书，有序文曰：大道无门，千差有路；透得此关，乾坤独步。正是道出了禅师的性情，他所看重的不是世间一切，而是心性为安，心安之，则性淡之。顿悟的那一刻，慧开禅师终于领悟到了自己追寻一生的是什么。

世事一场大梦,人生几度秋凉

苏轼是宋朝的一代文豪,关于他的故事流传甚广,而大多都是关于他的文采与生平的。其实苏轼还是一位参禅高手,在他的许多作品中都能看到他对于禅宗的理解与体会,而同一时代的高僧佛印,则是他参禅佛理的好伙伴兼好对手。关于他二人参禅的典故很多,其中一则便是二人在参禅之时,苏轼问佛印:"你看我像什么?"

佛印回答:"我看你浑身金光闪闪,像一尊金佛。"接着佛印反问苏轼:"那你看我像什么?"

苏轼试图捉弄佛印,便故意回答道:"我看你像一堆牛粪。"

而佛印并没有反驳,反而很认真地点头回答道:"如果这样,看来我还需再加修炼。"

苏轼得意地回家告诉他妹妹苏小妹,说他今日参禅赢得佛印无话可说。苏小妹问清缘由之后,笑着对苏轼说:"哥哥,其实是你输了,佛印心中有佛,所以看你才像佛;你看佛印像牛粪,那可见你心中装的是什么了……"

这只是一个关于苏轼参禅的小故事,真假还值得商榷,不过由此可以看出,苏轼对于佛理的热爱和专注非同一般。在苏轼的人生后期,因为人生际遇的跌宕和坎坷,他对佛理的参禅更是十分之多。苏轼还将他自己对佛的见解融汇到他的诗词之中。

似花还似非花,也无人惜从教坠。抛家傍路,思量却是,无情有思。萦损柔肠,困酣娇眼,欲开还闭。梦随风万里,寻郎去处,又还被、莺呼起。

不恨此花飞尽,恨西园、落红难缀。晓来雨过,遗踪何在,一池萍碎。春色三分,二分尘土,一分流水。细看来,不是杨花,点点是离人泪。

——《水龙吟》

综观全词,苏轼从细微虚处着笔,化"无情"之花为"有情"之人,二者相得益彰,引人入胜,就如同王国维在他的《人间词话》中说的那样:"苏词和韵而似原唱,章词则原唱而似和韵了。"这是对苏轼词的褒奖。而在苏轼的词中,意义深刻的还有他所写进去的佛理和禅意。张炎的《词源》曾对苏轼的这首词做过评价,认为这首词十分之奇特,奇在缘物生情,以情映物,使得情物交融而至浑化无迹之境。这都得益于苏轼对于佛法的理解和融会贯通。其实说到苏轼对于佛学的理解,就不得不提起在当时的中国,佛家对古代文人骚客的深远影响。

孔子曾言道:"道不行,乘桴浮于海。"说的便是那些古代胸怀天下抱负的文人,有着济世之才,却无施展之地的内心波动。在他们的内心深处,虽然对俗世有着种种向往,但对于庄子等人笔下的逍遥境界也是无所不向往的,对于佛家所讲的"一切有为法,如梦幻泡影"的内心平静也是十分向往和羡慕的。苏轼却是古往今来的这些文人骚客中,唯一一个能够将儒、道、佛三家融会贯通的文学家,东坡的笔下,写尽的不但是世间百态,还有思想巅峰上的那一颗颗璀璨明珠。

苏东坡的诗词就好像盘古开天地一般豪放自如、行云流水、空灵隽永,读起来十分地享受,而在他的诗词中所表达的佛道思想则更是为他的词注入了一股清净的流水,可以洗涤世人混浊的眼球。

  世事一场大梦,人生几度秋凉。夜来风叶已鸣廊。看取眉头鬓上。
  酒贱常愁客少,月明多被云妨。中秋谁与共孤光。把盏凄然北望。

  这首《西江月》在苏轼境遇不佳之时所填,但从词中能看出对于目前的状况,苏轼并没有被吓倒。虽然苏轼后半生的道路在被贬之中,失去的越来越多,但他并没有因此而消沉,反而在这无限的不幸人生中体悟到了人生的原本面目,在仓皇之中明了了生命的意义之真正所在处,就是人生并不是为了追寻富贵名利,而是度过就好,所以在开篇苏轼就写到"世事一场大梦,人生几度秋凉"。这是他对自己而言,也是对世人而说的。在荒芜的生活中,苏轼并没有如同那疯长的荒草一般将自己放任于天涯海角,而是在多舛的命途中旷达从容地品味着这世间的苦乐酸甜。

  如果说生活是一座大染缸,那么苏轼的词无疑就是清洗染缸的清泉。在他的娓娓道来之中,令后人在悠然自得的行文中看到当时词人放达的情怀,在《庄子·齐物论》中有"且有大觉,而后知其大梦也",说的便是苏轼这样认为世间不过梦一场的理论。李白在他的诗作《春日醉起言志》中也写道:"处世若大梦,胡为劳其生。"可以看出,在世代文人的笔墨之下,对于人生如梦的这个论调始终保持着一致性。

  苏轼虽然认为人生如梦,但他依然能将窘迫的生活过出滋味来,正如同他在落魄之时所写的一首诗《纵笔》中提到的那样,"白头萧散满霜风,小阁藤床寄病容。报道先生春睡美,道人轻打五更钟"。在清新的言语中可以看到一种从容淡定的清丽之美,可知苏轼因为参禅佛理，已经对世间的事情有所超越了，他能将生活品出滋味来，正如同他的词一样令人读后备感升华。

超脱是苏词的主要概括，在苏轼的词里，凡尘不过云烟一场，是不值得为此伤神的，这是苏轼词作的格调和脱离凡尘的特色，也正是苏轼研究佛道思想的必然结果，正如《坛经》中所说："本性是佛，离性无别佛。"因为苏轼的目光已经不再局限于表面事物，所以，他才能对人生有如此高深的见解，而在他的词作中也可以看出这种逐渐提升的人生境界来。

莫听穿林打叶声，何妨吟啸且徐行。竹杖芒鞋轻胜马，谁怕？一蓑烟雨任平生。

料峭春风吹酒醒，微冷，山头斜照却相迎。回首向来萧瑟处，归去，也无风雨也无晴。

——《定风波》

佛家的淡然境界是苏轼的为人之道，他深谙月圆月缺是自然之理，无可避免，所以人生的盈亏自然也是随缘而至的好。回首前尘，恍如隔世，强求又能如何？

物极必反，不如随缘而安

佛教的流传甚广，在传入中国后有许多的传说留下，最广为人知的便是"唐三藏取经"，成为日后小说《西游记》的蓝本。佛教在中国的历史十分悠久，唐朝后期佛教受到沉重打击之后，到了宋朝，佛教与儒学和本土的道教相互融合，形成了新的一种思想，在之后的朝代中不断延伸、渗透。苏轼在《怀西湖寄晁美叔同年》这首诗歌中写道："独专山水乐，付与宁非天。三百六十寺，幽寻遂穷年。"

对于居于江南的宋王朝，佛教的淡泊宁静之感令许多人甚觉安慰。在当时市井发达、商业繁荣的大背景之下，佛教能给人们带来与凡尘俗世不一样的感觉，因此其能得以广泛地传播也就不足为奇了。所以，寺庙也就修建得十分之多。当然，这点除了是因为人们思想上的信仰之外，还要得益于文人们的推广。拿苏轼来说，他的前半生官场起伏，而后半生则是与佛结缘，终日参悟佛法，与人讨论，而在宋朝像他这样的文人士大夫并不在少数，所以，对于佛法的参悟与推广已经成为当时的一种社会风气和时代风尚了。在那个时代，人们通过学习佛理可以了解到：其实寰宇如此之大，并非仅仅是天地君亲师而已，还有更多他们所无法领会到的领域。

这就促使当时的许多人对佛法产生了兴趣，夏元鼎就是其中之一。夏元鼎,字宗禹,是南宋时期永嘉地区的人,关于他的生平资料十分之少,只有从一些零星的文献上可以考究到他爱好旅游,而且还偶遇仙人,为他传授。他之后才自号为云峰散人、西城真人。他一生强调自身修炼,属南宗清修派。这就是夏元鼎一生的资料。

细说这些,是为了能更好地理解夏元鼎后来的思想观念,有时候知晓一个人的生平经历,才能了解这个人的心思。有些事情,知晓前因才得后果,作为历史的寻踪者,我们也只能是将其一切都探究清楚。他能词,著有《蓬莱鼓吹》一卷,书中所写大多是和佛法有关。对于夏元鼎而言,作词并非为了名留青史,成为千古文人骚客,更多的是为了记录他自己在清修之中的思想和论证。

> 天上神仙路。问谁能、超凡入圣,平虚交付。三岛十洲无限景,稳驾鸾舆鹤驭。更驯伏、木龙金虎。造化小儿真剧戏,炼阳精、耍戴乾为父。须定力,似愚鲁。
>
> 三旬一遇交乌兔。便丹成、天长地久,桑田变否。四象五行攒簇处,全藉黄婆真土。无私授、人多胡做。堪叹红尘声利客,向花朝月夕寻妆妇。应不解,乘槎去。
>
> ——《贺新郎》

现今,在科学进步的大力推动下,对于虚妄的灵魂不灭等说辞,人们已经不再拘有执忱了。但在夏元鼎所处的那个时代,因为对于未来和时空的不甚了解,人们所能解释万事万物的也只有唯心而论了,夏元鼎自然也不能免于俗套。走出历史那个时代狭小的地域,在他寻师问道期间,所得来的理论倒也是章剖句析,皆有灼见。南宋学者真德秀和他交往密切,称他所著"读之使人焕然无疑"。夏元鼎的词中多讲述的是强调自身修炼丹法,他主张"三教合一",认为炼丹是修行的一大要事。但同时,夏元鼎也认为修炼不可强求,不能操之过急,不然会适得其反,"堪叹红尘声利客,向花朝月夕寻妆妇。应不解,乘槎去"。

词尾以这句结束,表明在夏元鼎的修炼过程中,他所看重的并不单单是那成道的结果,还有修行过程。夏元鼎曾写过一首七言绝句:

崆峒访道至湘湖,万卷诗书看转愚。
踏破铁鞋无觅处,得来全不费工夫。

这便是他辗转学道的真实感受。夏元鼎的思想也可以从这首诗中窥探出个一二,他认为根本不必要执着于书本之上,而是要放眼世界,这样才不会走入歧途,或背离真相,而且一直地执着对修炼也未必就有好效果,反而在适当的时候放弃才会得到意想不到的效果。

夏元鼎一生词作颇多,但所表达的中心思想也不过就是这首七言绝句中所说的那样,"踏破铁鞋无觅处,得来全不费工夫"。在夏元鼎看来,悟道之处正在于此,不必执着,风景就在那人生的一转弯处露出春芽。这浅显的情感隐藏在夏元鼎朴实无华的笔锋之下,在他的笔尖流淌出了一首一首读之有味的诗词。夏元鼎毫不造作,就如同他寻师问道一般,在无华的光景间就流露出了真性情。这份性情从夏元鼎身上流淌而出,却不知道感染了多少后来人。

夏元鼎纯真勇敢,他就好像孩子一般在执着地追寻着他想要的东西,但他又如同孩子一般并不是为了得到而得到,所以,他最后可以在山巅之处看到云层之后的真相,那是他寻求的。

天下江山,无如甘露,多景楼前。有谪仙公子,依山傍水,结芳筑圃,花竹森然。四季风光,一生乐事,真个壶中别有天。亭台巧，一琴一鹤，泥絮心田。

不须块坐参禅，也不要区区学挂冠。但对境无心，山林钟鼎，流行坎止，闹里偷闲。向上玄关，南辰北斗，昼夜璇玑炼火还。分明见，本来面目，不是游魂。

——《沁园春》

所以，夏元鼎的词中多带有仙迹仙踪，读他的词就好像在山顶之上吹着清冷的微风，令人神清气爽，但又刺骨而寒，"南辰北斗，昼夜璇玑炼火还。分明见，本来面目，不是游魂"。但再读下去，又是好像峰回路转、柳暗花明一般，人生的奇妙在夏元鼎的词中一览无遗，没有任何缘由，也不需要什么借口，只是信步走过一生，就好像饭后散步一样的悠闲。在夏元鼎的词中，便是这样无忧又无畏的人生。

虽然怡然自得并不是始于夏元鼎，前人也有这样淡泊清疏的词句，但是，夏元鼎却能将这份情愫入木三分地描写出来，因为这是他一生所悟出的道理。人生很长，人生很短，夏元鼎借着四季风光来写人生应当巧乐对待，其实寻道不需要专门的坐禅，也不需要专门的桂冠，只要心中有道、心中有佛，便是一生流连四方，也最终是身处佛道之中。这便是夏元鼎的人生哲学，他睿智地看到了人生的关键之所在，便是随缘而安。

要识刀圭诀，一味水银铅。驴名马字，九三四八万千般。愚底转生分别，划地唤爷作父，荆棘满心田。去道日以远，至老昧蹄筌。

譬如人，归故国，上轻帆。顺风得路，夜里也行船。岂问经州过县，管取投明须到，舟子自能牵。悟道亦如此，半句不相干。

——《水调歌头》

人生长路，很多时候都由不得我们自己来选择，执着还是虚妄，完全在人的信念之间。不过，话虽如此，但命运并不是决定一个人人生之路方向的最终裁定者，在人生的岔路口上，决定最后方向的还是自己。虽然讲求随缘而安，但这所谓的缘分也是要靠自己来争取到手，不是从天而降的，所以，只能说人各有志，虚妄淡然，皆是表象。正如夏元鼎词中所言"舟子自能牵。悟道亦如此"，世事漫随流水，风吹船动，船走人随，人间之事就如同落入掌心的水滴，倏忽而至，又倏忽而逝，抓不住影踪，不如随缘。

炼丹与悟道，一个都不能少

作为中国土生土长的宗教一派，道教不可不提。道教古来有之，尤其是在宋朝的时候，道教之风更是盛行全国，成为备受尊崇的宗教，还被宋朝皇帝定为国教。宋朝许多皇帝都是道教的信奉者，他们以道家祖师老子的嫡系子孙自称，日日修行，希望可以得道升天。在那个时代，道教的盛行成为一种时尚。其实作为一种宗教，道教的最初来源也不过是对自然、图腾和祖先的崇拜，但是经过历史漫长的发展，这种信仰逐渐被重视，发展成为"三教合流"，成为统治者治理国家、统治人民的思想工具。

"庄周晓梦迷蝴蝶"，李商隐的一句唐诗令庄子的道教思想得以发展到极致，而在宋朝，一个名叫张伯端的人则是把道教推向了一个从未有过的方向，令道教在中国当时的发展有了很大的变化。

此道至神至圣，忧君分薄难消。调和铅汞不终朝，早睹玄珠形兆。

志士若能修炼，何妨在市居朝。工夫容易药非遥，说破人须失笑。

——《西江月》十二之二

这是张伯端刚开始悟道时的作品，属于他的早期诗作。读到这首词的时候，似乎能穿越茫茫时空，看到张伯端打坐于面前，眼眸流动出淡淡思绪，却又无法言说的情愫，周身摆放的烟炉里，还有未能燃烧完的熏香袅袅冒着青烟。这是张伯端近乎一生的生活，他生于北宋时期，字平叔，号紫阳仙人，后人又尊称他为紫阳真人。张伯端虽然从小饱读诗书，浏览世间万千书卷，精通天文地理、算卦占卜，但他并没有在最初就走上寻真悟道之路，而是在一次偶然之后，才萌生了入道炼丹的念头。

张伯端人生的前半段，几乎全部的青年光阴都耗在了府衙里，他担任幕府，一直平淡无奇地生活着，如果没有那件偶然的事情发生，恐怕他也只是和历史上其他的大多数人一样被湮没在猎猎风尘之中，而无法被我们所熟知了。

张伯端十分喜欢吃鱼，一日，他在府邸办事情，家人就派了一名丫鬟过去为他送饭，里面有一盘鲜鱼。他的朋友想和他开玩笑，就趁他不注意，将他的鲜鱼放到了房梁之上。张伯端后来找不到鱼，便认为是丫鬟偷吃掉了，他回家后十分生气地责罚了那个送饭的丫鬟，令丫鬟羞愤不已，自杀而亡。事后过了很久，他在府衙办公，忽然见房梁上有蛆虫掉下，他上去查看，才发现了那盘他误认为被丫鬟偷吃掉的鱼。他十分后悔，认为是自己害死了丫鬟，故而喟然长叹说："如此积牍满箱，其中冤事不知多少啊！"

这件事情令张伯端久久不能释怀，他后来作了一首诗云："刀笔随身四十年，是非非是万千千。一家温饱千家怨，半世功名百世愆。紫绶金章今已矣，芒鞋竹杖任悠然。有人问我蓬莱路，云在青山月在天。"随后便放了一把火将案卷全部烧毁，按照当时宋朝的法律，他这是火烧文书，应当被发配边疆，所以，他便被流放到了岭南，从此开始了他悟道所走出的第一步。

悟道的生活应当是枯燥无味的，从古籍中那一星半点的资料中，无法揣测出张伯端是一个怎么样的人。他是如何放弃之前衣食无忧的生活，转而入道悟道呢？无可考究，只能从眼下少量的文献中低头读出他的思索，读出他的人生。

欲了无生妙道，莫非自见真心。真身无相亦无音，清净法身只恁。此道非无非有，非中亦莫求寻。二边俱遣弃中心，见了名为上品。

在熙宁二年，也就是公元1069年的时候，张伯端在成都遇到了一位高人，传授他金液还丹秘诀，这之后便是从张伯端到紫阳真人的转变过程，而张伯端也就此开始了他"三教一理"的宣扬过程。在上面的这首词中，可以看出自此时起，张伯端的思想已经逐渐纯熟，出道入禅，以彻了禅宗性学为归宿。当然，这只是通过他所留下的这些文字来揣测他内心对于道的领悟程度。

张伯端在悟道之后，曾遇到过一名高僧，据记载，这名高僧可以日行百里，有着上乘的禅法。二人相谈甚欢，一起相约去扬州观赏花会，统一意见之后，二人便进入卧室，相对而坐，不一会儿就调出元神到达了扬州。之后二人醒来，张伯端问高僧可曾折到花束，高僧无语，而他则手捧出一枝花。这个典故虽然只是一个传说，不可信以为真，但也从中可以看出张伯端的一些修道之法来。根据他自己所言的一段话可以看出端倪："修持之人，开始也不参悟大道，而希望速成，形如槁木，心若死灰。神识内守，一志不散，定中以出阴神，那是清灵之鬼，不是纯阳之仙。因其专一，阴灵不散，为鬼仙。虽说仙，其实是鬼了。所以学神仙者弃之。释迦也说：'惟以佛乘得灭度，无有余乘。'又说：'世间无有二乘得灭度，惟一佛乘得灭度尔。'释迦不选取二乘，也是我教不取鬼仙方法是一样的。况且人的根基有浅深，所以释氏讲三乘之法，道家分五等之仙，还有三千六百旁门法。钟离真人曾说：'妙法三千六百门，学人各执一为根，岂知些子神仙诀，不在三千六百门。'这正如释迦所说：'惟一佛乘得灭度之意了。'"

可以看出,在张伯端的心中,他是希望将道教与其他宗教融合在一起的,正如他在自己的创作中所言的那样:"二边俱遣弃中心,见了名为上品。"张伯端问道一直持续到他生命的终结,在元封五年三月十五日,他羽化登仙,终年九十九岁,并且留下了尸解颂云:"四大欲散,浮云已空,一灵妙有,法界圆通。"

晚年的张伯端沉迷炼丹,他认为禅道双融合,就应当有一种独具特色的内丹学说而出。下面是张伯端为他的内丹修炼所写的文字,虽然不具备何种文学价值,却是那个时代宗教的一种另类记载。

真土擒真铅,真铅制真汞,铅汞归真土,身心寂不动。
虚无生白雪,寂静发黄芽,玉炉火温温,鼎上飞紫霞。
华池莲花开,神水金波静,夜深月正明,天地一轮镜。
朱砂炼阳气,水银烹金精,金精与阳气,朱砂而水银。

——《金丹四百字》

张伯端的一生为了寻道而孜孜不倦,姑且不论他这一生意义几何,单就他执着于此的念想,也是足以令人敬佩的。作为求道之人,张伯端堪称始祖。不知道张伯端在打禅之时,是否会想到自己多年之后,脸上沧桑日渐浓郁,不再是那个口若悬河、身形翩跹的公子哥儿,也不再是府衙中那个幕僚了,但他神色依然悠悠,就好像时光从未从他心中蹚过一般,怡然自若。这就是他所寻求的道之所在。

第十二章
亡国,遗民,哀叹音,
一页史书轻翻过

今天,人们品味王朝的更迭,只需要轻轻地翻动一页史书,一个国家的短暂与辉煌也便就此别过。但是,亡国的痛楚却如哀婉的鸣叫,始终回荡在故土的天空。军队可以被打垮,城池可以被攻破,唯有人心,是这世间最难俘获的一座堡垒。

亡国遗民的荣辱历程

北宋灭亡,南宋退居江南一隅,最终却也难逃覆灭之末路。在临安建都,宋室只求安居一角,却忘记了卧榻之侧岂容他人酣睡的古训。宋朝开国皇帝赵匡胤在剿灭其他皇室之时,恐怕从未想过有朝一日他的江山也会被他人悉数夺走。只是他作古多时,那亡国的哀痛由他的后人为他承受,那四起的狼烟他不会再看到,但是,有人看得到,并深切地感受那沁入骨髓的疼痛。

王沂孙改变不了外族铁骑兵临城下的局面,他亲身经历南宋覆国之变,那场巨变将一粒带有毒性的种子注入他心底深处,在之后的岁月里,慢慢开出妖艳却弥散着氤氲毒气的花朵。每每毒发,他便疼得不可收拾,唯有写下诗词,将这毒暂时排遣出去。然而,那却是治标不治本,因为毒已入心,无药可解。如若他就此过完一生,倒也能落个忠贞之名,却偏偏因为他才情过人,被元朝政府拉去做了几天学官,这下却落了个千古骂名,成为失节的叛国贼,不似与他交往密切的张炎、周密等人,既保全了性命,又保住了名节。

南宋灭了,国家破了,家也没了,本来就苦,而他又担上了辱国的骂名,这下更是苦闷难以排解,所以,他的词更是隐晦难懂,在遣词造句的精心打造上将他内心的哀怨抒发而出。

一襟余恨宫魂断,年年翠阴庭树。乍咽凉柯,还移暗叶,重把离愁深诉。西窗过雨。怪瑶佩流空,玉筝调柱。镜暗妆残,为谁娇鬓尚如许。

铜仙铅泪似洗,叹携盘去远,难贮零露。病翼惊秋,枯形阅世,消得斜阳几度。余音更苦。甚独抱清高,顿成凄楚。谩想熏风,柳丝千万缕。

王沂孙所填之词虽大多悲苦,表达哀国伤思之意,但风格与周邦彦却极为相似,都有含蓄深婉之情蕴含其中。一首《齐天乐》开篇点题,下笔不凡,首句"一襟余恨宫魂断",用"宫魂"二字点出题目,之后平接一句"年年翠阴庭树",看似平淡无恙,其实直摄神魄。这里头其实还有个典故。

相传,齐国一名皇帝对他的皇后不好,导致这名皇后幽怨而死,死后化作蝉飞上庭树枝头,声声低鸣,婉转凄凉。皇帝听后内心悔恨,故赐名蝉女为齐女。齐女化身为蝉,利用哀啼来表达自己的哀思,这令词读起来感伤万分。而词人引典据经,通过描写蝉生活的庭树来表明自己所生活的环境,也是同样孤寂凄苦。东晋的陶渊明因为不满世事,躲进了东南山下,采桑种菊,写下了千古名句,还为世人所称颂。而王沂孙却只能将隐痛藏于心底,抱着学官的官印于人前苦笑,空添余恨,落得满腹的辛酸委屈。

繁华终是要凋零入土,"病翼惊秋,枯形阅世,消得斜阳几度"。他作为前朝之人来做当朝官员必定为人所不容,更何况他自己也早已经万念俱灰,形容枯槁了。都说上有天堂,下有苏杭,杭州一块福地,是人间的富贵乡,但就算再多富贵,也难抵心中枯涩的前尘往事。

辞官归隐,王沂孙终于还是这样做了,早先的过错就随着他的消隐而逝去吧,毕竟一个朝代的消亡不能成为他为之陪葬的理由。他迟疑过,停留过,而今他决然离去也是需要勇气的,每个决定的背后都需要极大的勇气。虽然在他的眼中，那片废墟瓦砾上依然有着摄人心魄的美存在，那曾是他的故国，即使是亡了，他和那片土地也依然有着千丝万缕割舍不断的血脉相连。

"商飙乍发，渐渐渐初闻，萧萧还住……"秋去冬来，四季又过了一个轮回，曾经在树枝上长鸣的蝉虫也化作空壳，静寂下来。是谁说过离开是为了更好地归来？此刻的王沂孙只想安然地躲在他的茅屋之中，"背青灯吊影，起吟愁赋"。

牡丹亭里的杜丽娘掩面泣道："如花美眷，似水流年，似这般，都付与了断瓦残垣。"如同女子在禁锢的游园中，苍白消瘦死去一样，王沂孙虽是离开了那个桎梏着他自由的朝廷，但就是逃离到这荒郊又有何用？

作为南宋遗民，他拖着病弱的身躯在宅院中独吟诗词："残雪庭阴，轻寒帘影，霏霏玉管春葭……"一阕未终，早已泪透衣襟。春光已逝，前尘如梦，漫山的残雪点点滴滴透着别离愁恨，那是遮也遮不住的思愁，盖也盖不住的沉痛。

山间清雨飘飞，像丝绸一般明亮细润，让人忍不住就爱到心头，提笔填词一首，只为铭记半生前的那个江南故国。

  明玉擎金，纤罗飘带，为君起舞回雪。柔影参差，幽芳零乱，翠围腰瘦一捻。岁华相误，前度、湘皋怨别。哀弦重听，都是凄凉，未须弹彻。

  国香到此谁怜，烟冷沙昏，顿成愁绝。花恼难禁，酒销欲尽，门外冰澌初结。试招仙魄，怕今夜、瑶簪冻折。携盘独出，空想咸阳，故宫落月。

——《庆春宫》

挥毫而就，那题词的宣纸晕成一片，飘着清香的墨迹泗出一朵朵墨灰色的骨朵，绽放出刺目的花朵，令他想起了过去的那些年，自己青年时期的抱负、曾经游历过的山水、曾经交往的友人，还有故乡那永远开不败的红莲和一如既往翠绿的西湖。思绪就好像是苍茫天地间飞过的孤雁，不合时宜地在王沂孙的记忆中划过一道抹也抹不掉的痕迹。

一首《庆春宫》就好似一场惊天回忆。上阕从亡国开始写起，"明玉擎金，纤罗飘带，为君起舞回雪"。美人曼妙起舞，如烟似雪，可谓妙手偶得之笔，将南宋糜烂的宫廷生活一语道出，也铺垫了亡国的原因。下阕继续陈述亡国后的宫女，并且将水仙花拟人化，采其貌而取其神，《词学通论》认为王沂孙的这首词是为当初的亡国嫔妃王清惠等人所作，是对于这些亡国女子的咏叹和哀赞。

"试招仙魄，怕今夜、瑶簪冻折。携盘独出，空想咸阳，故宫落月。"王沂孙的内心只怕是一直存在着某种无望的期待吧，虽然国家已亡，他自己也因为困顿的生活而"迢递归梦阻。正老耳难禁，病怀凄楚"，但蹉跎的岁月中，他依然寂寞而且卑微地将这个小小的愿望绽放着，瑟瑟地隐逸在蒙古铁骑大军之下，黯然地开放着，等待着被人摘取。

直到临死时分，才明白有些东西失去了就是失去了，"几度春风，几度飞花"都已不在了。哀愁令人衰老，早逝的王沂孙在悲苦心境中耗尽了一生的热情，原来生命有时和王朝一样短暂，在倏忽的等待中，就已草草结束了。

他死后，一切也就都随之灰飞烟灭了，他终其一生也无法走出那片阴影。在他身后永远留下了"纵飘零，满院杨花，犹是春前"的感悟，落进了厚厚的故纸堆里，也化作了一曲幽咽哀婉的悲歌飘荡在宋词的王国中，久久凝脂，馨香如故。

这个男人，命运将他放于掌心肆意颠覆。在命运的转轮里，谁都无法幸免，即便是坚韧如他，在沉默中担着别人对他背叛的冷嘲热讽，依然无声无怨的他，对于上苍的双手，也同样无能为力。情有余而力不尽，纵使独抱清高，也是心下凄楚。在历史暗淡的那个瞬间，谁又能看清那如同黑洞般的沉沦？

江南无路，此苦谁知否

> 天上低昂似旧，人间儿女成狂。夜来处处试新妆，却是天上人间。
>
> 不觉新凉似水，相思两鬓如霜。梦从海底跨枯桑，阅尽银河风浪。
>
> ——《西江月》

词中最令人唏嘘感慨的便是"夜来处处试新妆，却是天上人间"这一句了。天上与人间，写尽了人生起伏，世事无常。那个名叫刘辰翁，别号须溪的男子历经两个朝代，虽有亡国之恨，却身在新朝之中，他是真的对天上与人间，切身感悟极深的吧。

宋元交替，战乱纷纷、动荡不安的年代，就是刘辰翁生活的时代。从他出生的第三年开始，南宋愈加地腐败无能，面对北方崛起的少数民族政权显得无能为力。面对灾难，人人都在选择保命安家，只有他在面对国耻家恨时，慷慨而言："济邸无后可恸，忠良残害可伤，风节不竞可憾。"何为风节？高堂之上的大宋皇帝不懂，位极人臣的贾似道不懂，在战火中惶恐的黎民不懂，只有须溪他懂。这首短短的词作像极了刘辰翁的一生。上阕写出七夕儿女狂欢的景象，下阕写出词人对人世变幻的悲哀。"天上低昂似旧",但"却是天上人间"。

刘辰翁说"忠良残害可伤"是针对贾似道而言的,他说"风节不竞可憾",是说给他自己听的,这话虽说得铿锵有力,听在耳朵里却将有些人的心敲击得极不舒服。所以,尽管须溪在殿试之上赢得了耿直之名,却为当时的权臣所不容。仕途几经坎坷,自己经历磨难不说,还几乎将性命也丢掉了。

可怜他有等身著作,有绝代才华,却是个福薄命薄之人,人生总不得意。当时的南宋朝堂已然是乌烟瘴气,虽然有些忠义之士钦佩于他的为人,相继倾力举荐他居史馆,希望能为他在南宋政坛上留有一席之地,可是他深知朝廷已成为一摊污泥,他不愿同流合污,也难容于权贵,为了独善其身,他谢绝好意,到山林隐居了起来。

刘辰翁这个人光明磊落,孑然独立,骨子里应当是透着桀骜与不逊的气息,不然他不会在朝堂之上就给当朝宰相贾似道难堪,他更不会拂去好友美意,情愿闲云野鹤,也不愿立足宫中委曲求全。

这个想要担当天下的男人,在一个毫无征兆的日子里,却在天地之间的某个角落里得知了南宋覆灭的消息,本是想沉溺于"桃花源"中乐不思蜀,却没有料到桃园外的世界已经是无可奈何几重天了。刘辰翁发出了"我亦每饭不忘"的悲呼,这个曾经鄙夷一切、抛弃一切的男子,在所有人都作鸟兽散去的时候,他回到了原点,在最初离开的坐标上安然地守候了下来。怀着对故国的眷顾,对新朝的满心鄙弃守候了下来。他和苏轼一样是个天才,但他的命途中更多了些苦情戏份儿。比起苏轼人生的一起三落,刘辰翁却始终暗淡无光地在漫漫长路上蹒跚前行。须溪的词意凄婉更胜一筹,恐怕便是源于自身的经历更为悲苦。

"余自乙亥上元诵李易安《永遇乐》,为之涕下。今三年矣,每闻此词,辄不自堪。又之易安自喻。虽辞情不及,而悲苦过之。"这是刘辰翁在填《永遇乐》时所题的小序,其时恰逢南宋国都临安

被攻陷,悲愤交加,他填下了这首词:

> 璧月初晴,黛云远澹,春事谁主。禁苑娇寒,湖堤倦暖,前度遽如许。香尘暗陌,华灯明昼,长是懒携手去。谁知道,断烟禁夜,满城似愁风雨。
>
> 宣和旧日,临安南渡,芳景犹自如故。缃帙流离,风鬟三五,能赋词最苦。江南无路,鄜州今夜,此苦又谁知否。空相对,残釭无寐,满村社鼓。

借李清照身世来抒发自己的亡国之苦,而词中一句"江南无路,鄜州今夜,此苦又谁知否"则更是道出了自己比李清照更苦。那时的南宋大地只剩下了广东几个地区在殊死抵抗,但早就大势已去,难以支持了。

哀莫大于心死,刘辰翁留不住分崩离析的大宋王朝,索性便只看风月,不看世事。不是因为改了性情,只是他怕触碰到心底难以愈合的亡国之痛,那一痛,可是着实会令他震颤不已。

南宋消亡之后,他便发誓不再复出,既是不想为新朝出力,也是怀抱缅怀旧朝的心态。他甘居淡泊,专心著述,但是在他所作的诗词中可以看出他感伤身世,忧国忧民的情愫充溢其间。

> 香雪碎团团。便会枝头带露餐。笑倒那人和五屑,金丹。不在仙人掌上盘。
>
> 千树等阑干。山崎朱门梦里残。花下工人都在此,谁看。天上人间一样寒。
>
> ——《南乡子》

言短意长,音节短促而悲咽,情随声出,最后一句"谁看。天上人间一样寒"看似平淡无奇,却蕴含丰富的情感,在惨淡的诗意中,词人对故国的眷顾之情喷薄而出，如同尘封多年的烈酒一样，浓烈四溢。

岁月悠悠，不亡待尽，所幸的是人间虽然风云变幻，天上依旧明月当头，心底的哀伤在抬头望到一如既往的明月时，才可以稍稍得以缓解，至情至性恐怕也不过如此而已吧。同为南宋遗民的张孟浩曾为之深深感动，亲笔赋诗一首以赞扬须溪的不悔精神："首阳饿夫甘一死，叩马何曾罪辛已。渊明头上漉酒巾，义熙以后为全人。"

高风亮节，不屈不挠，这是他赢得后人推崇的足够理由，然而刘辰翁自己却一直温然淡定，虽然在词风上会表现出情辞跌宕、笔意神游的刚劲情感和复杂情愫，但是面对故国烟雨楼台改的局面，他所看到的一直是在为光复大宋朝而努力的那些人们。

宋亡后，辰翁有一首写亡国之痛的《柳梢青》：

铁马蒙毡，银花洒泪，春入愁城。笛里番腔，街头戏鼓，不是歌声。

那堪独坐青灯。想故国、高台月明。辇下风光，山中岁月，海上心情。

这首词，倾吐了刘辰翁对故都汴京的怀念，对家人离散、自己处境凄凉的哀叹，"山中岁月，海上心情"，抒发了对南宋亡国后，那些南宋后人依然逃亡海上、励志复国的举动的钦佩之意。

其实南宋亡国之后，刘辰翁本人也是一直流亡，长期漂流在外的。南唐后主李煜亡国之后写的"雕栏玉砌应犹在，只是朱颜改"，看起来也是悲悲切切，但比起须溪词中的"那堪独坐青灯。想故国，高台月明"，似乎就少了那么一些悲凉。

辰翁之悲，实在是亡天下之悲也，而李煜的悲更多的是悲叹自己失去自由，沦落为阶下囚，两项相比，便自有微意。辰翁刻过一枚印章，底上四个大字"三代人物"，这是他以古代高士自比的表现，真真是词如其人，言如其人，行如其人，表里如一，天下大丈夫真英雄者，刘辰翁可算是其一。

一生冷眼旁观世事闲人，但骨子里的刘辰翁却是个伤心人，失国之痛对于他来说是伴随一生的隐患。刘辰翁于元成宗大德元年卒。头顶明月亮如白昼，撒下来一地的清辉，这样的男子只能说在红尘万里中，他算是斑斓一撇。

踽踽独行的末路英雄

身为"宋末四大家"之一的他写道:"流光容易把人抛,红了樱桃,绿了芭蕉。"乘船漂泊在旅途中的倦游归思之情在词中显露无遗。透过书卷可以想象,千年前,在江中的一叶扁舟上,一名男子神色萧索,独坐船舱之中,看着江面江水流动,宛如时光一般。他刚想伸手去抓住,却随着小舟的前行,他手中只有倏忽留下的几颗水滴而已。

男子名叫蒋捷,号竹山,是江南一地的望族后人,在南宋末期考取了进士。可惜的是,还未来得及被授予官职,风雨飘摇中的南宋便消亡了,而蒋捷也就此隐居进了太湖竹山,不再出仕,抱节以终。

人生长路,很多事情总是难得由我们自己进行选择的,世事无常且无情,漫漫长路还需且行且珍重。蒋捷注定了是要一生漂泊的,他就像一只永不停歇的飞鸟,盘旋在天地之间,或许只有当他最后真的倦怠时,才能停在枝头。不管如何,身后千山万水的长路,他是要一人独行的,因为心中有亡国之痛,这痛难以消除,只有靠自己来治愈。

白鸥问我泊孤舟,是身留,是心留?心若留时,何事锁眉头?风拍小帘灯晕舞,对闲影,冷清清,忆旧游。

旧游旧游今在否?花外楼,柳下舟。梦也梦也,梦不到、寒水空流。漠漠黄云,湿透木绵裘。都道无人愁似我,今夜雪,有梅花,似我愁。

这首词是南宋灭亡,蒋捷归隐之后所填。当时恰值寒冬,他正乘船在外,忽逢大雪,江面被冰雪所阻挡,蒋捷只得将小舟停于荒野之上,等待风雪稍小后再起程上路。然而旅程漫漫,实在是寂寞难耐,枯坐在船舱中的蒋捷放眼望去,四周一片白茫境地,怀旧之情油然顿生,便填了这样一首《梅花引》。

虽然是正逢风雪当头,但他开篇并不写风雪,而是以虚写实,用白鸥发问引出了当时自己去留不得的尴尬心情。"是身留,是心留?"词人嘴角挂着自嘲的笑容,其实身留又如何,心留又何妨?在风雪阻断的激流之中,看着天空一片白茫茫,那时才感觉这个天地是真的干净了些。

毛晋曾评论蒋捷的词是:"语语纤巧,字字妍倩。"刘熙载还说他所作之词"洗练缜密,语多创获"。整首词看来的确如此,虽然看起来似乎在为去留而烦恼,其实却是围绕着"心若留时,何事锁眉头"这句而展开。蒋捷填词实在是用心良苦。

词的上阕在疑惑是去还是留的问题,而下阕便转到了愁绪之上,也可以说上阕也是在说愁。这首词通篇都在围绕这一个"愁"字而写,蒋捷并不是在这片江水之上难以决定自己的去留,而是在整个当时所处的时代洪流之中,难以找寻方向。

在张爱玲的小说《半生缘》中,曼桢在遭逢世事变故之后重逢世钧,她并没有想象中的兴奋与欣喜,而是满面惶恐地对这个她曾经深爱的男子低喊:"我们回不去了,再也回不去了。"蒋捷就像是不安的曼桢一般。

他独坐在风雪交加的湖面上,与他相伴的只有一叶扁舟而已,"梦不到、寒水空流",那过去的一切就像身下悠悠而尽的江水,是他拼尽全力也无法抓住的往事。这是蒋捷心中所悲苦的事情,从他早年考取功名的举动可以看出,他的内心是希望进入仕途的,只是命运弄人,因为爱国的气节,他选择了隐于太湖。

在词末,他提到了"今夜雪,有梅花,似我愁"。他爱梅是世人皆知的,因为梅花高洁,开于冰寒的冬季,在大风大雪中傲然独立,这正是他的自比。然而,梅花不畏惧风雪,他却是在寂寞的生活中品出了深深的愁苦。

从这首《梅花引》看来,蒋捷确实是道出了梅花的清妍之美,同时也诉说出了自己的心境,婉转逆折,此时说什么在劫难逃、宿命所归都是无用的,只消在这安静的雪天里聆听寂寞的声音,就足够了。

梅花开过千年,花开花落,繁华了多少,又凋零了多少,似水的流年,如梦的年华,金榜题名似乎还在昨日,今朝却已物是人非。虽然外表看起来旷达、玩世不恭,然而谁又能了解到自己内心的隐痛和消沉呢?

> 枫林红透晚烟青,客思满鸥汀。二十年来,无家种竹,犹借竹为名。
>
> 春风未了秋风到,老去万缘轻。只把平生,闲吟闲咏谱作樵歌声。

一首《少年游》以写景起调,叶红烟青,虽然极尽绚烂,但是细品之下又可觉出凄凉。枫叶再红也是深秋时分即将要凋零落地的,烟雾虽美,但上升之中也总是会缥缈散去,这人世间的事情总是美到极致便会悄然凋零,就如同自己一样。蒋捷感怀身世,在秋风之中将平生看透。

虽然现在"闲咏闲咏",但也只是故作洒脱,王朝兴替本是无可奈何的天理循环,但生于斯,又岂是一句天理循坏就能将心结打开的?时光兜兜转转,转到最后,原先的情感依然没被释放,还是积压在心底,无处安葬。

所以,晚年的蒋捷才会心情复杂地填下这首听雨词。他不是在听雨,而是在追思他这一生颠沛流离的生活;他也不是在写雨,而是描下他这凄风苦雨、动荡不安的一辈子,他要让萦绕在心头多年的愁绪一并从笔尖喷薄而出。

> 少年听雨歌楼上,红烛昏罗帐。壮年听雨客舟中,江阔云低,断雁叫西风。
> 而今听雨僧庐下,鬓已星星也。悲欢离合总无情,一任阶前点滴到天明。
>
> ——《虞美人》听雨

词从听雨入手,将蒋捷一生的境况一一表现出来,通过时空的跳跃,把他这一辈子的戏融会其中。是谁说人生如戏的,人生果真是在时间这个大舞台上演绎着戏台子上才有的剧情,不然,为何正是春风得意、意气风发的时候,命运的轨迹会突然急转直下,将他送入暗不见底的深渊之处?

从此再没有灯红酒绿的逐笑生涯,也不会再有那风光无限的青春年华,一切来去都太过匆匆,甚至匆忙得令人怀疑这是否就是自己经历过的岁月。抚今思昔,百感交集,蒋捷在太湖小舟上看着湖面上落下的纤纤雨丝时,他是否还会记起曾经在谈笑之间便夺得魁首,又是否能料到来日他双鬓斑白之时,依然躲在这船舱之内,看雨听风,人生从此就在历经离乱之后逐渐憔悴下去。

"一任阶前点滴到天明",从旧时的自己到而今的自己,在尝遍了悲欢离合之后,对待世事的态度已是心如止水、波澜不惊了。从词中能看到的不仅是蒋捷个人从风光到衰老的历程,同样也可以透见南宋这个朝代从兴盛到衰亡的嬗变轨迹。蒋捷似在说自己,又像在谈时代,欲说还休地对词把控着,将读者带入他独有的情感世界中去。

只能说,人生是一本太过仓促的书,恍惚间还没来得及细细阅读,一切早已雨打风吹去。词人在苍茫大地上踽踽独行,在他想要回首再望一眼早已过去的南宋王朝的萧瑟身影时,才突然发现那一切早已遥不可及,难以寻觅了。

物是人非，事事只能休

生于末世就是他一生悲剧的开始，临安（今日的杭州市），他和这个地方已经相处了太长的时间，从出生到如今，似乎漫长得有了一生的跨度。不过很快，他将远离此地并将再也无法回来，因为这里将不再属于他，永远不。早已忘记在何地看过一句话：每个人都是命运掌心卑微的尘埃，被任意地翻覆着。当时并未觉得如何，而今想来，却是心头一番苦涩。

张炎出身名门望族，年少学识广博，整个家族世代居住临安，曾祖父张镃在临安南湖筑有名园。祖父张濡是南宋武将，世代享受朝廷恩泽。若不是那场惊天的变故，张炎只怕也是考取功名、在朝为官度过一生了。

但是命运的天平总是在一刹那就会突然倾斜，元兵南下占领临安之后，身为武将的祖父被捕，并遭残忍杀害。张家至此陷入了天塌地裂般的万劫不复之地，资产被抄查没收，家丁亲人大多罹难，唯独他逃了出来，孤身一人流落异乡。有时候活下来并不是最大的幸运，反而是沉重的负担，痛失家园，与亲人惨遭分离，这些都令张炎在正好的年纪承受了难以背负的重荷。

辔摇衔铁，蹴踏平原雪。勇趁军声曾汗血，闲过升平时节。茸茸春草天涯，涓涓野水晴沙。多少骅骝老去，至今犹困盐车。

——《清平乐·平原放马》

  填下这首词的时候，张炎必定心如针扎，鲜血顺着他的血脉向外喷涌，从世家子弟变为浪迹天涯的遗民，看着自己年华老去，却只能安于一隅闲散度日。如果南宋依旧存在于历史上的话，这或许会是张炎的理想，而如今南宋被灭，家仇国恨令张炎度日如年，每日只能以愁恨来填补人生的空白。天道无常，就如同天涯尽头的春草野水一般，还未来得及鲜活，便已经随着世事的沧桑流转而荒芜在了荒野之上。
  想来张炎奔走出逃的时候，是没有想过还会重回故园的，那里曾经是他出生成长，有着满满记忆的地方。可是多少个在外流浪的日夜，他却不愿也不敢在午夜梦回的时候，再回到那里去看看，哪怕是在梦中，他也害怕重新面对飞来横祸的一刹那，原先的幸福是如何没有预兆地倒塌的。
  然而世事难料，就在十年之后，张炎居然再次回到临安，回到了他生活多年的旧居。重回旧地，他一腔悲楚无处宣泄，睹物思旧，只能将胸膛中四处窜动的情感流于笔尖之下，填下了这首词。

  望花外、小桥流水，门巷悽悽，玉箫声绝。鹤去台空，佩环何处弄明月？十年前事，愁千折、心情顿别。露粉风香谁为主？都成消歇。
  凄咽！晓窗分袂处，同把带鸳亲结。江空岁晚，便忘了、尊前曾说。恨西风不庇寒蝉，便扫尽、一林残叶。谢杨柳多情，还有绿阴时节。

——《长亭怨》

  故地重游令张炎心中所感的除了悲痛便是悸动，站于门外久久徘徊的他无法想象这十年的光阴会将当日的故园改变成何种模样。"望花外、小桥流水，门巷愔愔，玉箫声绝。鹤去台空，佩环何处弄明月？"每每读到此处，都可以在眼前浮现出一名清瘦男子，一袭青衫遮体，踟蹰于家门之外，手足无措的举动。通过远观可以看到花木依旧，流水仍然，但是当日的箫声早已不知何处去寻，十年的光阴带走的不仅是旧园繁花似锦的旧日，还有旧人悲恸难寄的心绪。

"物是人非事事休，欲语泪先流。"同朝代的李清照在流亡之际写下此句，那时的她已经五十五岁，人过天命便是世事看淡了，但尽管如此，也依然心存哀伤。而张炎还是壮年之际，而且男子比起女子来，往往更多了一份沉痛。走进故园，看到历时十年的景物似乎有些陌生，却依然熟悉时，张炎所感也只能以二字形容——凄咽。

词中下阕提到了分别场景，"晓窗分袂处，同把带鸳亲结"。想来是张炎与所深交的一名妇人告别，因为上阕也曾提到"环佩何处弄明月"，是依据杜甫一首诗中的典故而来，意思大概是一名男子怀念他生死不明的妻子。

由此可见，张炎此番回来也有一部分原因是为了寻找一个令他深思多年的人，至于是否是他的妻子已经无从考究了，但可以肯定的是，这个女子定是令他念进了骨髓，不然他不会忍受心中剧痛，要回来一探究竟，世间恐怕只有对爱人的思念才能令他下如此大的决心。然而，翻阅史料也无法得知这名女子的真实身份。更令人疑惑的是，相聚几日之后，张炎在再度离开之后竟然选择了再次独行。如若这名女子是他所爱之人，为何他会忍心独自离去？如若这名女子只是与他相交甚浅，那他为何又会在词中提到"同把带鸳亲结"？

想来应是前路坎坷，作为南宋遗民的张炎每日过着朝不保夕的日子，如果这女子是他所爱之人，他又怎能忍心带她一同前往迷惘未知之路去受苦呢？相思再苦也可以忍受，如果看到心爱之人受到伤害，那才是痛彻心扉的大苦。不论如何，在与这个妇人度过几日欢快生活之后，张炎除了能留下海誓山盟的誓言之外，别无他法，只能继续他的茫茫前路，何时能再回来连他自己也不知道。

独自一人的生活依然持续在张炎之后的岁月中,除了爱情无望之外,就连友情都对这个才子伸出了拒绝之手。南宋另一名词人吴文英的逝世对张炎打击甚大,在那些熟悉的人一个接一个地离去时,他才真的感觉到自己是多么孤单。

  烟堤小舫,雨屋深灯,春衫惯染京尘。舞柳歌桃,心事暗恼东邻。浑疑夜窗梦蝶,到如今、犹宿花阴。待唤起,甚江蓠摇落,化作秋声。
  回首曲终人远,黯消魂、忍看朵朵芳云。润笔空题,惆怅醉魄难醒。独怜水楼赋笔,有斜阳、还怕登临。愁未了,听残莺、啼过柳阴。

这首《声声慢》为吊唁吴文英而作,故而由回忆起笔,连接现实,似真似幻,在词意中将张炎的思念贯穿始终。楼敬思云:"一气卷舒,不可方物,信乎其为山中白云。"对张炎的这首词给予了很高的评价,认为他在平铺直叙中写尽了悲悼之情,令其更为深沉动人。

词由心生,在张炎的一生中,贯穿始终的便是亡国之恨和家破之仇,可惜他即便是到了生命的最后一刻也无法将这个遗憾弥补,只能将遗恨化作词文,而自己抱憾终生了。壮志难酬,最难诉的是英雄寂寞的情怀,前方之路漫漫却已太过狭窄,而空谈诗词也只是白白辜负了那一片风花雪月的深思。人活一世,草木一秋,男儿这一生最无悔的便是一腔拳拳报国红心,最遗憾的则是空有报国之心,却无报国之门。

虽然金戈铁马并不是每个战乱时期男子的宿命,但张炎穷其一生还是希望挽回半壁江山,只是可惜往事如风,将过往的哀苦如同飞雪一般尽数吹落,散落崖底。人生既是过客,跋涉在人世苦旅中的人们,总是走完全程还没能活出真知。

人生没有太多回转的余地,在西湖淡然的烟雨重楼中,至今仍然能够依稀看到:那个形容消瘦的男子,青衫翩翩,立于亭台楼阁之中。

山河不再，早生华发

金庸小说中的女子多是性情如水、惹人怜爱的，就连那杀人如麻的李莫愁站在陡峭千仞的悬崖边，孤寂地低吟"问世间，情是何物，直教人生死相许"，然后纵身飞落崖底的时候，也揪疼了无数读者的心，令他们对这个让人恨之入骨的女人生出了一点怜惜。令人所感的是，即便再恶毒的女人心底也有一处独属于她的柔软伤口，那便是世间男女间的情爱。李莫愁所感正是多数世间男女所感，而这声感慨最初却发自一个金国的16岁少年。

　　问世间，情是何物，直教生死相许。天南地北双飞客，老翅几回寒暑。欢乐趣，离别苦。就中更有痴儿女，君应有语，渺万里层云，千山暮雪，只影为谁去。
　　横汾路，寂寞当年箫鼓。荒烟依旧平楚，招魂楚些何嗟及。山鬼自啼风雨，天也妒。未信与、莺儿燕子俱黄土。千秋万古。为留待骚人，狂歌痛饮，来访燕丘处。

——《摸鱼儿》

那时的元好问进京赶考，刚好赶到并州。在那里他遇到一个捕雁之人，听闻一个令他为之动容的故事。根据他自己在这首词前题的小序中可以看出这个故事对他的震撼有多深:"泰和五年乙丑年,付试并州,道逢捕雁者云:'今日获得一雁,杀之矣,其脱网着悲鸣不能去,竟自投于地而死。'予因买得之,时同行者多为赋诗,予亦有赋词一首。"

16岁本是少不更事的年纪,但是,16岁的元好问却深切地懂得了这两只大雁之间生死不离弃的情感。他将大雁买来,埋葬在了汾河边上,还立下墓碑,题字"雁丘",故而这首词又名《雁丘词》。那时恰逢1205年,金章宗泰和五年,以元好问的才能,本可以考取功名,富贵一生,但是金元乱世,文人的出路又岂能落在无用的纸张上?心高气傲的元好问宁可玉碎,不为瓦全,他在苍茫乱世中走出了一条与众不同的道路。其实应当可以看出,早在元好问写《雁丘词》之时,他的心性就已经决定了这个男子日后所走之路定是与这个灰暗的时代相背离的。

虽是一首咏物词,紧紧围绕一个"情"字展开,却是从"世间"落笔,开篇便问情为何物,引人深思。许多年之后的一个文人也有同样的困惑,他自问自答,自谱了一曲《牡丹园》,从此流芳百世,为人所世代赞颂。

古人云:"情至极处,生者可以死,死者可以生。"故而元好问写下"直教生死相许"的契约。在16岁的少年心中,认定一份感情,就应当像殉情的大雁这般如此,至死方休,而这份情感却并不一定是爱情,至于还有什么,想来这个还处于弱冠之年的少年当时并没有意识到自己之后所要走的道路。并州的会考,元好问并没能取得名次,但是年少轻狂,心性甚高,落第的打击并没能将元好问的热情打消,这就好像是一颗微小的石子投落进表面光滑,丝毫未起涟漪的湖面一样,所激起的也不过是转瞬即逝的波动而已。

而后的岁月里元好问才真正经历了人生的低谷时期。三十而立,本来男子在此时期正是成家立业、意气风发的时候,元好问却偏偏逢上了战祸不断、家破人亡、科场再度失利的不断打击。在那段日子里,他经历蒙古军队围城、汴京城破、被俘、囚押得饥饿忧愁、流血流泪、生离死别等噩梦般的生活。

  再见新正,去岁逐贫,今年逐穷。算公田二顷,谁如元亮,吴牛十角,未比龟蒙。面目堪憎,语言无味,五鬼行来此病同。盐里,似扬雄寂寞,韩愈龙钟。
  何人炮凤烹龙,且莫笑先生饭甑空。便看来朝镜,都无勋业,拈将诗笔,犹有神通。花柳横陈,江山呈露,尽入经营惨澹中。闲身在,看薄批明月,细切清风。
          ——《沁园春》除夕

  金亡之后,作为遗民的元好问不愿再出仕为官,虽有一腔才华,却只愿躲在陋室中著书立说,编写金史。"再见新正,去岁逐贫,今年逐穷。"词首这一句可以看出元好问深居简出的日子过得十分清苦,然而他却甘之如饴,"闲身在,看薄批明月,细切清风",能看出他虽然看似满纸牢骚言,其实是在诙谐中写出自己的心性自由,以此调写此心,隽永满篇,可谓是"得其所哉"。

  痛失家国的寂寞在他的笔下栩栩如生,然而元好问却不似其他遗民文人那般只是单纯地抒写痛苦。在他的词中,所能看到的更多是清风明月这些高雅淡泊的情愫,或许在元好问的内心深处,他更希望春去秋来,自己所能抱有的始终是一种高远的情思。

  在他的意念之中,有着高耸入云的理想,也有着平淡如水的生活,虽然现实生活日渐支离破碎,却一点也不影响他丰富连绵的美好思索,就好像他对已被攻破的汴京依然怀有隽永的思念,就好像对一个青涩可人的女子永远会抱之腼腆一笑一般,他对那座城市,对他的故国永远是一想到便在嘴角浮起笑容。

  究竟是他太过潇洒,还是凡事看得已够通透,无从考证。估计就连元好问自己也无从知晓,他应该是一个不爱深究的人。有人说

"人类一思考,上帝就发笑",因为上帝在笑人类总做无谓的思考。

人生如白驹过隙,匆匆数十年往往只是弹指一挥间,元好问在这几十年间做了许多的事情,他一生大半光阴生活在金朝末年,后半辈子在元朝,经历了风云动荡的岁月。他愤世吟诗、为官恤民、为士请愿、奔走存史,最终于1257年客死他乡。

一个诗词大家就在贫病交加中困顿而死,但是即便到死,他所做所想所说之事,统统都不是为他自己。在这里我们已经可以解释为什么元好问在16岁的小小年纪就可以写出《雁丘词》那样荡气回肠的悲歌来。

因为在元好问内心深处的土壤里,始终埋藏着一颗蠢蠢欲动的种子,而在他不断经历苦难的时候,这棵种子便迅速发芽成长,在他的内心长成了一棵参天大树,这棵树便代表了家国天下。这是深深扎根于他内心的情感,是他与生俱来的责任感和使命感。

> 浙江归路杳,西南仰羡,投林高鸟。升斗微官,世累苦相萦绕。不入麒麟画里,又不与,巢由同调。时自笑,虚名负我,平生吟啸。
>
> 扰扰马足车尘,被岁月无情暗消年少,钟鼎山林,一事几时曾了,四壁秋虫夜语,更一点,斜灯残照,青镜晓,白发又添多少。
>
> ——《玉漏迟》壬辰围城中,有怀浙江别业

乱世出英雄,在那个黑暗的年代里,谁温暖了谁的心,谁又唤醒了谁冰封几世的情感?只有元好问遗世独立,借着斜灯残照,才在铜镜中看到鬓角的白发又添了些许。然而这并不是最重要的,关键的是,他的千秋功过,自有后人评说。